ALEX WHEATLE
LICCLE BIT
DER KLEINE AUS CRONGTON

ROMAN

Aus dem Englischen
von Conny Lösch

Verlag Antje Kunstmann

Für Clement, Peter und Dorothy

1

DIE SCHÖNE UND DAS BIEST

ANGEFANGEN HAT ALLES VOR ZWEI MONATEN. An einem stinknormalen Schultag, sofern an meiner Schule überhaupt irgendwas stinknormal ist. Die Klingel läutete zum Ende der letzten Stunde. Ein Mittwoch. Mittwochs trainieren die Mädchen aus meinem Jahrgang Streetdance in der Turnhalle. Jonah Hani, McKay Tambo und ich rannten durch die Gänge, rempelten dabei andere Schüler und Lehrer an, nur um den besten Blick durch das Fenster in der Turnhallentür zu bekommen.

Als wir dort ankamen, standen schon zwei Jungs aus unserem Jahrgang auf unseren Plätzen. Als sie den riesigen McKay entdeckten, verzogen sie sich. Wie immer machte er sich vor dem Fenster breit.

»Schieb deinen fetten Schädel aus meiner Sichtlinie, Mann«, meckerte Jonah.

»Mach Platz, Alter!«, maulte ich.

Obwohl ich McKays Kopf nur von hinten sah, wusste ich, dass er grinste. »Ruhig Blut, meine Brüder«, sagte McKay. »Liebreiz starrt mir ins Gesicht. Venetia ist vollreif, ich sag's euch. Mann! Die hat Beine bis zum Mond. Könnt ihr glauben!«

Mit vereinter Kraft gelang es Jonah und mir, McKay beiseitezuschieben und selbst einen Blick in die Halle zu werfen. McKay hatte sich nicht getäuscht. Venetia ging voll ab in ihrem pinken Oberteil und den weißen Shorts. Die anderen Mädchen sahen sie an, versuchten mitzuhalten, aber Alter, Venetia hatte es einfach drauf. Ms Lane, die Streetdance-Lehrerin, nickte und wippte mit den Füßen. Und wie! Venetia tanzte besser als sie!

»Mann! Wenn ich nur zehn Minuten mit Venetia alleine wäre«, meinte Jonah.

»Dann wüsstest du nicht, was du machen sollst, Bro«, lachte McKay.

»Zehn Minuten? Halb so lang und sie wär mein Mädchen! Glaub mir!«, behauptete ich.

McKay und Jonah krümmten sich vor Lachen, hielten sich die Bäuche und warfen sich auf den Boden. »Du, Bit?«, fragte McKay.

Ich war nicht der Größte in unserem Jahrgang. Tatsächlich sogar der Zweitkleinste. Einmal in der sechsten hatte mich ein Mädchen »Liccle Bit« genannt und der Name war hängen geblieben.

»Mit deiner Sklavenfrisur siehst du aus wie ein Umpa-Lumpa!«, stichelte McKay. »Eher spielt Lionel Messi für die Crongton Wanderers.«

»Okay«, sagte Jonah und rappelte sich auf. »Wenn du dich für so einen großen Gangsta hältst, dann quatsch Venetia doch nach der Stunde an.«

»Genau«, sagte McKay und schob mich weg, um selbst durchs Fenster zu schauen. »Traust dich ja doch nicht, sie zu fragen, ob sie sich mit dir trifft.«

»Wenn ihr beide dabei seid, bestimmt nicht«, sagte ich.

»Mann! Du kackst dir doch in die Hose, ich kann's schon riechen«, machte Jonah sich weiter lustig.

»Für ein Mädchen wie Venetia brauchst du das volle Programm, Bro«, erklärte McKay. »Ein iPhone, Dr-Dre-Kopfhörer, die neuesten Sneaker von Adidas, einen anständig ausrasierten Iro und außerdem musst du groß genug sein, dass sie dir unters Kinn passt. Topmädchen wollen einen Bruder, zu dem sie aufschauen können.«

»Und Bit, nichts davon trifft auf dich zu«, sagte Jonah. »Also geh mir aus dem Weg und vergiss es, eine Spitzenfrau wie Venetia anzubaggern.«

Ich setzte mich in Bewegung, weil ich wusste, dass ich, selbst wenn ich Dr-Dre-Kopfhörer und alles andere hätte, mich trotzdem nicht trauen würde, Venetia anzusprechen. Jonah und McKay holten mich ein und wir rannten aus dem Gebäude.

Wir wohnten alle in South Crongton, zehn Minuten zu Fuß von der Schule entfernt. Jonah Hani im selben Haus wie ich, er im zweiten Stock und ich im fünften. McKay Tambo lebte mit seinem Dad und seinem älteren Bruder im Block gegenüber. Gott weiß, was die in der Wohnung dort verbaut hatten, weil alle in der Familie aussahen wie Wrestler aus dem Bezahlfernsehen.

»Glaub's mir, Mann«, prahlte McKay. »In fünf Jahren fahr ich einen kranken Wagen, und auf meinem Schoß sitzen zwei Mädchen, neben denen Venetia aussieht, als wär ihr ein Elefant über die Fresse getrampelt.«

»Und woher hast du das Geld für deinen kranken Wagen?«, wollte Jonah wissen.

»Ich werde Unternehmer!«, sagte McKay. »Kein Scheiß. Ich mach eine Kette auf mit meinem Hot-Wings-Spezialrezept. Wenn der Bruder aus Ashburton das mit seiner Sauce kann, wieso ich nicht? Vertrau mir. Meine Wings werden schärfer und leckerer als der ganze Scheiß, den's bei Kentucky und Alabama gibt. Kannst du glauben! Bei mir bedienen Frauen mit Bleistiftabsätzen, Sonnenbrillen und kurzen Schürzen mit nix drunter. Und in allen meinen Läden läuft Musik.«

»Aber wenn du Unternehmer werden willst, musst du auf die Uni und lernen, wie das geht«, sagte ich. »Was ist mit Mathe? Du kannst nicht mal rechnen. Wie willst du das Geld zählen? Du brauchst einen Abschluss ...«

»Und der dauert drei Jahre«, ergänzte Jonah.

»Drei Jahre zusätzlich, nachdem du deine A-Levels bestanden hast«, sagte ich. »Außerdem kostet die Uni einen Batzen Geld.«

»Mann!«, rief McKay. »Ihr Brüder versteht es echt, einem den Wind aus den Segeln zu nehmen.«

»Du wirst sowieso kein Geld verdienen«, lachte Jonah. »Du kriegst einen Fressflash und verfutterst den ganzen Profit. Wenn du in deinem Laden aufkreuzt, kriegen die Kunden keine Wings mehr zu sehen. Glaub mir!«

»Du kannst mich mal!«

McKay jagte Jonah den ganzen Weg bis zu unserer Siedlung, aber als wir dort ankamen, schnaufte McKay schon ganz komisch.

»Jonah, morgen mach ich dich fertig«, drohte McKay. »Dein kleiner Kugelkopf wird mit meiner großen Faust Bekanntschaft schließen. Und hinterher stopf ich ihn ins Klo!«

»Und deine große Klappe schließt Bekanntschaft mit meinem Frisbee, ich schieb ihn dir quer rein, dann kriegst du keinen einzigen Hot Wing mehr runter«, revanchierte sich Jonah.

McKay, der inzwischen keuchte wie ein Weißer beim olympischen Zehntausenmeterlauf, hatte keine Energie mehr, Jonah weiter zu jagen, und schlappte seinem Block entgegen. Jonah und ich gingen zu unserem Betonklotz. »Machst du heute Abend Hausaufgaben?«, fragte er.

»Kunst«, erwiderte ich. »Ich will Gran zeichnen. Lieber mal ich Porträts als irgendeinen bescheuerten Apfel oder so.«

»Und Mathe?«

»Ich werd nie gut drin sein, also wozu?«

Oben im zweiten Stock flitzte Jonah über den Balkon zu seiner Wohnungstür. Ich hoffte, seine sechzehnjährige Schwester Heather würde ihm aufmachen. Die sah echt super aus, was ich Jonah natürlich niemals sagen würde.

Aber sie ließ sich nicht blicken.

Anstatt den Lift zu nehmen, ging ich lieber über die Treppe rauf, schleppte mich bis in den vierten. Als ich laute Stimmen hörte, blieb ich stehen. Meine Schwester Elaine und Manjaro, ihr Ex.

»Spinnst du oder was!«, brüllte Manjaro. Mir fiel wieder ein, dass er so eine irre Ader am Hals hatte, die hervortrat, wenn er die Stimme hob. Irgendwie stellte ich mir immer vor, dass es eine schlafende Babyschlange war. »Nimm das Geld und kauf dem Kleinen was anzuziehen. Windeln und Spielzeug, oder so.«

»Ich will dein dreckiges Geld nicht«, schrie Elaine. »Wieso kannst du mich nicht in Ruhe lassen? Mum kommt gleich zurück. Kapierst du's nicht? Das mit uns ist vorbei! Dein Konto ist abgelaufen! Der Automat spuckt deine Karte aus. Ich lass mir keinen Scheiß mehr von dir gefallen, also geh mir aus der Sonne!«

»Heißt das, ich darf für meinen Sohn kein Vater sein? Ist es das, was du mir sagen willst, Elaine? Kennst du mich nicht? Du *weißt*, dass ich das nicht zulassen kann. Nimm wenigstens das Geld.«

»*Scheiß* auf dein Geld! Lass mich in Ruhe!«

»Das wirst du noch bereuen.«

»Du kapierst nicht mal, was du mir angetan hast!«, brüllte Elaine. »Du schnallst es einfach nicht. Du bist so bescheuert, dass du denkst, du hast nichts falsch gemacht. Glaub mir! Du brauchst Hilfe. Schieb deinen traurigen Arsch aus meinem Blickfeld und lass mich in Ruhe.«

Ich hörte die Schritte meiner Schwester auf den Betonstufen oben, dann knallte die Wohnungstür zu. In diesem Moment klingelte mein Handy. Ich ging dran, stieg dabei weiter die Stufen rauf. Es war Gran. »Wo bist du, Lemar?«

»Unterwegs, Gran. Bin in einer Sekunde da.«

Ich guckte hoch. Manjaro kam die Treppe runter. Er warf einen Blick auf mein billiges Handy und grinste. »Zeig mal«, sagte er.

Ich wollte ihm nicht in die Augen schauen. Er war so gebaut, dass man sich lieber nicht mit ihm anlegte, und er hatte einen schmalen Schnurrbart wie mein Opa früher, dazu noch ein Ziegenbärtchen. Der Stecker in seinem linken Ohrläppchen war wohl ein Diamant und seine Haare waren immer voll korrekt geschnitten. Aber keine Markenklamotten, nur ein schlichtes blaues T-Shirt, ein Anorak, schwarze Jeans und coole Reeboks. Immer wenn ich ihn sah, raste mein Herz wie Usain Bolt. McKay behauptete, Manjaro hätte zwei Brüder umgebracht. Gerüchte besagten, er sei der Enkel von einem legendären Gangsta namens Herbman Blue. Wieso hatte meine Schwester ausgerechnet von ihm ein Baby bekommen müssen?

»Hast du nicht gehört, Kleiner?«, sagte er. »Lass mal dein Handy sehen und hör auf, so eine Fresse zu ziehen. Ich tu dir schon nichts. Reg dich ab.«

Ich hasste es, wenn er mich Kleiner nannte. Aber was sollte ich machen? Manjaro war ungefähr zehn Jahre älter als ich und der OG, der absolute Obergangsta hier bei uns in der Siedlung. Widerwillig gab ich ihm mein Handy. Er betrachtete es wie die Typen in den weißen Anzügen alles, was sie am Tatort eines Verbrechens finden – ein paar Mal hatten wir die in South Crongton schon gesehen. »Weißt du«, sagte er. »Vielleicht kann ich dir ein Upgrade beschaffen, wenn du eine Kleinigkeit für mich erledigst.«

Ich sagte nichts. Er sah mich an und lachte. Dann wuschelte er mir mit der rechten Hand durch die Haare. »Könntest einen Haarschnitt vertragen«, sagte er. »Erledige was für mich, dann schneid ich dir die Haare vielleicht sogar selbst. Ich kümmere mich immer um die Brüder, die für mich arbeiten, das weißt du.«

Er gab mir mein Handy wieder und sprang fünf Stufen weiter runter. Ich stieß einen langen Seufzer aus. Dann blieb er aber noch mal stehen und drehte sich um. Wieder raste mein Herz. »Sag deiner Schwester, sie hätte das Geld nehmen sollen. Ich weiß, dass ihr nicht viel habt. Deine Mum kann nicht viel verdienen.«

Ich musste mir verdammt große Mühe geben, mir meine Wut nicht anmerken zu lassen, weil er über meine Mum redete – sie tat, was sie konnte. Er schaute mich ein letztes Mal an, dann war er weg.

2

AN DER HEIMATFRONT

ICH DREHTE DEN SCHLÜSSEL IN DER WOHNUNGSTÜR und trat ein. Gran war am Kochen. Elaine versuchte Jerome irgendwas aus einem Gläschen zu füttern, aber mein Neffe wollte nichts davon wissen. Er brüllte das ganze Haus zusammen. Hätte ich schlucken müssen, was Jerome vorgesetzt bekam, hätte ich auch Zeter und Mordio geschrien.

»Du wolltest einfach an mir vorbeispazieren«, erwischte Gran mich im Flur. »Komm her, Lemar! Lass dich anschauen.«

Ich ging zu Gran, linste in den Topf und sah die Bolognese friedlich vor sich hin blubbern. Auch die Spaghetti warteten schon darauf, in einem anderen Topf gekocht zu werden. Gran umarmte mich, als würde es Glück bringen – ihre Unterarme waren so dick wie die Zweiliterflaschen Coke, die Mum immer kaufte. Sie drückte mir einen dicken Kuss auf die Stirn und umarmte mich gleich noch mal. »Spazier nicht an mir vorbei, als würdest du mich nicht kennen!«, ermahnte sie mich.

Ich vermied es möglichst, mich mit Gran auf der Straße blicken zu lassen, weil sie echt peinlich sein konnte.

Nachdem ich Elaine kurz ein Hallo zugenickt hatte, ging ich in mein Zimmer, meinen Skizzenblock holen. Anschließend kehrte ich mit Bleistiften und Block in die Küche zurück. »Also, Gran, bist du bereit?«

»Siehst du nicht, dass ich am Kochen bin? Wenn wir gegessen haben, setz ich mich für dich hin. Aber jetzt verschwinde und mach deine anderen Hausaufgaben.«

»Und lass sie mich sehen, wenn du fertig bist«, setzte Elaine hinzu.

Jerome machte immer noch einen Riesenkrawall und verweigerte sein Essen.

In unserer Wohnung gab's drei Zimmer, außerdem ein Wohnzimmer. Eins für Gran, eins für Elaine und Jerome und das kleinste war meins. Mum schlief unter der Woche auf dem Sofa, aber am Wochenende tauschte sie mit Gran. Elaine und Jerome warteten auf eine Sozialwohnung, eine Million Leute vom Wohnungs- und Sozialamt waren schon vorbeigekommen. Inzwischen war Jerome schon elf Monate alt und die beiden hatten immer noch keine eigene Bleibe.

Als ich in mein Zimmer kam, warf ich meinen Rucksack aufs Bett und überlegte, ob ich meine Mathe-Hausaufgaben machen sollte. Mum hatte mir einen kleinen Tisch in die Ecke gestellt und einen gebrauchten Drehstuhl dazu, den sie von der Arbeit mit nach Hause geschleppt hatte. Ich setzte mich auf den Stuhl, schlug mein Mathebuch auf und sah die ganzen Fragen, die alle irgendwas mit Kreisen, Radius und einem gewissen Pi zu tun hatten. Ich wurde nicht schlau draus, also klappte ich das Buch wieder zu und legte mich aufs Ohr.

Eine Stunde später gab's Essen. Am Tisch saßen nur Gran und ich. Mum war noch nicht von der Arbeit zurück und Elaine brachte Jerome gerade ins Bett.

»Hast du heute mit dem Mädchen geredet, in das du dich verguckt hast?«, wollte Gran augenzwinkernd wissen. Ihre Augen waren karamellfarben mit unzähligen kleinen Muttermalen drum herum – die würde ich auch zeichnen müssen.

Noch bevor ich antworten konnte, hörten wir den Schlüssel in der Wohnungstür. Mum kam rein, wirkte müde und geistesabwesend. Sie stellte ein paar Tüten in die Küche, drückte Gran ein Küsschen auf die Wange, wuschelte mir durchs Haar und holte sich eine Dose Bier aus dem Kühlschrank.

»Hi, Mum«, sagte ich. »Guter Tag auf der Arbeit?«

»Nicht wirklich. Diese scheiß Kunden sind manchmal so dreist.«

»Was haben sie denn heute wieder gemacht?«

»Jetzt nicht, Lemar«, erwiderte Mum. »Ich kann mich nicht zum

Essen hinsetzen. Im Wohnzimmer steht ein Sack schmutzige Wäsche, und die wird sich nicht von alleine waschen. Hast du die Leute wegen der Waschmaschine angerufen, Mum?«

Gran starrte ihr Essen an, drehte ein paar Spaghetti auf die Gabel und schob sie sich in den Mund. Erst als sie den Mund voll hatte, antwortete sie. »Das hast du mir gestern Abend ganz spät gesagt, Yvonne«, erklärte Gran. »Ich hab schon halb geschlafen! Tut mir leid … ich hab's vergessen.«

»*Mum!* Ich brauche eine funktionierende Waschmaschine. Die Trommel ist verzogen. Ruf wenigstens jetzt da an. Ich muss in den Waschsalon.«

»Soll ich helfen, Mum?«, bot ich an.

»Hast du keine Hausaufgaben?«

»Doch, aber …«

»Mach deine Hausaufgaben, Lemar!«

Anderthalb Stunden später zeichnete ich Gran im Wohnzimmer. Andauernd machte sie's mir schwer, indem sie lächelte oder den Kopf drehte. Ich hatte gerade so den Umriss ihres Gesichts, dann fing ich mit den Augen an. Ihr Doppelkinn richtig hinzubekommen war schwer, auf ihrer Stirn fuhren zwei tiefe Falten Achterbahn. Ich vermutete, dass Gran Ende sechzig war, aber sie hat mir ihr Alter nie verraten. Einmal hatte Mum mich gebeten, sie lieber nicht danach zu fragen. Inzwischen hatte Elaine es endlich geschafft, Jerome zum Schlafen zu bringen, und jetzt sah sie irgendeinen Musiksender im Fernsehen.

»Du hast meine Frage nicht beantwortet«, sagte Gran. »Hast du mit dem Mädchen gesprochen, das es dir angetan hat?«

Meine Festplatte suchte nach einer Entgegnung, während mein Gesicht aufheizte, als wär's an den Wasserkocher angeschlossen. Meine Schwester antwortete für mich. »Venetia heißt die, die ihm gefällt«, verriet sie. »Lemar hat größere Chancen, X Factor zu gewinnen, als an sie ranzukommen. Alle aus dem Jahrgang und sogar die aus der Zehnten fahren auf sie ab. Ich kenne sogar ein paar Mädchen, die auf sie stehen.«

»Venetia ist es nicht«, protestierte ich. »Was weißt du denn? Du gehst nicht mal mehr auf meine Schule.«

»Ich hab immer noch Freundinnen da«, widersprach Elaine.

»Das reicht«, sagte Gran.

In dem Moment hörten wir die Wohnungstür. Mum kam mit zwei Riesenladungen Wäsche rein. Ich rannte los, um ihr zu helfen, hängte die Sachen auf den Ständer im Bad. Als ich ins Wohnzimmer zurückkam, war Gran aufgestanden, um sich einen Kaffee zu machen.

»Gran!«

»Bin gleich wieder da, Lemar. Nur die Ruhe.«

Ich nahm meinen Skizzenblock, Mum sah mein viertelfertiges Porträt von Gran. »Das ist echt gut«, meinte sie. »Weiter so.«

»Aber Mathe hat er noch nicht gemacht«, warf Elaine ein.

»Mach ich später, Mum.«

Mum nickte immer noch, würdigte mein Kunstwerk. Das war schön. Mum nahm sich sonst fast nie Zeit für meinen Schulkram. »Mum, gehst du am Wochenende mit mir zum Friseur?«

Sie stemmte die Hände in die Hüften und schenkte mir einen ihrer Blicke. Dann zeigte sie mit dem rechten Zeigefinger auf mich. »Lemar, du weißt, dass die Waschmaschine kaputt ist. Hast du eine Ahnung, was es kostet, wenn wir eine neue Trommel brauchen? Die vom Kabelfernsehen rufen mich jetzt schon auf der Arbeit an und beschweren sich, weil ich die Rechnung nicht bezahlt habe, die vom Bestelkatalog hab ich auch jeden Tag am Handy, und jetzt willst du verdammt noch mal zum Friseur!«

»Er will einen Iro, Mum«, schaltete Elaine sich ein. »Bei den Jungs in seinem Alter ist das der letzte Schrei.«

»Der letzte Schrei muss warten«, sagte Mum. »Sonst sorg *ich* dafür, dass Lemar zum letzten Mal schreit!«

Mum dampfte in die Küche ab, machte sich ihr Essen in der Mikrowelle heiß. Gran kam mit ihrem Kaffee wieder rein, und ich arbeitete zwanzig Minuten lang weiter an dem Porträt, bis Gran müde wurde und sich hinlegen wollte.

Am Abend ging ich mit dem Gefühl ins Bett, betrogen worden zu sein. *Ich hab Elaine nicht gesagt, dass sie ein Baby kriegen soll,* dachte ich. *Ist nicht meine Schuld, dass Gran bei uns wohnt, und auch nicht, dass Mum den Leuten vom Bestellkatalog Geld schuldet; das meiste, was sie bestellt hat, waren Buggys und so ein Zeug für Jerome. Und jetzt hat sie nicht mal zehn Pfund für mich, damit ich mir die Haare schneiden lassen kann. Was sind schon zehn Pfund? Morgen muss ich in die Schule, und am Tag danach auch, und Jonah und McKay werden mich bis zum Umfallen wegen meiner scheiß Haare verarschen.*

3

MANJAROS AUFTRAG

AM NÄCHSTEN TAG HATTE ICH KEINE ZEIT nachzudenken über
das, was Manjaro gesagt hatte. Ein Junge aus meinem Jahrgang wurde beim
Skunk ticken in der Bibliothek erwischt. Tavari Wilkins hieß er. Genau
genommen hatte er nicht mehr alle Tassen im Schrank. Ich meine, was
hat er sich eigentlich dabei gedacht, den Shit in der Bibliothek zu verkaufen,
wo Mrs Parfitt mit ihren Google-Maps-Augen über alle Anwesenden wachte? Er kam aus North Crongton , wo sie immer die ganzen Alleinerzie-
henden, Asylsucher und Flüchtlinge hinstecken; meine Schwester meinte, wenn die ihr da eine Wohnung anbieten, nimmt sie sie nicht.

Als McKay, Jonah und ich aus der Schule kamen, fragte Jonah:
»Und was wird jetzt aus Tavari?«

»Die Bullen vernehmen ihn«, sagte McKay. »Die bringen ihn auf
die Wache, verprügeln ihn zu zehnt und zwingen ihn, den Shit nicht
mehr für sich selbst, sondern für sie zu dealen.«

»So was machen die Bullen?«, staunte Jonah.

»Glaub mir, wenn er über sechzehn wäre, würden die noch viel
Schlimmeres machen. Die würden ihn mit einem Holzhammer verge-
waltigen, ihm eine Spritze setzen, eine Niere rausnehmen und sagen:
›Du kriegst deine Niere erst wieder, wenn du uns verrätst, woher du die
Drogen hast.‹«

»Ist das nicht ein bisschen zu Hollywood?«, fragte ich.

»Was willst du sagen, Bit?«, legte sich McKay mit mir an. »Was
weißt du denn schon? Die Bullen kommen mit allem durch. Guck dir
doch an, wie die den Bruder auf der Northside abgeknallt haben, mit einer Bazooka …«

»Er wurde erschossen«, behauptete ich.

»Das wollen sie dir in den Nachrichten so verkaufen«, beharrte McKay. »Der Bruder wurde mit einer Panzerbüchse kaltgemacht. So wie die, die sie in Afghanistan verwenden. Der hatte Brocken von der Straße, Autoblech, Motorteile und Reifengummi in der Fresse. In der Straße ist ein Krater. Die Bullen können sich jeden Scheiß erlauben.«

»Stimmt«, sagte Jonah. »Meine Schwester hat mir erzählt, ihren Freund haben sie in einem Secondhandladen festgehalten und durchsucht.«

»Deine Schwester hat einen Freund?«, fragte ich.

»Ja«, bestätigte Jonah. »Geht aufs Crongton College, spielt Basketball. Krass definierte Armmuskeln und ein irre kahl rasierter Schädel.«

Mir rutschte das Herz in die Hose, und plötzlich hatte ich ein ganz komisches Gefühl im Bauch. Wieso ich gedacht hatte, dass ich jemals bei Heather eine Chance haben könnte, weiß ich nicht.

Wir gingen weiter zum Laden an der Ecke. Wie immer standen dort Leute Schlange, um ihre Strom- und Gaskarten aufzuladen. McKay kaufte ein Twix, ein Mars und eine Cola, Jonah eine Packung Custard Creams, und ich bekam gerade genug Kleingeld für ein Twirl zusammen. Wir kamen aus dem Laden und futterten. Ich schlug meine Zähne in mein Twirl, schaute hoch und sah Manjaro und seine Crew auf uns zuradeln. *Scheiße!*, dachte ich. Ich hätte nie geglaubt, Manjaro mal auf einem Fahrrad zu sehen. Er hatte noch dasselbe blaue T-Shirt an. Die anderen beiden trugen blaue Basecaps. Die schlafende Babyschlange an seinem Hals war heute dünner. Lässig versuchte ich mich umzudrehen, aber er hatte mich schon entdeckt.

Bevor ich wusste, was los war, hatte Jonah die Beine in die Hand genommen und war wie ein Jamaikaner, der dringend pissen muss, zu unserem Block gerast. McKay verzog sich wieder in den Laden und ich blieb alleine mit Manjaro stehen. Er wusste, dass ich ihn gesehen hatte, also konnte ich nicht einfach so tun, wie wenn nicht. Sein Mountainbike kam quietschend vor mir zum Stehen. »Kleiner!«, grüßte er mich.

»Was geht, Manjaro?« Ich versuchte, cooler und älter zu klingen, als ich war, aber mein Herz pumpte wie das eines Pudels, kurz bevor ihn der Tiger zerfleischt.

»Kommst du gerade aus der Schule?«, fragte er.

»Ja.« *Es ist Viertel vor vier und ich hab meine Schuluniform an. Blöde Frage,* dachte ich.

»Zeitverschwendung, Bro«, meinte Manjaro. Er stieg vom Rad und kam auf mich zu. »Du machst, was die von dir wollen.«

»Hä?«

»Um in dieser Welt zu überleben«, erklärte Manjaro. »Die wollen, dass du in die Schule gehst, danach auf die Uni, und zum Schluss sollst du dir einen Job suchen, damit sie Steuern von dir kassieren können. Die interessieren sich einen Scheiß für dich, es sei denn, sie bekommen *kein* Geld von dir.«

Ich sagte nichts.

»Tu mir einen Gefallen, Kleiner«, bat Manjaro.

»Was für einen?«, fragte ich.

»Geh in den Laden und kauf mir drei Choc-Nut-Eis.«

Ich war noch am Überlegen, als Manjaro schon eine dicke Brieftasche hinten aus der Jeans zog. Kam mir nicht real vor – der OG aus unserem Viertel wollte ein Eis am Stiel? Er zog einen Zwanziger raus und gab ihn mir. Der Schein war frisch und nagelneu. Ich konnte ihn fast riechen.

»Drei Mal Choc-Nut«, wiederholte Manjaro. »Und wenn du willst, auch eins für dich.«

Manjaros zwei Freunde sahen einander an und lachten. Ich ging in den Laden. McKay war immer noch drin, blätterte in einer Fußballzeitschrift. »Ich höre zu und behalte alles im Blick, Bro«, flüsterte er.

»Danke für die Rückendeckung!«, sagte ich.

»Kauf das Eis, und dann verziehst du dich.«

»Das war mein Plan.«

»Wenn du dir auch eins holst, gibst du mir die Hälfte ab?«

»*Nein!* Lies lieber weiter den Scheiß über Cristiano Ronaldo!«

Ich ging wieder raus und gab Manjaro seine Choc-Nuts. Seine beiden Brüder waren immer noch am Kichern. Durch sie kam ich mir noch kleiner vor, als ich sowieso schon war. Wenn ich größer und älter gewesen wäre, hätte ich ihnen eine reingehauen. Oder mir gewünscht, dass ich ihnen eine hätte reinhauen können. Ich ging rüber, wollte Manjaro den Zehnpfundschein und das Kleingeld zurückgeben.

»Behalt's«, sagte er.

»Was?«

»Kannst es behalten. Und du musst nicht mal Steuern dafür zahlen. Ich bin weg!«

Manjaro und seine Brüder eierten einhändig die Straße runter, leckten ihr Eis am Stiel. Ich hoffte, sie würden das Gleichgewicht verlieren und die kalten Köstlichkeiten fallen lassen.

Ich starrte den Zehnpfundschein an wie einen Gold-Nugget im Stummfilm. *Davon könnte ich mir einen echt geilen Haarschnitt organisieren,* dachte ich. *Oder lieber eine neue Cap kaufen? Oder es beiseitelegen für ein paar neue Sneaker?* Bevor mir noch mehr Verwendungsmöglichkeiten einfielen, spürte ich McKays große rechte Hand auf meiner Schulter. »Kaufst du mir ein Eis?« Er grinste. »Werd bloß nicht knausrig. Du weißt, dass ich dasselbe für dich tun würde.«

»Würdest du nicht«, sagte ich.

»Bruder!«, protestierte McKay. »Wie kannst du so schlecht über mich sprechen? Wenn meine Großmutter an einem heißen Sommertag in ihrer Wohnung im neunundneunzigsten Stock verdursten würde, ich würde dir trotzdem erst mal ein Eis kaufen, bevor ich nach ihr sehe. Das weißt du!«

McKays Großmutter wohnte im dritten Stock in einem Block gegenüber. Ich kaufte McKay ein Eis, nur damit er die Klappe hielt, und steckte das Wechselgeld ein. Als ich mich auf den Weg zu meinem Block machte, erklärte mir McKay, ich sei sein bester Freund, aber ich hatte auch schon mal gehört, wie er es zu Jonah gesagt hatte, als der ihm was gekauft hatte.

Ich ging die Stufen hoch und hörte plötzlich eine vertraute Stimme von oben. Mein Dad. Aber es war Mittwoch. Ich konnte mich nicht erinnern, wann ich Dad das letzte Mal an einem Mittwoch gesehen hatte, dem Tag, an dem Mum ihren freien Nachmittag hatte. Ich wartete auf dem Treppenabsatz unter meinen Eltern.

»Also, was stehst du mit deinem nutzlosen Arsch vor meiner Tür?«, fuhr ihn Mum an.

»Ich will meine Kinder besuchen«, erwiderte Dad. »Und meinen Enkel. Hab ihn eine ganze Weile nicht gesehen.«

»Verzieh dich mit deiner traurigen Existenz, Mann!« Mum hob die Stimme. »Ich will nicht, dass du ihnen Flöhe in die Ohren setzt. Du versprichst, dass du kommst, und dann lässt du dich nicht blicken, und plötzlich stehst du mit deinen dreckigen Füßen hier auf der Matte. Du hast die beiden schon viel zu oft enttäuscht.«

»Aber ich hab's erklärt«, flehte Dad. »Stefanie war krank. Wir mussten sie ins Krankenhaus bringen … «

»Bevor du mit *dieser* Frau gefickt hast, hattest du hier Kinder. Und die hast du immer noch, aber du enttäuschst sie andauernd, also schieb deinen nutzlosen Arsch aus der Bahn und geh zurück zu deiner dreckigen Schlampe … «

»Sie hat einen Namen.«

»Genau, den hat sie, und ich hab sie gerade bei ihrem Namen genannt! Hast du mir meine Alimente mitgebracht?«

Langes Schweigen. »Nein. Nein, es war sehr schwierig, als Shirley nicht arbeiten konnte. Sie musste sich um Stefanie kümmern, weißt du … « Wieder Pause. »Ich will nur wissen, ob Elaine und Lemar zu Hause sind. Mich ein paar Minuten mit ihnen unterhalten, meinen Enkel sehen und ihnen erklären, was passiert ist … «

»Elaine und Lemar sind nicht da!«

»Ich bin hier, Mum«, sagte ich und kam die Treppe hoch. Ich wollte nicht, dass sie Dad verjagte, bevor ich mit ihm geredet hatte.

Er sah mich erstaunt an und grinste irgendwie ein bisschen. Über seinem Paketauslieferer-Pulli trug er eine Jeansjacke. Ich sah Mum am Gesichtsausdruck an, dass ihr mein Timing nicht gefiel. Ganz und gar nicht. »Lemar, mach, dass du reinkommst. Du hast bestimmt Hausaufgaben, um die du dich kümmern musst.«

Ich warf Dad einen Blick zu und grinste andeutungsweise im Vorbeigehen. »Hi, Dad«, grüßte ich. Eigentlich hätte ich ihn gerne gefragt, wie's Stefanie ging, aber ich wollte Mum nicht ärgern. Nicht wenn sie ihr Ich-bin-im-Krieg-Gesicht machte.

Dad wirkte ganz schön gestresst um die Augen. »Was geht, Lemar?«

»Alles wie immer«, erwiderte ich. »Nur ... «

»Mach, dass du reinkommst verdammt!«, befahl Mum. Sie verschränkte die Arme und ich wusste, dass sie mir den Fernseher aus dem Zimmer holen würde, so ernst war's ihr. Ich spürte den Luftzug, als sie hinter mir die Tür zuschlug. Wenig später hörte ich laute Stimmen.

Der Geruch nach Makkaroni-Käse-Auflauf stieg mir in die Nase und ich fand Gran in der Küche, wie sie gerade in den Ofen schaute. »Sieht gut aus.« Sie lächelte mich an, richtete sich auf. »Kleiner, mach dir keine Sorgen, weil deine Mutter und dein Vater streiten. Das machen sie nur, weil sie dich lieb haben.«

»Wo ist Elaine?«, fragte ich.

»Oh, die ist mit Jerome los, eine Freundin besuchen.«

Gran konnte nichts tun, damit es mir besser ging. Konnte sie nie, wenn Mum und Dad stritten. Sie fing an, ihren Lieblingssong von Bob Marley zu singen. »Don't worry about a thing, cos every liccle thing, is gonna be all right!« Sie lächelte mich voller Hoffnung an und ich zwang mich, ihr Lächeln zu erwidern. Ich wünschte, ich hätte behaupten können, dass es mir durch Grans Song besser ging, aber ich hatte ihn viel zu oft gehört und inzwischen war ich auch schon zu alt dafür.

Ich ging in mein Zimmer und warf meinen Rucksack aufs Bett. Dann betrachtete ich den Druck eines Gemäldes von L. S. Lowry, auf dem Männer und Frauen vor riesigen Fabriken und Schornsteinen zu sehen waren. Dad hatte ihn mir zu meinem letzten Geburtstag geschenkt, und jetzt hing er über meinem Bett. Stefanie war meine fünfjährige Halbschwester, und seit ihrer Geburt hatte sie immer wieder zum Arzt gemusst. Dad hatte nie richtig erklärt, was ihr fehlte, aber anscheinend stimmte was nicht mit ihrem Blut.

Dad hatte Mum verlassen, als ich sieben Jahre alt war. Mum hat ihm nie verziehen, dass er sie sitzen gelassen hat und zu Shirley, Stefanies Mum, gezogen war. Mum und er waren schon lange befreundet gewesen und sogar zusammen zur Schule gegangen. Bis ich auf die weiterführende Schule kam, hatte ich Dad ganz lange nicht gesehen. Ich glaube, er hatte Schiss, uns zu besuchen, aber Elaine ist heimlich zu ihm hin und hat sich bei Shirley zu Hause mit ihm getroffen. Wenn Mum das mitbekommen hätte, hätte sie Elaine an einen Buggy und einen Hochstuhl gefesselt und über die Balkonbrüstung geworfen. Dad fing erst ungefähr vor einem Jahr an, uns wieder zu besuchen, ungefähr zu der Zeit, als Stefanie zum ersten Mal ins Krankenhaus musste. Erst hat Mum fürchterlich geschimpft, aber dann war sie damit einverstanden, dass Dad mich jeden zweiten Samstag abholte. Wenn er mich zu spät abgeliefert hatte, schimpfte Mum so lange mit ihm, bis er wieder in seinem Transporter saß. Mum gab mir zwei Anweisungen, an die ich mich zu halten hatte, wenn Dad was mit mir unternahm. Erstens durfte ich niemals »Mum« zu Shirley sagen und zweitens nach meiner Rückkehr auf keinen Fall Stefanie erwähnen. Dad und ich waren uns mit der Zeit wieder nähergekommen, aber jetzt hatte er schon seit Monaten nichts mehr mit mir gemacht. Nur das Bild zu meinem letzten Geburtstag geschickt. Meine Familie hatte einwandfrei alles, was man für einen Auftritt in der Sendung von Jeremy Kyle brauchte, ein bisschen wunderte es mich, dass uns die Produzenten noch nicht viel Geld geboten und eingeladen hatten.

Als ich auf dem Bett lag, hörte ich die Wohnungstür knallen und danach Stimmen in der Küche. Ich ging ans Fenster und lehnte mich raus, schaute auf den Parkplatz unten. Ich sah Dad in seinen Transporter steigen und alleine wegfahren. Ich fragte mich, ob er sich in diesem Moment genauso schlecht fühlte wie ich.

4

EIN ECHTER GANGSTA FRAGT IMMER ZWEIMAL

AM NÄCHSTEN SAMSTAG SPIELTEN JONAH UND ICH God of War bei McKay auf der Playstation 3. Wie immer verlor ich, aber ich war gut drauf, weil McKays Dad uns einen Eimer voll Chickenwings mit Pommes gekauft hatte. Wir spülten alles mit zwei Flaschen kalter Cola runter und hatten danach eine Wagenladung voll Energie, die wir irgendwie wieder loswerden mussten. Wir gingen in den Park zwischen North und South Crongton, um ein bisschen zu chillen und den Älteren beim Fußball zuzusehen. Manchmal hingen da auch ein paar Mädchen rum, also machte ich mich locker und ging, als würde mir halb New York gehören. McKay und Jonah lachten mich aus, war mir aber egal.

Es war ein schöner Tag, warm genug, sodass man nur im T-Shirt rumlaufen konnte. Im Park trugen die meisten Brüder blaue Oberteile und Schweißbänder – das Standard-Outfit von South Crong. Die North Crongs auf der anderen Seite des Parks spielten auch Fußball, aber in Schwarz. Hinter ihnen ragten die Bäume von Gully Wood auf. Da unten hin würde sich nur ein besonders tapferer oder bescheuerter South Crong trauen. Zu gefährlich. Der Crongton teilte den Wald, schlängelte sich mal so und mal so rum, die letzte Leiche von einem aus dem Viertel wurde dort gefunden. Am liebsten hätte ich das Niemandsland gezeichnet, aber was hätten die North Crong Brüder von mir, meinen Bleistiften und dem Din-A3-Skizzenblock gehalten?

Der, den sie umgebracht hatten, war ein North Crong gewesen. Die Bullen hatten ihn mit dem Gesicht nach unten im Wasser gefunden, die Hälfte von der Nase war ab. McKay behauptete, dass Manjaro ihm die verkorkste Schönheitsoperation verpasst hatte. Die ganze Sache war völlig bescheuert, wenn meine Gran auf einem ihrer Nachmittagsspaziergänge nach North Crong gewandert wäre, wäre sie da viel sicherer gewesen als ich. O Gott! Wenn Manjaro mich noch öfter um einen Gefallen bitten würde, dann hoffte ich wirklich, dass es bei Eis holen blieb.

Um uns herum fuhren ein paar Typen Wheelies. Andere chillten, hörten Rap, Grime und R&B, der aus ihren Gettoblastern dröhnte. Alle anderen spielten mit ihren Handys. Ein paar zweitklassige Mädchen stellten ihre tätowierten Hälse und Waden aus, sie hatten billige Extensions oder Kiss Curls. Aus ihren falschen Wimpern hätte man gut Gartenrechen basteln können. Ich sah mich kurz um, konnte Venetia aber nirgendwo entdecken. Erstklassige Mädchen wie sie gingen nicht in den Park. Während wir uns nach einer Stelle umguckten, um unsere Ärsche zu parken, hörten wir ein paar Brüder erzählen, dass es kurz vorher Ärger zwischen ein paar South Crongs und einem North Crong gegeben hatte.

Es hatte schon öfter Drohungen und wilde Beschimpfungen gehagelt, aber meistens ging's nicht weiter, nicht im Park, wo jeder zuguckte und alle ihre Handys in den Fingern hatten, bereit, jederzeit mitzufilmen. Die Brüder und Schwestern hier waren also alle einigermaßen entspannt.

Wir fanden eine Stelle direkt hinter einem der Tore.

»Wir hätten eine Cola mitbringen sollen«, sagte McKay. »Jonah, Mann! Wieso hast du die letzte Flasche alle gemacht?«

»Das war ich nicht«, protestierte Jonah. »Das war Bit.«

»Den Vorwurf weise ich strikt von mir, Mann! Hör bloß auf!«

»Da ihr beiden die letzte Flasche vernichtet habt, müsst ihr auch die Kröten für die nächste zusammenkratzen«, verlangte McKay. »Ich glaub's nicht, Brüder! Jetzt sind wir hier, wollen das Spiel sehen und ich hab nichts für den Durst ... außerdem ist mir nach Erdnüssen!«

Genau in dem Augenblick schoss einer mit blauem T-Shirt ein Tor. Der Ball rollte zu McKay und er hob ihn auf. »Hey, du Milchmade, gib mir den Ball, Mann«, motzte der Torwart.

»Wer ist hier eine Milchmade, du dürres Stück Scheiße!«, gab McKay es ihm zurück.

Jonah und ich tauschten Blicke und schüttelten die Köpfe.

»Bist du zum Sportmachen im Park, du kleiner Fettsack?«, ärgerte ihn der Torwart, drehte sich zu den anderen Spielern um, wollte sehen, ob sie lachten. »Du brauchst eine ganze Mannschaft von Personaltrainern, Bro. Pass auf, dass du keine Kuhle in den Rasen machst, wenn du dich setzt!«

»Ich mach 'ne Kuhle in den Rasen, wenn ich's deiner Freundin besorge, du Lauch!«

Jetzt konnte ich mir das Lachen nicht mehr verkneifen und Jonah und die anderen Zuhörer ebenso wenig. Als ich die Wut in den Augen des Torwarts sah, verging mir das Lachen allerdings schnell.

»Komm her, Fettsack, und sag das noch mal, dann sehen wir, wer den Park auf einer Trage verlässt!«

McKay stand auf und kickte den Ball weg. Der Torwart ignorierte es und kam auf McKay zu. Alle waren nervös. Wir hörten eine andere Stimme. Ruhig, aber mit Autorität.

»Lass den Jungen in Ruhe, Bruder.«

Wir drehten uns alle um. Es war Manjaro. Immer wenn ich ihn sah, hatte ich so ein Gefühl im ganzen Körper, wie wenn ein Eiswürfel auf einem schmerzenden Wackelzahn liegt. Er trug ein blaues Muskelshirt mit einem kleinen weißen Handtuch über der linken Schulter. Seine Arme waren so dick wie die eines olympischen Gewichthebers, und er sah aus, als wäre er gerade beim Trainieren gewesen. Drei von seinen Jungs waren bei ihm. Einer war weiß, einer gemischt und der andere schwarz. Alle hatten sie blaue Caps auf.

Der Torwart grinste betreten. »Respekt, Manjaro, ich mach bloß Spaß mit den Kleinen, kennst mich doch.«

McKay setzte sich, und als ich mich zu Jonah umdrehte, merkte ich, dass er schon auf zehn Meter Abstand gegangen war.

»Ich seh's nicht gern, wenn ein großer Mann einem kleineren Kummer macht«, sagte Manjaro. »Auch der größte Mann war mal ein

Baby, also lass die Kleinen da in Ruhe. Du weißt nie, wie groß die werden.«

»Kein Problem, Manjaro.« Der Torwart machte einen Rückzieher. »Wie gesagt, war bloß Spaß. Sonst nichts.«

»Dann ist ja gut«, sagte Manjaro. »Ich seh's auch nicht gern, wenn ein South Crong einem anderen South Crong Kummer macht. Hast du kapiert?«

»Hab ich kapiert, Manjaro.« Der Torwart versuchte, seine Nerven mit einem Lachen zu beruhigen. »Na klar, kapiert.«

Dann sammelte er den Ball ein, trat ihn zurück aufs Feld und bezog erneut Stellung im Tor. Er schaute sich nicht noch mal um. Ich wollte mich gerade näher an Jonah heranschieben, als Manjaro sich umdrehte und sein Blick mich erfasste. *Scheiße!*

»Kleiner!«, rief er. Die Schlange an seinem Hals vollführte ein Tänzchen. Er kam großspurig zu mir gelatscht und wischte sich mit der Hand über die Stirn. Aus dem Augenwinkel sah ich Jonah noch ein Stück weiter auf Abstand gehen.

»Was geht, Manjaro?«, erwiderte ich.

»Bist du noch eine Stunde hier im Park am Chillen?«

Ich wusste nicht, was ich sagen sollte. Ich sah Jonah an, er nickte. Dann sah ich McKay an und er schüttelte den Kopf.

»Äh, ja, wir gucken Fußball«, erwiderte ich schließlich.

»Das ist gut«, sagte Manjaro. »Muss was besorgen, danach komme ich wieder her, okay?«

»Ist gut.« Ich nickte.

McKay schüttelte immer noch den Kopf.

»Also warte, bis ich wieder da bin, kapiert?«, fragte Manjaro.

Ich nickte, obwohl McKay verzweifelt die Augen schloss.

Manjaro und seine Crew zogen ab. Jonah kam wieder angekrochen, schaute dabei misstrauisch über die eigene Schulter. Er wartete, dass Manjaro außer Hörweite war, dann erst redete er. »Kluger Schachzug, Kleiner«, sagte er. »So einem schlägt man keine Bitte ab. Ich frag mich nur, was er von dir will?«

»Du hättest Nein sagen sollen«, unterbrach McKay ihn. »Der will bestimmt irgendeinen Scheiß von dir. Was machst du, wenn er verlangt, dass du als Kurier für ihn arbeitest, nach Thailand fliegst und mit einem Sack voll Drogen im Bauch zurückkommst?«

»Ich glaube nicht, dass er das von mir verlangen wird, McKay.« Aber was will er sonst von mir? Ich machte mir Sorgen. Vielleicht lag McKay gar nicht so falsch.

»Woher willst du das wissen?«, fragte McKay. »Lass dich nicht zum Kurier machen, Bro! Das bedeutet Dünnschiss für den Rest deines Lebens. Und es ist kein Spaß, ständig Klopapier mit sich rumschleppen zu müssen. Du weißt, dass die dir in Ländern wie Thailand siebenhundert Jahre ohne Bewährung aufbrummen, wenn sie dich mit Drogen erwischen. Und die Gefängnisse da sind die schlimmsten auf der Welt, Bro. Die lassen dir die Wahl, ob du lieber einen Arm oder ein Bein abgehackt haben willst. Das gehört alles zum Urteil, glaub mir! Dann ziehen sie dich aus bis auf die Unterhose und werfen dich in ein drei Kilometer tiefes Loch. Einmal pro Tag schmeißen sie trockenes Brot, Rattenleber und Paviansuppe rein und die Gefangenen müssen sich drum streiten. Wirklich, Bro. Zum Schluss wünschst du dir, sie würden dich exekutieren und dir den Kopf abschneiden.«

»Ich fliege nicht nach Thailand«, protestierte ich. O Gott! Ich wünschte, ich könnte Witze darüber machen. Ich wollte mir nicht anmerken lassen, was für eine Riesenangst ich hatte. »Mum bringt mich um, beim bloßen Gedanken«, sagte ich. »Ich hab nicht mal einen Pass.«

»Wenn er mir eine Million bietet, mach ich's vielleicht«, sagte Jonah. Seine Augen leuchteten bei dem Gedanken an schöne Autos, Häuser mit Swimmingpool und möglicherweise auch Venetia im Bikini.

»Jonah, manchmal kommt aus deinem Arsch was Vernünftigeres als aus deinem Mund.« McKay lachte. »Bit, wieso hast du dir keine Ausrede einfallen lassen, irgendwas mit deiner Mutter. Man muss immer eine Mutter-Ausrede parat haben. Ich an deiner Stelle hätte gesagt, dass meine Mum will, dass ich mit ihr einkaufen gehe. Oder dass ich kochen muss, weil Mum sich um Gran kümmert, die einen Schlaganfall hatte oder so. Sei kreativ, Mann.«

»Als Manjaro mich angesehen hat, ist mir keine Lüge eingefallen.«

»Sag nicht, ich hab dich nicht gewarnt«, sagte McKay.

Ich schüttelte den Kopf und versuchte, mich auf den Fußball zu konzentrieren. In den beiden nächsten Stunden kamen und gingen alle möglichen Brüder. Mädchen posten und nölten rum. Eine Weile spielte ich mit, aber die größeren stießen mich einfach vom Ball weg oder gaben erst gar nicht an mich ab. Ich setzte mich wieder und sah zu, wie die Fußballer foulten und fluchten.

McKay erzählte uns noch ein paar Horrorgeschichten über Raketenabschussstationen, die die Bullen auf North und South Crongton richteten, um endlich das Gang-Problem in unserer Gegend in den Griff zu bekommen. »Kein Witz, Brüder«, sagte McKay und tat total entrüstet. »Die Raketen stecken unter dem Asphalt vor der Bullenwache. Könnt ihr mir glauben, wenn das mit den Messerstechereien und den Morden nicht aufhört, bomben die uns die Iros und Afros von den Schädeln. Danach stellen sie sich ins Fernsehen und erzählen der Nation, ein Bruder von uns hätte eine Bombe bei der Armee geklaut und irgendwie dran rumgebastelt, bis sie hochgegangen ist. Könnt ihr glauben ... «

McKay machte eine Pause. Von links sah er Manjaro und drei aus seiner Crew auf uns zukommen. Wieder so ein Eis-auf-Knochen-Gefühl. *Verflucht!* Die hatten Einkaufstüten dabei. Das war vielleicht ein abgefahrener Anblick – normalerweise sah man die Gangsta von South Crong nicht mit Einkaufstüten in der Hand.

»Kleiner«, rief Manjaro. »Danke und Respekt, dass du auf mich gewartet hast.«

Ich konnte nicht glauben, dass er das gesagt hatte. Der große Manjaro bedankt sich bei mir! Jonah hatte seinen Ach-du-Scheiße-Blick drauf; McKay schüttelte den Kopf. Manjaro und seine Crew stellten die Einkaufstüten vor mir ab. Die Tüten waren voll mit Markenklamotten, Markenschuhen und Spielsachen.

»Für Jerome«, erklärte Manjaro. »Achte drauf, dass er's auch kriegt. Hast du kapiert?«

Ich nickte. Ich konnte nichts Schlimmes dran erkennen, wenn ich ein paar neue Klamotten für Jerome mit nach Hause brachte. *Mann! Der wird das am besten gekleidete Baby von ganz Crongton sein! Einschließlich Crongton Village, wo in den Auffahrten nur Autos mit Allradantrieb und Audi Cabrios parkten. Und vielleicht helfen die Spielsachen ja, sodass Jerome aufhört, ununterbrochen zu schreien.* McKay schüttelte immer noch den Kopf, aber Jonah nickte.

»Komm mal her«, beharrte Manjaro.

Ich stand auf. Manjaro legte mir eine Hand auf die Schulter und grinste. Der kalte Hauch von Voldemort fuhr mir durch die Blutbahn. Wir setzten uns in Bewegung. Seine Jungs sahen uns ganz komisch an. Ich muss zugeben, dass ich mir echt wichtig vorkam, so wie ich da neben Manjaro herlief. Ja. Ich war jemand und nicht mehr nur der blöde kleine Niemand, der beim Fußball nie einen Ball abbekam.

»Ist irgendwie scheiße, dass es mit deiner Schwester nicht so geklappt hat«, fing Manjaro an, kaum dass wir weit genug von den anderen weg waren. »Aber mir ist das mit dem Vatersein wichtig, hast du kapiert?«

Vatersein ist ihm wichtig? Für meine Festplatte war das ganz schön viel zu verarbeiten, aber ich dachte, besser nicken.

»Ich will an Jeromes Leben teilhaben«, fuhr Manjaro fort. Seine Stimme war ruhig und überzeugend. »Du vermisst deinen Dad doch auch in deinem Leben, oder?«

»Ja«, gab ich nach einer Weile zu. »Ich wünschte, er würde noch bei uns wohnen.«

»Jerome ist ein Teil von mir, hast du kapiert? Elaine und ich kriegen es zusammen nicht hin, aber ich finde es unfair, dass ich kein guter Dad für ihn sein darf. Mein Dad war kein guter ...« Ich riskierte einen Blick zu ihm nach oben. Auf seinem Gesicht lag ein Schweißfilm und die Schlange an seinem Hals zuckte, als er die Schultern nach hinten durchdrückte. »Ich sag dir das, Kleiner, weil ich dir vertraue. Du kommst mir ehrlich vor, anders als die meisten Brüder hier. Kannst du glauben.« Er blieb stehen und starrte mir direkt ins Gesicht. Ich zwang mich zurückzuschauen. »Also, ich wäre dir sehr dankbar, wenn du die Sachen für Jerome mit nach Hause nimmst.«

»Cool, Bro«, erwiderte ich. »Mach ich.«

Manjaro grinste wieder. »Bin froh, dass bei dir ankommt, was ich sagen will.« Er zog seine Brieftasche raus, leckte den rechten Daumen und den Zeigefinger an und zog zwei Zehnpfundscheine raus. Dann gab er mir das Geld. »Für deine Unannehmlichkeiten.«

»Welche Unannehmlichkeiten?«, fragte ich.

»Könnte sein, dass du Krach mit deiner Schwester kriegst.«

Er machte mir erneut Mut, indem er mir auf die Schulter klopfte, dann war er weg, seine drei Brüder gingen mit ihm über den Fußballplatz. Das Spiel wurde unterbrochen, die Spieler senkten respektvoll die Köpfe, bis alle vorbeigelaufen waren. *Mann! Das würden die nicht mal machen, wenn die Bürgermeisterin dieser irren Stadt hier höchstpersönlich vorbeikäme.*

Jonah und McKay schoben sich wieder an mich ran. »Jetzt kannst du ja Cola kaufen«, meinte Jonah.

»Und Erdnüsse«, ergänzte McKay.

»Nur wenn ihr mir helft, den Kram nach Hause zu schleppen.«

McKay und Jonah trugen jeder eine Tüte und folgten mir zum Supermarkt, wo ich zwei Literflaschen Cola und zwei Tüten Erdnüsse kaufte. Auf dem Mäuerchen vor dem Laden haben wir erst mal getrunken und gefuttert. Wir sahen Leute kommen und gehen. War ein gutes Gefühl, kaufen zu können, egal was wir wollten, aber dann hatte ich irgendwann so viel Cola intus, dass mir schlecht war. Ich musste mich echt hartnäckig gegen meine beiden Brüder wehren, weil sie jetzt auch noch Schokoriegel, Eis und Handyguthaben von mir wollten. McKay brachte gute Argumente vor, meinte, sein Dad hätte mir ja auch Chickenwings und Pommes spendiert, und jetzt würde ich mein Geld in der Tasche behalten.

Ich trank den Rest von der Cola, dann machte ich mich auf den Weg nach Hause. Jonah half mir, die Tüten schleppen, und McKay ging in der entgegengesetzten Richtung davon. Ich drehte den Schlüssel in der Wohnungstür und dachte möglichst nicht daran, was Manjaro gesagt hatte von wegen Krach mit meiner Schwester. *Wird alles cool*, sagte ich mir. *Jerome braucht schließlich was Neues zum Anziehen.* »Elaine!«, rief ich, als ich eintrat. »Ich hab was für dich!«

5

EIN DÄMLICHES ARSCHLOCH

»HÖR AUF RUMZUSCHREIEN, LEMAR.« Gran kam in den Flur. Mit einem Finger stocherte sie in Richtung von Elaines Zimmer. »Klopf an die Tür. Oder willst du Jerome wecken?«

»Wo ist Mum?«, fragte ich leise.

»Hast du dein Hirn heute nicht eingeschaltet, Lemar? Weißt du nicht, dass Samstag ist? Sie ist bei der Arbeit. Müsste eigentlich schon auf dem Nachhauseweg sein.«

Ich hatte gehofft, dass Mum da sein würde. Ich wollte ihr zeigen, dass ich was für Jerome mitgebracht hatte. Zwar hatte ich die Klamotten nicht selbst gekauft, aber immerhin lieferte ich sie ab. *Wer weiß?*, dachte ich. *Vielleicht versuchen Manjaro und Elaine es danach noch mal auf diplomatischem Wege und vertragen sich wieder. Manjaro hat recht. Ein Dad muss im Leben seiner Kinder vorkommen. Das wird Elaine einsehen.*

Als ich an ihre Tür klopfte, war ich eigentlich ganz zuversichtlich.

»Komm rein«, rief Elaine.

Sie saß auf dem Bett, schaukelte Jerome in den Schlaf. Ein jamaikanisches Kopftuch zierte ihre Stirn und ihr Afro schien direkt da rauszuwachsen. Wenn sie grinste, wurden die Grübchen in ihren Wangen tiefer. Aus Elaines Gettoblaster kam leise »New Me Dawning« von Tasha's World – sie glaubte, entspannte Grooves würden Jerome beim Einschlafen helfen. Sie berührte Jeromes Lippen mit dem rechten Zeigefinger. War ein gutes Gefühl, sein Onkel zu sein. »Ich hab was für ihn«, sagte ich.

»Was denn?«, fragte Elaine, schaute dabei aber weiter Jerome an.

»Steht draußen im Flur.«

»Kannst du mir nicht sagen, was es ist?«

»Komm und sieh's dir an.« Ich grinste.

»Verschwende bloß nicht meine Zeit, Lemar. Ich muss noch Jeromes Fläschchen spülen, seine Klamotten waschen und mir die Haare machen.«

»Ich verschwende deine Zeit schon nicht, Sis.«

Sie ließ die Tür offen und kam mit mir raus in den Flur.

»Alles für Jerome«, sagte ich stolz und zeigte auf die Tüten.

Elaine stemmte die Hände in die Hüften und verlagerte ihr Gewicht auf ein Bein. Ihre Augen sprühten Funken. »Woher hast du das Geld, Lemar?«

Meine Zuversicht schwand. »Ich ... ich hab Manjaro im Park getroffen. Er wollte ein paar Sachen für Jerome besorgen ...«

Elaine erstarrte. »Spinnst du, Lemar? Ich kann den Scheiß nicht annehmen! Das weißt du doch!«

»Elaine! Wieso benutzt du solche schmutzigen Wörter hier zu Hause?«, schimpfte Gran und kam aus der Küche.

»Ich ... ich wollte nur helfen«, erklärte ich.

»Damit hilfst du nicht!«, fuhr Elaine mich an. »Du weißt, dass ich mit ihm nichts zu tun haben will, und dann schleppst du Sachen für Jerome hier an? Hast du sie noch alle? Hat dir jemand ins Gehirn geschissen oder was ...«

»Jetzt reicht's!«, sagte Gran. »Und hör auf mit den Schimpfwörtern, sonst platzt mir der Kragen! Lemar wollte bloß helfen.« Sie ging an die Tüten und sah sie durch.

»Dann erklär du diesem schwachsinnigen Vollpfosten, dass ich *nichts* von meinem Ex haben will. Du hast keine Ahnung, was ich wegen diesem Geisteskranken durchgemacht hab.«

»Aber ich ...«

Bevor ich den Satz beenden konnte, schlug Elaine mir auf den Arm. »Manchmal hast du echt den Verstand verloren, Lemar! Bring ihm die Tüten zurück und sag ihm, dass ich sie nicht will! Sag ihm, den Kram kann er sich hinschieben, wo die Sonne niemals scheint! Hast du verstanden? Und jetzt geh mir aus den Augen!«

Genau in diesem Moment öffnete sich die Wohnungstür und Mum kam rein, schaute von einem zum anderen. »Was ist denn hier los? Elaine! Ich hab dich bis unten schreien hören …«

»Sag deinem bescheuerten Sohn, er soll keine Sachen von meinem Ex hier anschleppen! Ich kann nicht glauben, dass er das gemacht hat!«

»Du hörst jetzt auf zu schreien, Elaine, sonst fängst du eine«, warnte Mum sie und zog den Mantel aus.

»Beruhigt euch erst mal alle«, sagte Gran, hob beschwichtigend die Hände. »Jetzt wird nicht mehr geflucht.« Allmählich standen zu viele Leute im Flur. Plötzlich verspürte ich das dringende Bedürfnis, in mein Zimmer zu flüchten.

Dann hörten wir alle, wie Jerome zu schreien anfing. »Siehst du, was du gemacht hast, Lemar?«, brüllte Elaine mich an. »Manchmal bist du echt ein verdammt dämliches Arschloch von einem Bruder!«

»Wenn du weiter so redest, kannst du dir eine andere Wohnung suchen!«, explodierte Mum.

»Ich kann's nicht abwarten! Meinst du, ich bin gerne hier? Vielleicht erziehe ich Jerome ja besser als du uns!«

Elaine tobte davon, um nach Jerome zu sehen. Mum blieb im Flur stehen, schüttelte den Kopf. Dann durchbohrte sie mich mit den Augen. Gran verschwand in die Küche. »Wieso musstest du dich mit Manjaro einlassen?«, fragte Mum. So wie sie mich ansah, war es ganz egal, was ich antwortete. Sie gab sowieso mir an allem die Schuld.

»Elaine mault immer rum, dass sie kein Geld hat, um Jerome Klamotten zu kaufen, und als Manjaro kam und …«

»Wir brauchen sein Geld nicht«, fiel mir Mum ins Wort.

»Aber …«

»Aber gar nichts, Lemar! Du hast deine Schwester wütend gemacht und Jerome schreit hier alles zusammen. Ich hab den ganzen Tag gearbeitet, und nicht mal in meiner eigenen Wohnung hab ich meine Ruhe! Weißt du eigentlich, wie müde ich bin?«

»Ich wollte nur helfen ...«

»Geh mir aus den Augen, Lemar! Verschwinde in dein Zimmer und zeichne was oder so! Ich hatte einen langen Tag, mir tun die Füße weh und ich brauch das nicht!«

Ich ging in mein Zimmer, knallte die Tür hinter mir zu und ließ mich aufs Bett fallen.

»Wenn du die Tür kaputt machst, brech ich dir die Knochen!«, schrie Mum aus dem Flur.

Was ist bloß los mit dieser scheiß Familie?, dachte ich. Wieso bin immer ich an allem schuld? Wieso kapieren meine Mum und meine Schwester nicht, dass ich Jerome nur was Gutes tun wollte? Ich bin vierzehn, verdammt noch mal!! Wieso reden alle mit mir, als wäre ich ein kleines Stück Scheiße? Wenn Elaine den Kram nicht will, soll sie ihn selbst zu Manjaro zurückbringen. Ich mach's jedenfalls nicht!

Über eine Stunde rührte ich mich nicht, ignorierte den Essensgeruch und das Besteckklappern, obwohl mein Magen allmählich knurrte. Ich starrte nur an die Decke und dachte, was für ein verkorkstes scheiß Leben ich lebte. Sobald es Ärger gab, zeigten alle mit dem Finger auf mich. Wenn ich nicht hier wäre, wem hätten sie dann die Schuld gegeben?

Schließlich klopfte es an meine Tür und ich stand vom Bett auf. Ich wusste, dass es Gran war, weil Elaine oder Mum gar nicht erst anklopfen würden. Sie brachte mir einen Teller mit einer großen Portion Karottenkuchen. »Wir hatten alle schon ein Stück«, sagte Gran. »Ich will nur sicher sein, dass du deins auch bekommst.«

»Danke, Gran.«

Ich biss zweimal in den Karottenkuchen und Gran setzte sich neben mich. »Elaine meint das nicht so, wie sie's sagt«, erklärte sie. »Sie hat's nicht leicht – Jerome ganz alleine großziehen und eine Wohnung beantragen. Außerdem ist sie ein kluges Mädchen. Sie sollte was aus sich machen, aber seit Jerome auf der Welt ist ... na ja, sie hat's jedenfalls nicht leicht. Weißt du noch, wie wir gefeiert haben, als Elaine ihre Prüfungsergebnisse bekommen hat?«

»Ja, Mum und du seid mit uns in den Cheesecake-Laden um die Ecke an der Crongton High Street gegangen. Trotzdem muss sie ihren Scheiß nicht an mir auslassen. Mum und Elaine lassen immer alles an mir aus! Ich hab Elaine nicht gebeten, sich schwängern zu lassen und die Schule zu schmeißen! Und ich bin auch nicht schuld dran, dass Dad abgehauen ist.«

»Nein, bist du nicht«, gab Gran mir recht. »Alle haben Stress. Ist nicht leicht.«

»Deshalb hab ich die Tüten von Manjaro angenommen«, sagte ich. »Und ich finde immer noch nichts Schlimmes dabei, Gran. Aber was krieg ich dafür? Elaine beschimpft mich und Mum stellt sich auf ihre Seite. Sie ist *immer* auf ihrer Seite.«

»Nein, das ist sie nicht, Lemar.«

»Doch, ist sie wohl! Hast du nicht gehört, wie sie geflucht hat? Und was macht Mum? *Nichts!* Hätte ich mich das getraut, hätte sie mir den Reistopf über den Schädel gezogen!«

»Iss deinen Kuchen, Lemar. Morgen geht's dir besser.«

Gran legte mir eine Hand auf die Wange, lächelte und drückte mir einen Kuss auf die Stirn. Dann ging sie raus und ich futterte erst mal.

Der Karottenkuchen war gut. Als ich aufgegessen hatte, legte ich das Geld, das nach der Cola und den Erdnüssen noch übrig war, in den Schuhkarton in meinem Schrank. Immerhin wusste ich jetzt, was Manjaro mit »Unannehmlichkeiten« gemeint hatte.

6

KRIEG IN CRONGTON

AM NÄCHSTEN MORGEN WACHTE ICH um 6.45 Uhr auf und es
ging mir nicht besser. Ich dachte, dass ich vielleicht Dad fragen sollte, ob
ich eine Weile bei ihm wohnen durfte, aber hätte ich davon auch nur andeutungsweise angefangen, wäre Mum abgegangen wie ein Tornado,
der verstopfte Kloschüsseln aus der Verankerung reißt. Ich machte den
Fernseher an und merkte, dass mein Handy blinkte. Ich nahm es und
sah eine SMS von Jonah. *Wieso schickt der mir so früh schon Nachrichten?*
Ich öffnete sie.

> South Crong im Wareika Way ermordet. Bullen haben alles
> abgesperrt. McKay ist unterwegs. Treffen uns dort.

Scheiße! Es geht los. Wareika Way war nicht weit vom Park entfernt.
Größtenteils bestand er aus vierstöckigen Wohnblocks, nur am Anfang
und am Ende standen fünfzehnstöckige Hochhäuser. Eigentlich kam es
dort nicht häufig zu Messerstechereien oder sonstigem Ärger, weil Manjaro die Gegend kontrollierte. Die meisten, die da wohnten, gehörten zu
Manjaros Crew, deshalb war ich auch so geschockt, dass es den Bruder
ausgerechnet dort erwischt hatte. Ich antwortete Jonah.

> Bin unterwegs

Ich wusch mich in Windeseile, zog mich an, und als ich am Wareika
Way eintraf, fuhr gerade der Krankenwagen davon, aber nicht besonders schnell und die Sirene war auch nicht eingeschaltet. Die Bullen hat-

ten die ganze Straße abgesperrt, aber an beiden Enden hatten sich Menschentrauben gebildet. Leute ungefähr im selben Alter wie meine Mum standen in ihren Morgenmänteln da. Ich hörte eine Frau weinen, konnte sie aber nicht sehen. Andere starrten aus den Fenstern, und ein paar Brüder standen auf Mauern oder waren an Laternenmasten hochgeklettert. Alle beobachteten sie die Typen von der Spurensicherung in ihren weißen Overalls. Einige von denen hatten sogar Gesichtsmasken übergezogen. Wär's keine Messerstecherei gewesen, hätte man auch denken können, irgendeine fiese leberzerfressende Pest hätte Crongton heimgesucht. Die Bullen untersuchten jeden Zentimeter. Sie hatten kleine Pinselchen und Plastiktütchen in den Händen, und insgeheim dachte ich, dass ich den Boden lieber nicht so genau unter die Lupe nehmen würde, weil ich mindestens eine Million Typen da schon hatte hinpissen und hinrotzen sehen. Mir schoss in den Kopf, dass der Tatort ein gutes Motiv für eine Skizze oder ein Gemälde gewesen wäre.

Dann entdeckte ich McKay und Jonah am anderen Ende vom Wareika Way, ich musste also noch mal ganz außen rum, um zu ihnen zu kommen. Als ich dort war, schoben uns die Bullen noch mal ein Stück weiter zurück.

»Zurücktreten, *bitte*, bitte, weiter zurück«, sagte einer von ihnen und hielt die Hände ausgestreckt vor sich. »Das ist ein Tatort.«

In Augenblicken wie diesen hasste ich es wirklich, so klein zu sein. Ich sah nur Schultern und Köpfe vor mir.

»Das war Nightlife«, flüsterte McKay mir ins Ohr. »Durchlöchert wie ein Sieb. Die haben ihm sogar ein Stück vom Ohr abgerissen – typisch für die North Crongs. Patricia Byrne, die da oben im vierten Stock wohnt, hat gesagt, da sind Sturzbäche von Blut in den Gully gelaufen.«

»Du meinst, den großen Weißen, der immer amerikanische Footballtrikots anhatte?«

»Genau den.« McKay nickte. »Stand auf die Washington Redskins. Vor ein paar Jahren hat ihm sein Dad einen Redskins-Helm zum Geburtstag geschenkt, kurz bevor er auf Nimmerwiedersehen verschwunden ist.«

»Nightlife war einer von Manjaros besten Kumpels«, meinte Jonah.

»Wieso wurde er so genannt?«, fragte ich.

»Weil er nachts immer raus ist. Seine Mum hat ihm nicht erlaubt, in der Wohnung zu kiffen«, erwiderte McKay.

»Und deshalb wussten die auch, wo sie ihn kriegen«, flüsterte ich.

»Genau«, erwiderte McKay. »Vielleicht haben ihn die North Crongs schon eine Weile beobachtet. Die Kacke wird so was von überkochen. Manjaro muss sich ernsthaft was einfallen lassen. Überleg dir das mal: ein North-Crong auf South Crong-Gebiet – im *Wareika Way* –, und dann macht er einen South Crong alle? Genauso gut hätten sie Manjaro persönlich aus einem Hubschrauber raus auf den Kopf kacken können.«

Ich sah mich um und entdeckte nur einen South Crong mit einer blauen Basecap. Er machte irgendwas mit seinem Handy.

»Wahrscheinlich werden die Bullen überall rumfragen«, sagte McKay. »Halt bloß dicht, wenn die bei euch auf der Matte stehen.«

»Ich weiß eh nichts«, erwiderte Jonah.

Wir verzogen uns wieder in Richtung unserer Blocks und fragten uns, wie's jetzt weitergehen würde in diesem South-Crong-North-Crong-Krieg. Als wir eine Abkürzung durch eine schmale Gasse nahmen, fing McKay zu mosern an, weil er noch nichts zum Frühstück gehabt hatte.

Ich weiß nicht warum, aber ich hatte das Gefühl, dass uns jemand folgte. Um mich zu vergewissern, schaute ich mir drei Mal über die Schulter, aber da war keiner.

»Was ist los mit dir, Bit?«, fragte McKay. »Glaubst du, die Bullen sind dir auf den Fersen?«

»Nein«, erwiderte ich. »Hab nur kurz gedacht, es wäre jemand hinter uns.«

Jonah drehte sich auf der Stelle um, schaute hier- und dorthin. Ich hatte immer noch so ein komisches Gefühl und dachte, dass es Jonah und McKay genauso ging, auch wenn sie sich's niemals anmerken lassen würden.

»Kein Wunder, dass du Paranoia schiebst«, sagte McKay. »Ich kann's auch kaum glauben, dass die Nightlife auf South-Crong-Gebiet abgestochen haben. Manjaro poliert bestimmt schon seine Kalaschnikows und schnallt sich Granaten vor die Brust. Würde mich nicht wundern, wenn der Flugabwehrraketen und so einen Scheiß hat. Wisst ihr, solche, wie die arabischen Brüder hinten auf die Ladeflächen von ihren Lastern bauen.«

Jonah und ich schüttelten die Köpfe und verdrehten die Augen.

Wir bogen in einen schmalen Weg hinter einer Reihe von kleinen Häusern ein. Die Hinterhöfe waren kaum größer als Hobbithöhlen. Überall hingen Schilder mit »Achtung bissiger Hund« an den Toren, obwohl ich wusste, dass viele gar keine Hunde hatten.

»Keine Ahnung, wie's euch geht, aber auf mich warten ein paar fette Würstchen, Speck, Bohnen und gebratene Tomate«, sagte McKay. »Das muss ich mal eben schnell mit Mango- und Ananassaft runterspülen. Also gehabt euch wohl und lasst euch nicht abstechen.«

McKay joggte davon, während Jonah und ich um die nächste Ecke bogen. *Rumms!* Fast wären wir gegen Manjaro gedonnert. Mein Rückgrat erstarrte zum Eiszapfen. Mit dem Rücken zur Wand stand er da. Alleine. Eine Sekunde lang dachte ich, er wäre uns gefolgt. *Nee, aber wieso sollte er mir nachlaufen?* Er trug ein schwarzes T-Shirt und schwarze Schweißbänder an den Handgelenken. Die Morgensonne glänzte auf seinem rasierten Schädel. Er schaute in den Himmel, als würde er sich eine böse alttestamentarische Rache ausdenken. Ich sah Jonah an, und einen Augenblick lang war er starr vor Angst, dann machte er kehrt und rannte los, als hätte er gerade erfahren, dass einer aus der Siebten sein Lieblings-PS3-Spiel konfisziert hatte.

»Wieso haut dein Bro ständig ab?«, wollte Manjaro wissen. »Ich tu ihm doch nichts.«

»Der ist ein bisschen nervös«, sagte ich.

»Verständlich.« Manjaro nickte. Er richtete den Blick nach Osten, dann nach Westen, misstrauisch gegenüber jedem, der ihn zur Kenntnis nahm. Ich spürte mein Herz in meiner Kehle poltern. »Ich hab dich im Wareika Way gesehen.«

»Wir ... wir haben gehört, was passiert ist«, brachte ich heraus.

»Nightlife ... das war ein loyaler Bruder«, sagte Manjaro. Seine Stimme war schwer vor lauter Trauer. Sein Tonfall überraschte mich. »Wenn ein Bruder in der Scheiße gesessen hat, war er immer der Erste, der angerannt kam, um zu helfen, hast du kapiert? Der hat nicht gezögert, Renegaten an die Wand zu drücken.«

»Rene ... was? Klar, kapiert ... tut mir leid, du weißt schon, tut mir echt leid.«

»Das weiß ich zu schätzen, Kleiner, ja wirklich. Ich werde mich um seine Familie kümmern, weißt du, denen was spenden. Die brauchen es, sein Dad hat sich schon lange verpisst. Keine Ahnung, wieso er die einfach hat sitzen lassen.« Pause. »Ich will, dass du mir einen Gefallen tust.«

»Ich?«

Ich hoffte, dass es was Leichtes sein würde, wie zum Beispiel Eis aus dem Laden holen. Aber irgendwie wusste ich schon, dass es das nicht war.

»Ja, du«, sagte er. »Ich hab das Gefühl, ich kann dir vertrauen. Du bist ehrlich.«

Ich stellte mir Elaine und Mum vor, wie sie mich beschimpften, aber schließlich konnte ich meine eigenen Entscheidungen treffen, oder? Außerdem war egal, was ich machte, die beiden hassten mich sowieso.

»Was soll ich machen?«, platzte es aus mir heraus.

»Bloß wo hingehen und was abholen«, erwiderte Manjaro. »Kein großes Ding, aber wenn du mir den Gefallen tust, spende ich dir was.«

Ich fragte mich, wie viel das sein würde. *Wenn ich noch öfter was für Manjaro erledigen könnte, wäre vielleicht außer den neuen Sneakern auch noch ein neues Adidas-Trikot drin. Gar nicht so schlecht, oder? Nur eine kleine Besorgung, dann konnte ich mir neue Klamotten kaufen. Viel-*

leicht würde Venetia mich dann endlich mal zur Kenntnis nehmen. »Ist es weit?«

»Nein, ungefähr zwanzig Minuten zu Fuß hinter den alten Fabriken. Nicht weit von Crong Village.«

»Und soll ich heute da hin?«

»Nein, nicht heute. Heute trauern wir um Nightlife und in den nächsten Tagen auch noch. Gib mir deine Handynummer, dann bekommst du einen Anruf, wenn das Ding abgeholt werden muss.«

Muss ich wirklich meine Nummer rausrücken? Und wenn er mich zu Hause anruft, wenn Elaine da ist? Von jetzt an stell ich mein Handy lieber auf lautlos.

»Was ist es denn?«, wollte ich wissen.

»Kein großes Ding«, sagte Manjaro schulterzuckend. »Ich würd's selbst holen, aber sobald ich das Viertel hier verlasse, hab ich die Bullen an den Fersen. Du weißt doch, wie das ist, wenn die einen anhalten und durchsuchen, die ganze Scheiße, hast du kapiert? Jetzt wo Nightlife tot ist, wird's noch schlimmer – der wusste, was es bedeutet, ein wahrer Bruder zu sein. Ich will mich nicht mit den Bullen anlegen, solange ich um Nightlife traure.«

»Kann ich verstehen«, erwiderte ich.

»Und du hast doch noch nie Ärger mit den Bullen gehabt, oder? Wenn du was rumschleppst, dann doch meistens deine Schultasche und deine Zeichnungen, oder?«

»Ich und Ärger? Meine Mum würde mir so die Ohren lang ziehen, das würdest du noch am anderen Ende von Crongton hören.«

Manjaro grinste, aber kurz danach war sein Gesicht wieder wie Beton.

Ich gab Manjaro meine Nummer. Ich fand's komisch, dass er sie sich aufschrieb und nicht in sein Telefon einspeicherte.

»Du hörst von uns«, sagte er.

»Okay«, sagte ich.

Dann schob er sich die Hände in die Taschen und verzog sich. Ich sah ihm nach, bis er um eine Ecke bog, und fragte mich, ob es richtig gewesen war, ihm meine Nummer zu geben. *Gar kein Ding*, fand ich. *Wahrscheinlich soll ich ein paar Sneaker oder so was bei einer Freundin abholen – McKay schätzt, Manjaro hat in ganz Crongton an die sechs Ladys verteilt. Wahrscheinlich war das auch der Grund, weshalb meine Schwester ihn abgesägt hatte.*

7

KURIERDIENST

DIE NÄCHSTEN FÜNF TAGE VERGINGEN, ohne dass ich was von Manjaro hörte. Allerdings umso mehr von Mum und Elaine. Sie meckerten, weil ich vergessen hatte, den Flur und die Küche zu wischen, schimpften, weil ich den Abfall am Montag nach dem Essen nicht runtergebracht hatte, und brüllten mich an, weil ich drei Gläser Ribena getrunken und die Flasche leer gemacht hatte. Am Dienstagabend nahm Mum mir den Fernseher weg, weil ich zurückgemotzt hatte, als sie mich einen »kleinen Gierschlund, der immer nur Geld will« geschimpft hatte. Dabei hatte ich es nur gewagt, sie um ein paar Pfund für einen Haarschnitt zu bitten.

Ich fing ein neues Bild an. Ich hatte noch genau im Kopf, wie die Bullen am Tatort ermittelten, und zeichnete die Blocks im Wareika Way mit den Leuten an den Fenstern. Gran kam ab und zu in mein Zimmer und schaute schweigend zu, wie ich zeichnete, und wenn sie aufstand und wieder rausging, sagte sie immer: »Weiter so, Lemar. Gott hat dich mit Talent gesegnet.«

Mum und Elaine nahmen es nicht mal zur Kenntnis.

Am Mittwochabend, als ich die Menschenmenge dazu zeichnete, hörte ich mein Handy piepen. Es war kurz nach sieben und ich dachte, Jonah oder McKay würden mir eine SMS schicken – dass Manjaro was von mir wollte, hatte ich schon vergessen. Ich öffnete die Nachricht.

Ware abholen in der Crongton Lane 269 – 20 Uhr

Von wem die Nachricht kam, wurde nicht angezeigt. Keine Ahnung, was das war, aber irgendwas in mir prickelte vor Aufregung. Ich sah auf meinem Handy nach der Uhrzeit. 19.10 Uhr. Dann las ich die Nachricht noch einmal. *Soll ich sie ignorieren?* Vielleicht sollte ich Manjaro sagen, dass ich schon schlief? *Nee, das kauft er mir nie ab. Wieso hab ich jetzt Schiss? Er will doch nur, dass ich was abhole, und dafür krieg ich was. Genau. Ich gehe. Die Crongton Lane ist auch gar nicht so weit.*

Ich ging ins Wohnzimmer. Gran glotzte irgendeine Talkshow, und Mum hatte sich auf dem Sofa zusammengekauert und pennte. »Ich … ich geh rüber zu McKay. Ich … brauch Hilfe bei den Mathe-Hausaufgaben.«

»Macht aber wirklich Hausaufgaben und verschwendet nicht eure Zeit mit der blöden Playstation«, sagte Gran. »Und sei vorsichtig da draußen.«

»Klar Gran, wir lernen.« Ich hob die Stimme ein bisschen, hoffte, dass Mum mich hören würde. »Mum! Ich geh zu McKay. Bis später!«

»Glaubst du, ich steh im zehnten Stock?«, erwiderte Mum und öffnete schläfrig ein Auge. »Hab's schon beim ersten Mal gehört. Jetzt lass mich schlafen.«

Ich ging noch mal zurück in mein Zimmer, holte tief Luft und zog meine Sneaker an. Wer wohl dort sein würde? Einer, den ich kannte? Vielleicht jemand von ganz oben aus Manjaros Crew. Was sollte ich holen? Ich musste zugeben, dass ich ganz schön Angst im Bauch hatte, aber ich fand's auch echt aufregend. Manjaro bittet *mich* um einen Gefallen, und er wird *mir* was spenden. Ich setzte mich auf mein Bett, dachte über die Vor- und Nachteile der Situation nach.

Als ich eine Viertelstunde später das Haus verließ, sah ich mich immer wieder um, dachte, dass mir Mum oder Gran vielleicht hinterhergingen. Ich kam vorbei an dem kaputt randalierten Jugendklub, wo mein Dad früher immer gewesen war, und an der alten verfallenen Fabrik, in der jetzt Penner übernachteten. Immer weiter Richtung Central Crongton.

Fünfzig Meter vor der High Street ging die Crongton Lane links ab.

Vor den Häusern führten Betonstufen zu breiten Haustüren hinauf und in einigen Häusern standen Billardtische im Keller. BMWs, Mercedesse und andere schweineteure Autos parkten in den schräg eingezeichneten Lücken. Ich hörte kein irres Geschrei aus den Häusern, wie bei uns im Block.

Ich suchte die Hausnummer. Zweihunderteinundfünfzig, zweihundertdreiundfünfzig, ich blieb stehen. *Noch kann ich mich umdrehen und nach Hause verschwinden,* dachte ich. *Ich muss das nicht machen. Ich bin sicher, Manjaro findet auch einen anderen Bruder, der ihm holt, was er haben will.* Aber, hey-ho, ich brauchte ein paar neue Sneaker und ich hatte keine Lust, mich noch mal mit meiner bekloppten Frisur vor Miss Fitness Venetia King blicken zu lassen. Ich brauchte unbedingt einen Haarschnitt. Zweihundertsiebenundfünfzig, zweihundertneunundfünfzig. Ich holte tief Luft und joggte den Rest des Weges. Zweihundertneunundsechzig. Langsam stieg ich die Stufen hinauf und las noch mal die Adresse vom Handydisplay ab. Ich war da. Zehn Sekunden lang stierte ich auf die Türklingel, als wär's eine Sprengkapsel. Aus irgendeinem Grund fielen mir lauter alte Zeichentrickfilme mit irren Explosionen ein. Wile E. Coyote, der den Road Runner jagt und sich dabei aus Versehen selbst in die Luft sprengt. Den mochte mein Dad immer am liebsten, glaube ich. Dann schloss ich die Augen und klingelte.

Sekunden später ging drinnen Licht an. Ich stieg eine Stufe runter. Etwas Feuchtes und Kaltes lief mir den Rücken runter. Durch die Milchglasscheibe sah ich einen Schatten auf mich zukommen. Die Tür ging auf und ein weißes Mädchen, ungefähr neunzehn Jahre alt, stand vor mir. Sie hatte die Haare zum Pferdeschwanz zurückgebunden und trug ein ausgeleiertes blaues T-Shirt und eine blaue Trainingshose. An den Handgelenken blaue Schweißbänder. Nichts an den Füßen. Ihre krummen Zehen sahen aus, als hätte sie versucht, barfuß in Eierbechern zu laufen.

»Bit?«, fragte sie.

Ich nickte.

»Gib mir dein Handy«, verlangte sie.

»Wieso?«

»Gib mir einfach dein scheiß Handy!«, beharrte sie.

Ich gab ihr mein Handy. Sie nahm es mir ab, markierte meine Nachrichten und löschte alle. Dann gab sie's mir wieder und sagte: »Warte hier.«

Ein eiskalter Dämon trieb in meinem Blutkreislauf. Sie schloss die Tür und ich sah ihren Schatten im Haus verschwinden. Zwei Minuten später kam sie mit einem braunen Päckchen, das mit braunem Paketband zugeklebt war, wieder raus. Ungefähr so groß wie mein Schuhkarton im Schrank, aber nicht ganz so hoch. Dann gab sie mir einen zusammengefalteten Zettel. Ich faltete ihn auseinander und erkannte eine Adresse in meiner Siedlung. »Remington House 9?«, fragte ich.

Das Mädchen nickte. »Deine Spende«, sagte sie und zog einen frischen Zehner aus der Hosentasche.

»Danke.«

»Bring's dorthin, jetzt«, verlangte sie. »Geh nicht erst nach Hause oder sonst wohin. Hast du kapiert?«

»Kapiert.«

»Gib mir den Zettel wieder«, befahl sie.

Ich las noch mal die Adresse, dann gab ich ihn ihr zurück. Sie riss den Zettel in winzige Fetzen und zerknüllte sie in der Faust.

»Denk dran«, sagte sie und hielt mir den rechten Zeigefinger vor die Nase. »Geh jetzt da hin, wenn du da bist, kriegst du noch eine Spende. Die wissen, dass du kommst.«

Ich fragte mich, wer *die* waren.

Sie machte die Tür zu, bevor ich weitere Fragen stellen konnte. Eine Weile blieb ich stehen, betrachtete das Päckchen. Es war sehr sorgfältig zugeklebt, als wäre was Wertvolles drin. *Scheiße! Auf was hab ich mich da eingelassen? In dem Päckchen konnten Drogen sein, Munition oder sonst was. Vielleicht sollte ich es zurückgeben und das Geld auch? Andererseits weiß ich nicht, was die Schwester mit mir macht oder jemand anderen mit mir machen lässt. Wahrscheinlich ist sie eine ganz große Nummer in Manjaros Crew. Und ich bin bloß ein kleiner Hosenscheißer*, dachte ich. *Was richtig Überkrasses würden die mir doch gar nicht anvertrauen.*

Das Päckchen war so schwer wie mehrere Schulbücher, vielleicht drei, ich würde das bloß durchziehen können, wenn ich *nicht* drüber nachdachte, was drin war.

Ich drehte mich um und sprang die Stufen runter, nahm zwei auf einmal. Remington House war der Block hinter dem von McKay. Ich vermutete, dass es eine Erdgeschosswohnung war, wegen der Nummer neun. Vielleicht würde ich auf dem Heimweg noch mal bei McKay reinschauen.

Halb joggte ich zu meiner Lieferadresse, fragte mich, wer wohl da sein würde. Vielleicht Manjaro selbst? Oder eins seiner Mädchen. Elaine hatte nicht allzu viel darüber verraten, wo sie sich mit Manjaro getroffen hatte, als sie noch mit ihm zusammen war. Jedenfalls mir nicht.

In fünfzehn Minuten war ich dort. Schweiß rann mir über die Schläfen. Ich wartete, bis ich wieder normal atmete, dann klopfte ich an die lackierte Holztür und drehte mich um, aber es war niemand in der Nähe. Oben hörte ich einen Hund bellen, und einer der Nachbarn hatte den Fernseher viel zu laut laufen, aber das war ganz normal in South Crongton. Zwei Minuten wartete ich, ohne dass jemand kam. Ich checkte die Nummer an der Tür. Neun. Ich klopfte noch mal, dieses Mal lauter.

Eine Minute später hörte ich einen Schlüssel im Schloss. Die Tür ging zehn Zentimeter weit auf. Ich hörte noch, wie sich der Spülkasten vom Klo wieder füllte. Das Gesicht eines Mischlingstypen von ungefähr zwanzig Jahren tauchte in dem Spalt auf. Seine Brust war breiter als der alte Kleiderschrank von meiner Gran und er hatte oberschwere Fäuste. Die blaue Cap saß verkehrt rum auf seinem Kopf und in seinem Mund blinkte ein einzelner Goldzahn. Mein Herz trommelte ein Solo.

»Bist du Bit?«, fragte er.

»Ja«, erwiderte ich.

Er drehte den Kopf. »Bit ist da!«, schrie er.

»Lass den Bruder rein!«, schrie jemand zurück.

Der Schwergewichtler ließ mich rein, musterte mich dabei mit einem Blick, als wäre ich eine unerwünschte Fliege. Dann zeigte er den Flur entlang. »Hinten rechts«, wies er mich an.

Lackierter Holzboden. Ich schwitzte schon, weil ich mir die Füße nicht abgewischt hatte. Schwarz-Weiß-Fotos von Filmstars hingen an den Wänden. Irgendein Putzmittel oder Raumspray kitzelte mir in der Nase. Ich ging vorbei an einer leeren Küche und bog in ein Wohnzimmer ab, aber da war niemand. Ein großer Flachbildfernseher hing an der Wand und ein Nachrichtensprecher berichtete bei runtergedrehter Lautstärke über den Nahen Osten. Auf dem Boden lag ein dreiteiliger schwarzer Lederanzug, bildete einen Halbkreis neben einem langen Tisch mit aufgezeichnetem Schachbrett. Die Figuren waren aus Glas oder irgendeinem durchsichtigen Plastik und mir fiel wieder ein, wie mein Dad mal versucht hatte, es mir beizubringen.

»Setz dich«, sagte eine Frauenstimme.

Ich drehte mich um und sah ein braunhäutiges Mädchen von ungefähr einundzwanzig Jahren, vollkommen blau angezogen und mit großen goldenen, pyramidenförmigen Ohrringen. Sie war so hübsch wie ein Bond-Girl.

Ich tat, wie mir geheißen, hielt immer noch das Päckchen fest in beiden Händen.

»Willst du was trinken?«, fragte das Mädchen. Wahrscheinlich hatte sie die Schweißtropfen auf meiner Stirn gesehen.

»Ja, bitte.«

»Ich hab Ananas-, Orangen- oder Apfelsaft.«

»Mir egal«, erwiderte ich. »Irgendwas.«

Orangensaft war mir am liebsten, aber ich wollte keine Umstände machen. Also ging sie was zu trinken holen, und ich hörte, wie sie den Kühlschrank in der Küche aufmachte. Ich vermutete, dass der Typ, der mich reingelassen hatte, noch an der Tür stand.

Das Mädchen kam mit meinem Saft wieder und stellte ihn mit einem Untersetzer auf das Schachbrett. Zwei Eiswürfel klapperten im Glas. Dann zog sie einen Zehner aus ihrem Kleid und legte ihn neben meinen Saft. Ich nahm mein Glas und trank drei Viertel davon. Dann steckte ich das Geld ein. Das Mädchen setzte sich neben mich. Mein Herz wummerte wie ein irrer Grimetrack.

»Unser Mann sagt, du bist korrekt«, sagte sie. »Jetzt ab nach Hause und vergiss, dass du hier warst.«

Ich nickte.

»Rede auf *keinen* Fall mit deinen Schulfreunden darüber und kein Sterbenswort zu Elaine. Hast du kapiert?«

»Klar ... woher kennst du Elaine?«

Kaum hatte ich das gesagt, wusste ich, wie blöd die Frage war. Das Mädchen lachte. »Alle kennen Elaine«, sagte sie.

Ich fragte mich, wie sie das meinte. Gehörte Elaine zu Manjaros Crew? *Nein, vielleicht denkt die, meine Schwester ist eine von Manjaros Frauen.* Ich trank aus und stand auf.

»Unser Mann hat gesagt, ich soll dir was zu trinken und zu essen geben, wenn du willst. Ich hab Huhn und Reis, kann ich in die Mikrowelle schieben, wenn du willst ...«

»Nein, danke«, unterbrach ich sie. »Ich muss los.«

»Wie du meinst.« Sie grinste. »Unser Mann dankt dir für den Gefallen. Jetzt gehörst du zu uns.«

Ich ging durch den Flur und der Riese machte mir wieder die Tür auf. So wie er guckte, würde er auch mit keiner Wimper zucken, wenn ein Raumschiff mitten in Crongton landen würde, wäre keine große Sache für ihn.

Das Mädchen hatte gesagt, dass ich jetzt zu ihnen gehörte, aber wenn's nach mir gegangen wäre, lieber nicht. Ich wollte ja nur ein bisschen Geld verdienen, um mir die Haare schneiden zu lassen oder auf neue Sneaker zu sparen. Ich latschte los und war zehn Minuten später bei McKay.

McKay machte auf, futterte dabei Chips aus einer Riesentüte. Er führte mich ins Wohnzimmer, wo er eine Ultimate-Fighting-DVD guckte – ein tätowierter Weißer verkloppte einen anderen tätowierten Weißen.

In McKays Wohnzimmer stand ein L-förmiges Sofa mit Fußhocker, und darauf ließ ich mich nieder. Er trug ein weißes Unterhemd und eine Trainingshose und schaute mich gequält an. An seinem Mund hingen Krümel. »Was willst du in meinem Allerheiligsten nach neun am Mittwochabend? Du hast doch nicht aus Versehen deinen kleinen Neffen um die Ecke gebracht?«

»Ist dein Dad da?«, fragte ich.

»Gerade weg zur Arbeit!«

»Und dein Bruder?«

»Hat was mit einem Mädchen laufen. Weiß ich, weil er die ganze Bude mit seinem Deo vollgestänkert hat. Wenn ich das Mädchen wäre, würde ich bei einem Mann mit so viel Axe misstrauisch werden. Warte mal! Wieso fragst du überhaupt?«

»Will nur wissen, ob du alleine bist.«

»Und wieso? Hör mal, Bro, ich hoffe, du fällst nicht um diese Uhrzeit bei mir ein, um mir zu sagen, dass du schwul bist und es einfach jemandem sagen musstest, weil deine Eltern kein Verständnis für dich haben. Tu mir das nicht an, Bro! Sollte es sich so verhalten, musst du wissen, dass du hier nicht andocken kannst! *Niemals!*«

»McKay, selbst wenn ich schwul wäre und du der letzte Mensch auf Erden, würde ich es lieber mit einem Igel machen als mit dir. Hast du gehört?«

»Eiskalt, Bro. Aber behalt deine abgefahrenen Tiersex-Fantasien lieber für dich! Und stell sie nicht auf YouTube, Bro. Aber egal, was willst du hier?«

»Weiß nicht, ob ich's dir sagen soll.«

»Wenn du das nicht mal weißt, wieso musste ich dann überhaupt die Zugbrücke für dich runterlassen?«

McKays Frage besaß eine gewisse Logik. Ich wusste, dass das Mädchen im Remington House gesagt hatte, ich sollte mit niemandem drüber sprechen, aber wozu machte man so was Aufregendes, wenn man niemandem davon erzählen durfte? Jonah konnte ich's nicht sagen, seine Klappe war breiter als der Broadway.

»Manjaro hat mich um einen Gefallen gebeten«, eröffnete ich.

»Was? Wollte er schon wieder ein Eis am Stiel und du musstest es ihm aus dem Laden holen?«, fragte McKay und futterte weiter Chips. »Tolle Sache! Ist es nicht schon ein bisschen spät für Eis?«

»Nein, nein ... er wollte, dass ich in der Crongton Lane ein Päckchen für ihn abhole.«

McKay hörte auf zu futtern. Sah mich lange an. Neigte den Kopf.

»Und ich hab zwanzig Pfund dafür bekommen«, ergänzte ich.

»In der Crongton Lane?«, wiederholte McKay.

»Genau.«

»Da wohnen Banker, Anwälte und Fußballerfrauen.«

»Sag bloß! Da standen sauteure Schlitten die ganze Straße lang.«

»Und wer hat da gewohnt, wo du was abgeholt hast?«

»So eine Weiße«, meinte ich. »Keine Ahnung, ob die da wohnt, jedenfalls kam sie an die Tür. Hat mich nicht reingelassen und mir das Päckchen gegeben.«

McKay verengte die Augen, fuhr seine Denkmaschine hoch, stellte dabei die DVD auf Pause und schob sich näher an mich ran. »Das klingt nicht gut, Bro«, sagte er. »Wo hast du das Päckchen hingebracht?«

»Remington House 9.«

»Und du weißt nicht, was drin ist?«

»Nein, haben die mir nicht gesagt. Aber ich hab zwanzig Pfund verdient.«

»Lemar, du bist mein Bruder, also sei nicht beleidigt, wenn ich dir Folgendes sage, okay?«

»Was soll das heißen, sei nicht beleidigt? Sag schon, was du sagen willst.«

»Deine Festplatte funktioniert fehlerhaft! Hast du den Verstand verloren? Was hab ich vor ein paar Tagen im Park zu dir gesagt? Ich hab den Kopf geschüttelt, dir gesagt, du sollst Manjaro keinen Gefallen tun. Aber hast du auf mich gehört? Hast du aufgepasst? *Nein!* Du hast nur ans Geld gedacht!«

Ich wollte es nicht zugeben, aber McKay hatte nicht unrecht. Ich war gar nicht auf die Idee gekommen, zu fragen, was in dem Päckchen war. Oder doch, aber ich hatte mich nicht getraut. Jetzt kam ich mir bescheuert vor, wollte es mir gegenüber McKay aber nicht anmerken lassen. »Ob ich den Verstand verloren hab? Immerhin hab ich zwanzig Pfund in der Tasche und du hast einen Scheiß … «

»*Denk nach,* Bro! Was glaubst du, was in dem Päckchen war?«

»Weiß nicht … mir egal.«

»Ist dir egal? Deine Festplatte ist total im Arsch. Hör mir zu. Nightlife, einer von Manjaros engsten Brüdern, wurde ermordet. Was soll das? Fünf Tage später bittet er dich, was in der Crongton Lane abzuholen. Kannst du mir folgen, oder muss ich's langsamer erklären? Dich in den Kindergarten schicken, damit du das Alphabet noch mal übst? Oder wollen wir's bei Sky News über den gelben Nachrichtenticker laufen lassen?«

Verdammt! Als könnte McKay meine Gedanken lesen. Eigentlich hatte ich nicht darüber nachdenken wollen, was in dem Päckchen war, aber jetzt konnte ich nicht anders. *Manjaro würde sich doch nicht Waffen von mir besorgen lassen, oder? Das würde der mir gar nicht zutrauen. Der kennt mich doch kaum. Nein, er würde einen von seinen Brüdern schicken.* »Ich weiß, was du denkst, McKay, aber Manjaro würde mich nicht bitten, eine Pistole für ihn zu transportieren. Das macht keinen Sinn.«

Ich war nicht sicher, ob das überzeugend war. Überzeugte mich ja kaum selbst.

»Würde er nicht? Wen werden die Bullen wohl im Auge behalten? Einen kleinen Wichser wie dich bestimmt nicht!«

»Wer ist hier ein kleiner Wichser, du fetter Salathasser! Du bist bloß neidisch, weil Manjaro dich nicht gefragt hat.«

»Neidisch? Lemar, du brauchst einen Neustart im Gehirn, Bro. Das ist nicht gut. Manjaro ist toxisch, kannst du glauben. Der hat was auf dem Kasten – der ist echt schlau. Vielleicht benutzt er dich, um … «

»Er *benutzt* mich nicht!«, schrie ich. »Du bist neidisch, weil du keine zwanzig Pfund in der Tasche hast.«

McKay schüttelte den Kopf, wandte sich zum Fernseher um und drückte auf der Fernbedienung auf Play. Meine Schreierei war mir irgendwie peinlich, aber ich hasste es, wenn McKay recht hatte und ich nicht.

In den nächsten paar Minuten herrschte betretenes Schweigen, bis McKay es brach. »Lemar, lad dir Folgendes runter, ja? Keine weiteren Erledigungen mehr für Manjaro, okay? Glaub mir, auf den Trip willst du nicht gehen. Gibt genug Brüder in unserem Alter, die den ganzen Scheiß für Manjaro und Major Worries machen. Glaub mir, Bro.«

Wieder hatte er den Nagel auf den Kopf getroffen, aber hätte ich das zugegeben, hätte ich wie ein Idiot dagestanden. »Manjaro benutzt mich nicht! Ich bin der Onkel von seinem Baby.«

»Meinst du, das ist ihm nicht scheißegal? Pass einfach auf, was du tust, Bit.«

Nach einer Weile erwiderte ich: »Mach dir keine Sorgen um mich, Bro. Ich hab durch Manjaro ein bisschen Kohle verdient. Jetzt mach ich nichts mehr für ihn. Ich bin *keiner* von denen. Ich kann aufhören. Ich hab's nur einmal gemacht. Vertrau mir.«

8

DAD

AM SAMSTAGMORGEN WACHTE ICH AUF und war erleichtert, weil ich bis dahin nur eine SMS von Jonah bekommen hatte. Tatsächlich machte ich mir tierisch Sorgen, weil ich dachte, Manjaro würde mich nochmal um was bitten. Und auch, dass McKay mir schreiben und noch mal sagen würde, wie recht er hatte.

> Lemar, gehst du zu deinem Dad? Wenn nicht: ich will mir die scharfe Chick anschauen, die neu im Laden angefangen hat.

Ich schrieb zurück.

> Musst dir die scharfe Chick alleine anschauen. Ich geh zu meinem Dad.

Jonah brachte es nie fertig, ein Mädchen alleine anzuquatschen, aber heute würde er der Frau seiner Träume unbegleitet vorsingen müssen, wenn er romantisch bei ihr aus den Startlöchern kommen wollte. Er textete zurück.

> Ich check sie nächste Woche aus, wenn du wieder da bist. Bin zocken bei McKay.

Auf dem Weg ins Badezimmer roch ich Würstchen, Toast, Eier und Speck. Weil ich dachte, Gran würde Frühstück machen, ging ich in die Küche, aber es war Mum. Sie trug ein jamaikanisches Kopftuch und den alten weinroten Morgenmantel, den sie längst hätte wegschmeißen sollen.

»Wie geht's meinem wunderbaren Jungen heute Morgen?«, sagte sie lächelnd.

Ich musste meinen Kopf ein kleines bisschen schütteln, um wieder klar zu sehen. Hatte Mum wirklich gute Laune?

Dad kam eine Stunde später, aber kaum hatte er mir Hallo gesagt, zerrte Mum, die jetzt ihre Arbeitsklamotten anhatte, ihn ins Schlafzimmer, um sich dort ungestört mit ihm zu unterhalten. Ich hörte sie ungefähr zehn Minuten lang streiten, dann kamen sie raus und lächelten bemüht. Ich grinste in mich rein, weil völlig klar war, dass sie Streit gehabt hatten und jetzt so taten, als wär nichts. Schön blöd, wenn sie dachten, dass ich so was nicht merke.

Dad, Shirley und Steff wohnten in einem kleinen Haus in der Nähe von Crongton Green. Die Zimmer waren so klein, dass kaum ein Doppelbett reinpasste, und ein klappriger Holzschuppen nahm fast den ganzen Platz im Garten ein. Als Dad den kurzen Weg durch den Vorgarten zum Haus mit mir ging, hoffte ich, dass er und Shirley mich nicht wieder mit Fragen löchern würden. Am Wohnzimmerfenster entdeckte ich Steff. Sie grinste breit.

Dad machte die Tür auf und Steff stürzte sich auf mich wie ein süßes kleines Hündchen in einem Disney-Film. »Lemar kommt mich besuchen! Mein großer Bruder! Lemar!«

Sie hatte so einen Schlauch in der Nase und war so blass, dass ich mich schon fragte, ob ein Vampir sie gebissen hatte. In den braunen Locken trug sie rosa Schleifchen. Sie schnappte sich meine Hand und führte mich die Treppe rauf in ihr Zimmer. Sie hatte jede Menge Medizinkram auf ihrer Kommode, aber die Wände waren voller Zeichnungen und selbst gemalter Bilder. Viele zeigten Strichmännchenärzte und Strichmännchenkrankenschwestern mit roten Kreuzen auf der Stirn.

»Wie findest du meine Bilder?«, fragte sie.

Mir fiel auf, dass sie schwer atmete, und einen Augenblick lang hatte ich ein schlechtes Gewissen, weil ich einen Haarschnitt und neue Klamotten wollte, nur um vor Venetia King anzugeben. So was war gar nicht wichtig.

»Die sind ... die sind ganz toll, Steff«, erwiderte ich, weil ich wusste, wie viel Mühe sie sich mit ihren Zeichnungen gab.

»Ich will auch mal so gut werden wie du«, sagte sie und zeigte auf ein Porträt von ihr, das ich vor ungefähr einem Jahr gezeichnet hatte und das jetzt über dem Bett hing. »Wenn ich groß bin, will ich ... wie heißt das? Wie heißt das?«

» ... Künstlerin werden«, erwiderte ich.

Ich setzte mich auf ihr Bett. Gott weiß, mit was für einer Scheiße sie sich in ihrem kurzen Leben schon hatte rumschlagen müssen, und ich fragte mich, wieso Mum es nicht aushalten konnte, auch nur ihren Namen zu hören.

Über eine Stunde lang zeichneten Steff und ich, bis sie müde wurde. Dad brachte sie ins Bett und gab ihr ein Küsschen auf die Stirn. Dann drehte er sich zu mir um. »Danke, Lemar. Das bedeutet ihr sehr viel, dass du Zeit mit ihr verbringst. Sie konnte kaum schlafen, weil sie wusste, dass du heute kommst.«

»Und wie läuft's in der Schule?«, fing Dad an. »Hoffentlich passt du jetzt wieder besser auf und konzentrierst dich auf deine Hauptfächer.«

»Läuft gut, Dad. Mum übertreibt es. Wenn sie denkt, dass ich ein paar Hausaufgaben nicht gemacht habe, erzählt sie's aller Welt und schießt mit Raketen auf mich.«

»Aber Mum hat gesagt, du machst überhaupt keine Hausaufgaben.«

»Woher will sie das wissen?«, wandte ich ein. »Die kümmert sich gar nicht um das, was ich mache.«

»Ich bin sicher, das stimmt nicht.«

»Doch, das stimmt. Sie hat keine Zeit für mich. Wenn sie was über mich wissen will, fragt sie Gran.«

»Sie arbeitet nun mal viel«, sagte Dad. »Wahrscheinlich ist sie abends müde.«

»Um mit Gran oder Elaine zu quatschen oder mit Jerome zu spielen, ist sie ja auch nicht zu müde. Mit mir redet sie nur, wenn ich was vergessen habe oder sie über jemanden ablästern will, mit dem sie auf der Arbeit Ärger hatte. Erst neulich hat ein Kunde sie auf der Arbeit beschimpft, weil er irgendwas zurückgehen lassen wollte, und Mum ist stinksauer nach Hause gekommen und ...«

»Wie schmeckt dir die Bolognese?«, fragte Shirley und versuchte, das Thema zu wechseln.

»Gut«, erwiderte ich. Und so war's. Aber ich wollte nicht übers Essen reden. Ich wollte den ganzen Mist loswerden, der sich in mir aufgestaut hatte.

»Wie geht's Elaine?«, fragte Dad.

»Die ... die ist halt Elaine. Manchmal flippt sie ohne Grund aus«, erzählte ich. »Zurzeit hasst sie mich. Ich glaube, sie hat mich immer schon gehasst. Neulich hat sie mich ein verdammt dämliches Arschloch von einem Bruder genannt. Keine Ahnung, was ich ihr getan habe. Ach so, hätte ich fast vergessen! Ich wurde geboren, das hab ich ihr getan!«

»Ich glaube, du übertreibst, Lemar«, sagte Dad. »Kann ja sein, dass ihr Streit hattet, aber sie liebt dich wie verrückt ...«

»Nein, tut sie nicht! Sie hasst die Luft, die ich atme, und alles, was aus meinem Mund kommt! Wenn ich versuche, nett zu ihr zu sein, schreit sie mich zusammen. Ich bleibe einfach in meinem Zimmer und gehe allen beiden aus dem Weg. Das ist denen am liebsten.«

Nach dem Essen ging ich mit Dad zu dem kleinen Basketballplatz hinten im Park. Unkraut wuchs dort aus den Rissen im Asphalt, aber wenigstens konnte man spielen. An dem Ring hing kein Netz mehr und die North Crongs und South Crongs hatten überall Graffiti in ihren Farben gesprüht. Dad und mir machte das nichts aus, als wir gegeneinander spielten. Dad konnte ganz schön ehrgeizig sein, wenn er wollte, und wir kamen beide ins Schwitzen. Ich ließ meine Wut an ihm aus, rammte ihn bei jeder Gelegenheit mit Ellbogen und Schultern. Ich ließ meinen ganzen Hass auf Mum und Elaine an ihm aus, aber er beschwerte sich nicht und revanchierte sich auch nicht. Vierzig Minuten später hatte er mich trotzdem mit 32 : 18 geschlagen.

Schweiß lief ihm von der Stirn, als er sich auf den Ball setzte und ein ernstes Gesicht machte. Ich saß da und dachte, *wieso hat er mir nicht seine Größe vererbt?*

»Künstler sein ist super, wenn du aus einer Familie kommst, die dich unterstützen kann, Lemar, aber du musst dich auch um die anderen Fächer kümmern. Du brauchst was als Reserve, und Englisch und Mathe sind wichtig. Ich weiß, dass du gerne zeichnest, aber es ist sehr, sehr schwer, davon zu leben, glaub mir, das weiß ich. Willst du nicht eines Tages von hier wegziehen, regelmäßig Lohn bekommen und dir mit deiner Traumfrau was Eigenes kaufen?«

»Das will ich schon, aber ich bin nicht gut in Englisch, Mathe und in den ganzen anderen Fächern, Dad. Ich versteh nicht, wieso ich meine Zeit damit verschwenden soll ... «

»Weil es schwer ist, alleine von der Kunst zu leben. Sieh mich an! Als ich so alt war wie du, wollte ich der größte Rapper auf der ganzen Welt werden. Ich dachte, irgendwann fällt ein Plattenvertrag vom Himmel, und ich hab mich schon drauf gefreut, die Hecke in meinem Garten zu schneiden, hinten am Pool, wo auch ein Grill stehen würde, so groß, dass eine ganze Kuh drauf passt ... «

»Du konntest rappen, Dad?«

»Klar, wir haben uns Battles im Jugendzentrum geliefert – schade, dass das jetzt schon ... wie lange? Sechs Jahre geschlossen ist. Aber ja, ich war ein ganz guter Rapper. Hab Respekt bekommen von den ganz Großen im Viertel. Hatte keine Angst vor gar keinem. Aber hab ich einen Plattenvertrag bekommen? Scheiße, natürlich nicht! Hab meinen Lehrern Kummer gemacht, und was steht jetzt bei mir vor dem Haus? Ein Lieferwagen! Kein Benz oder BMW. Und der einzige Pool bei uns im Garten ist da ganz hinten an dem verstopften Abfluss, immer wenn es regnet. So sieht's aus. Ich hatte keinen Plan B.«

»Mum hat gesagt, du sollst mit mir reden, oder, Dad?«

Dad schaute weg. Aber ich wusste, dass es stimmte. Manchmal war das so, wenn wir ein paar Körbe geworfen hatten und uns danach unterhielten, dass ich's echt vermisste, ihn jeden Tag zu haben. Bestimmt würde er mir beistehen, wenn Mum und Elaine an mir rummeckerten.

»Ist egal, wer gesagt hat, dass ich mit dir reden soll, Lemar. Wichtig ist, dass du dich in den anderen Fächern anstrengst, okay? Arbeite an deinem Plan B.«

»Okay.«

»Versprochen?«

»Versprochen.«

»Na gut. Jetzt, wo wir das hinter uns haben, geh ich nach Hause und seh mal nach Steff. Die ist bestimmt schon wieder aufgewacht. Kommst du mit?«

»Nee, Dad, ich bleib noch ein bisschen hier. Das Wetter ist schön und ich trainier noch ein bisschen.«

»Ha Ha! Musst du auch, wenn du mich irgendwann mal besiegen willst.«

»Wenn ich fünfzehn Zentimeter größer wäre, würde ich dich sowieso besiegen!«

»Hör auf zu träumen, Lemar!«

Ich sah Dad hinterher, und einen Augenblick lang hasste ich ihn, weil er mit Shirley und Steff zusammenwohnte. Als er außer Sichtweite war, schaute ich in die entgegengesetzte Richtung. Hinten an Crongton Green war ein großer Kreisverkehr und ich ging auf ein Schild an einer der Abzweigungen zu und las, was drauf stand. Links ging's nach Crongton South, rechts nach Crongton North. Ich weiß nicht, was es war, vielleicht noch die Aufregung von neulich, als ich das Päckchen für Manjaro abgeholt hatte, aber ich bin raus aus dem Park, über die Straße und Richtung North Crongton. Irgendwie musste mich die Neugier gepackt haben. Die Brüder und Schwestern dort konnten doch gar nicht so anders sein als die bei uns. Und schließlich war ich ja kein bekanntes Gesicht und hatte auch keine South-Crong-Symbole an mir, kein blaues Oberteil und keine blaue Cap. Niemand konnte Grund haben, mir Ärger zu machen.

Ich latschte eine Straße mit Reihenhäusern runter. Konnte gerade so die oberen Enden der Hochhäuser in ungefähr anderthalb Kilometern Entfernung sehen. Ein paar Jungs fuhren Wheelies mit ihren Rädern. Ein tipptopp Mädchen kam auf Rollerskates vorbei. Mein Herz schlug Trommelwirbel, aber es fühlte sich gut an, aufregend. Ich dribbelte den Ball beim Gehen. Nichts, wovor man Angst haben müsste, eine ganz gewöhnliche Straße, in der jemand Taxikarten in die Briefschlitze steckte und Kinder auf Mülltonnen saßen und mit ihren Handys spielten.

Ich kam ans Ende der Straße, die Blöcke von North Crongton waren jetzt in Sichtweite. Es gab mehr Hochhäuser hier, dafür wirkten die Gebäude einen Tick neuer als die in South Crongton. Die Fenster waren moderner und es hingen weniger Satellitenschüsseln draußen auf den Balkonen als in South Crongton. Außerdem gab es mehr Wege und Grünanlagen. Und ein Gemeindezentrum. *Scheiße.* Anscheinend hatte hier jemand richtig was geplant. Vielleicht hatten sie erst South Crongton gebaut, gemerkt, dass sie's verkackt hatten, und es dann in North Crongton noch mal versucht. Ich vermutete, dass einige der Eltern, die hier wohnten, in derselben Fabrik arbeiteten wie McKays Dad. Und die Kinder spielten wahrscheinlich dieselben Computerspiele wie Jonah und ich. Ich fragte mich, wann das mit dem Stress zwischen North und South Crong überhaupt angefangen hatte. Vielleicht wusste Dad das ja.

Ich überquerte eine Straße und befand mich auf der Hauptstraße durch die Siedlung. Dann hörte ich auf zu dribbeln; kam mir vor, als wären da mehr Fahrbahnschwellen als Fahrbahn. North-Crong-Symbole überall. Normalerweise war's ein kleines »n« in einem großen »C«. Alle Tags waren schwarz. Mein Herz hämmerte, aber irgendwas trieb mich weiter. Einen Laden gab's auch in der Siedlung. Teenager in meinem Alter mit Trainingsjacken tranken kleine Flaschen Magnum Tonic Wine – genau wie die in South Crong auch. Andere futterten billige Chickenwings vom Imbiss. Ein paar ältere Mädchen, ungefähr sechzehn, vielleicht siebzehn, rauchten Bongs, und ein Junge kickte einen Fußball auf den Knien.

Ich schaute auf den Boden unter mir und zog vorbei. Niemand beachtete mich. Manchmal war's auch ein Vorteil, so klein zu sein. Dann hielt einen sowieso keiner für wichtig oder für eine Gefahr.

Fünfzig Meter weiter hörte ich Geschrei. Ich schaute auf. Da war ein Basketballplatz mitten in der Siedlung, umgeben von einem drei Meter hohen Maschendrahtzaun. Am Boden eine Art bläulich grüner Asphalt-gummibelag. Ein paar Typen um die zwanzig mit nackten Oberkörpern oder schwarzen Muskelshirts spielten. Die Jeans hingen ihnen fast unter den Knien. Jede Menge verschiedene bunte Boxershorts. Mädchen in allen Schattierungen, mit kurzärmeligen schwarzen Lederjacken, schwarzen bauchfreien Oberteilen und schwarzen knielangen Leggings, posten und lachten. Ich wusste, ich hätte auf Abstand bleiben sollen, aber mein Verstand kam gegen meine Neugier nicht an. Ich machte noch zehn Schritte vorwärts. Dann noch fünf. Dann stand ich nur noch drei Meter entfernt vor dem Zaun. *Aber wovor hab ich überhaupt Schiss? Ich bin ja wohl kaum eine Bedrohung.*

Das Spiel war ernst. Gran hätte sich die Ohren zugehalten, so viel wurde geflucht. Die meisten Spieler trugen schwarze Kopftücher und schwarze Sneaker. Fünf Minuten lang dachte ich gar nicht mehr dran, dass ich mich auf North-Crong-Gebiet befand, sondern hatte einfach Spaß an dem Spiel. Die waren alle noch viel besser als mein Dad.

Im Spiel entstand eine Pause, als einem der Ball aus der Hand glitt und in meine Richtung flog. Der Zaun fing ihn ab und er blieb nicht weit vor mir liegen. Einer der Jüngeren kam angerannt und holte ihn. Ich sah runter auf meine Füße und wich drei Schritte zurück, wollte nicht, dass jemand mein Herz hämmern hörte. Der Junge war vielleicht ein Jahr älter als ich und fünfzehn Zentimeter größer. Er trug ein schlichtes schwarzes T-Shirt und eine schwarze Trainingshose. Eine seiner Augen-brauen erholte sich von einer vermurksten Rasur. Er hob den Ball auf und sah mich an. Ich schaute weg. Dann ging ich noch einen Schritt wei-ter zurück und hielt meinen Ball fester. Der Junge rannte zurück zu sei-nen Brüdern, aber dann blieb er stehen, drehte sich um und musterte mich noch mal. Mein Herz verpasste meiner Niere eine Kopfnuss und rempelte gleichzeitig auch noch alles andere in meinem Brustkorb an.

Das Innere meines Schädels fühlte sich an wie Grans Gulascheintopf. Schweiß tropfte mir von der Stirn. Am Rücken fror ich.

»Wer bist du?«, fragte der Junge.

»Ich … ich …«

Ich drehte mich um, ließ meinen Ball fallen und flitzte los. Fast wäre ich gestolpert, als ich über ein Mäuerchen sprang, aber ich fing mich wieder und raste die Hauptstraße runter. Als ich mich umdrehte, sah ich den Jungen, der mich gefragt hatte, hinter mir. *Scheiße!* Noch drei andere waren bei ihm und alle waren sie größer und breiter als der Broadway.

Ich wünschte, ich wäre so schnell wie Jonah. Vor dem Laden standen North Crongs, also bog ich rechts ab in ein Labyrinth aus nicht besonders hohen Betonblocks. Ich fand einen Weg, hätte aber fast eine Mutter mit Buggy umgerannt. Anschließend wechselte ich die Richtung, flitzte auf eine Grünfläche, sprang über eine Hecke, sprintete über die Straße, ohne überhaupt zu gucken, und verschwand dann über den ersten Weg, den ich finden konnte.

Jetzt befand ich mich in einer Gasse hinter einer Reihe von Höfen. Es stank nach Pisse und Hundekacke. Erschöpft ruhte ich mich ein paar Sekunden lang aus, mein Brustkorb hob und senkte sich wie wild. Alter! Ich dachte, ich würde mir die Lungen und das Herz ausatmen. Ein Hund bellte und ich hörte die Soundeffekte von einem Computerspiel von irgendwo oben. Mir war schwindlig. Kurz dachte ich, ich würde einen Herzinfarkt bekommen, aber ich war erst vierzehn! *Bei Vierzehnjährigen setzt nicht einfach das Herz aus, oder?* Dann hörte ich Rufe.

»Hast du gesehen, wo der hin ist?«

»Kennt den jemand?«

»Nie gesehen!«

»Der war echt klein.«

»Kann uns doch egal sein, oder?«

»Vielleicht spioniert er North Crong aus. Manjaro kann schlecht selbst herkommen und checken, was bei uns geht, oder?«

»Könnte einer aus South Crong gewesen sein.«

»Wenn du ihn findest, mach ihn fertig! Operier ihm die Fresse.«

»Genau, zeig dem Gnom, was passiert, wenn er sich nach North Crong verirrt.«

»Verpass ihm eine neue Nase.«

»Und schick ihn in einer Kiste nach South Crong zurück.«

»Sodass nicht mal seine Mum den kleinen Wichser erkennt.«

Mein Herz hämmerte in meiner Brust. Ich traute mich nicht, bis zum Ende der Gasse zu rennen oder dahin zurückzugehen, woher ich gerade gekommen war, also kletterte ich über den Zaun und betete, dass das »Achtung, bissiger Hund«-Schild nur zur Abschreckung da hing. Ich schloss die Augen, versuchte, meine Atmung zu kontrollieren, und hoffte inständig, dass kein irres Gebell ausbrach. Die Stimmen wurden leiser.

Zwei Minuten später machte ich die Augen wieder auf. Mein T-Shirt klebte an meinem Rücken. Ich stand in einem winzigen Hinterhof, neben einem rostigen Kinderfahrrad, dem ein Reifen fehlte. Die Hintertür war geschlossen, aber da waren zwei Fenster. Aus einem schaute jemand raus. Einen Augenblick lang überlegte ich, ob ich einfach wieder über den Zaun klettern sollte, aber dafür war ich zu kraftlos. Außerdem trieben sich die North Crongs vielleicht immer noch da draußen rum und suchten mich, um mich zu häuten, zu skalpieren und mir das Gesicht zu zersäbeln. Mir fiel der tote Bruder im Wald ein, dem die halbe Nase gefehlt hatte.

Die Hintertür ging auf. Ich dachte, wenn jemand die Bullen rief und mich wegen versuchten Einbruchs oder so einem Scheiß anzeigen wollte, dann wäre das immer noch besser, als wenn ich in die Fänge der drei oder vier North Crongs geriet, die alle breiter waren als der Broadway.

Ein Asiate kam aus dem Haus. Er trug ein schlichtes weißes T-Shirt und eine schlichte schwarze Hose. Sein Schnurrbart war so schmal wie der von meinem Opa früher. Eigentlich sah er aus wie ein Physiklehrer oder so. Mir ging's schon ein bisschen besser, als ich sah, dass er blaue, flauschige Hausschuhe anhatte. Ich dachte, jemand mit blauen, flauschigen Hausschuhen wird mich nicht verprügeln.

»Alles klar, junger Mann? Du siehst aus, als könntest du Hilfe brauchen.«

Die nackte Erleichterung flutete meine Festplatte und schwappte bis runter in meine Brust.

»Steckst du in Schwierigkeiten, junger Mann?«

Ich atmete immer noch schwer, fasste mich aber einigermaßen und dachte über eine Antwort nach. »Ich ... hab mich verlaufen.«

»Verlaufen?«, wiederholte der Asiate. »Wo willst du denn hin?«

»Crongton Green.«

»Das ist nicht weit ... willst du erst mal einen Schluck Wasser trinken?«

Ich nickte.

Dann folgte ich dem Mann ins Haus. Seine Frau saß im Wohnzimmer und guckte einen asiatischen Film, er sprach mit ihr in einer Sprache, die ich nicht verstand. Sie grinste mich an und ich grinste so halb zurück. Auf einem Glastisch lag eine Ausgabe vom Koran, glaube ich. Sie machte mir Zeichen, ich solle mich setzen, und der Mann ging in die Küche. Er kam mit dem Wasser zurück und ich trank so schnell wie noch nie. Wasser lief mir übers Kinn. Ich war viel zu verlegen, um es wegzuwischen. Als ich fertig war, stand ich auf und fragte: »Kann ich vorne raus?«

»Warte mal kurz, junger Mann«, sagte der Mann. »Ich sehe nach ... ich gehe schnell und sehe nach.«

Als er zur Haustür ging, tauschte ich nervöse Blicke mit seiner Frau. Der Mann kam wieder und sagte: »Ist okay, du kannst gehen. Pass auf dich auf.«

»Vielen Dank.«

Er zeigte in die Richtung, in die ich gehen sollte, und kaum hatte er die Haustür zugemacht, raste ich über die Straße, rechts runter und wie der Blitz links um die Ecke. Crongton Green war nur einen knappen Kilometer entfernt. Meine Lungen brannten und ich lehnte mich an eine Mauer. *Scheiße!* Mein Basketball. Auf keinen Fall wollte ich noch mal zurück und ihn suchen gehen, also blieb mir nichts anderes übrig, als ihn abzuschreiben.

Bevor ich weiterging, sah ich mich noch um, aber keine North

Crongs in Sicht. Langsam latschte ich wieder zurück nach Crongton Green, fragte mich, was mich überhaupt nach North Crong getrieben hatte.

Ich kam bei Dad an und sackte aufs Sofa im Wohnzimmer. Shirley und Dad waren so sehr mit Steff beschäftigt, dass sie gar nicht merkten, dass ich eine Nahtoderfahrung hinter mir und den Basketball verloren hatte. Ich überlegte, ob ich McKay und Jonah texten sollte, entschied mich aber dagegen. Die würden mich verarschen bis zum Umfallen.

Das Gute war, Dad und Shirley gingen auch am Wochenende immer schon früh ins Bett, ungefähr um elf, hatten aber kein Problem damit, wenn ich aufblieb und guckte, was ich gucken wollte. Lief aber nichts Gutes, also textete ich Jonah.

Hast du die Neue im Laden angequatscht?

Jonah brauchte zwei Minuten für die Antwort.

Nein, ich war bei McKay. Sein Dad hat uns wieder einen Eimer voll Chickenwings gekauft.

Ich dachte, ich verarsch ihn ein bisschen.

Bist ein Angsthase, Bro! Traust dich ja nicht mal, alleine die Chick anzugraben.

Jonahs Antwort kam rasant.

Du kennst Venetia King auch schon ewig und hast noch kein einziges scheiß Wort zu ihr gesagt.

9

MUM

ALS ICH NACH HAUSE KAM, hörte ich Elaine laut in ihrem Zimmer telefonieren. Ich vermutete, dass Jerome schlief, weil er keinen Mucks von sich gab. In der Küche lief der Wasserhahn und klang dabei lauter als normal. *Mum hat gute Laune*, redete ich mir ein. *Kein Grund, sich Sorgen zu machen. Wann hat sie zum letzten Mal nach dem Essen meinen Teller gespült? Wenn ich vergesse, mein Zeug selbst zu spülen, krieg ich normalerweise was aufs Dach. Vielleicht hat sie ein schlechtes Gewissen, weil sie mich in den letzten zwei Wochen so scheiße behandelt hat. Wird eine schöne Abwechslung für mich, mal eine Woche bei Dad zu wohnen.*

Mum kam aus der Küche, trocknete sich die Hände an einem Küchenhandtuch ab. Kleine Seifenbläschen platzten vor ihrer Nase. »Was wolltest du mich fragen, Lemar?«

»Äh, wenn ich das nächste Mal zu Dad gehe ...«, fing ich an.

Mum verschränkte die Arme. »Ja«, sagte sie. »Red weiter.«

»Ich ... ich sehe Steff nicht so oft und ich und sie, wir ... na ja, sie ist doch meine kleine Schwester und wir verstehen uns echt gut. Ich helfe ihr beim Zeichnen ...«

»Was willst du mich fragen, Lemar?«

Mums Stimme war ein bisschen lauter geworden. An ihrem Gesichtsausdruck erkannte ich, dass ihre Ungeduld wuchs. Ich musste es ganz ruhig rüberbringen. Mir fiel ein Gespräch ein, das ich mal mit der Vertrauenslehrerin an der Schule hatte. Sie war ganz ruhig und sanft. Ich versuchte jetzt, zu sprechen wie sie.

»Ich dachte, vielleicht ist es ganz gut, wenn ich mal eine Woche da wohne – sie haben gesagt, das wäre okay und sie würden sich freuen.«

Mum schaltete ihren durchdringenden Blick ein, es fühlte sich an, als würden ihre Augen mich wie Laser durchbohren. Das Essen, das sie mir vorgesetzt hatte, benahm sich jetzt tief in mir drin wie zwei Nilpferde, die gerade aufgewacht waren und mit zwei Elefanten Schlammcatchen spielten. Ich konnte mich nicht bewegen und hielt die Luft an. Mum stampfte in die Küche und ich hörte, wie sie Teller und Besteck wegräumte – normalerweise war das nicht so laut. Ich stieß einen langen, erleichterten Stoßseufzer aus, und als der Lärm verebbte, hörte auch mein Herz auf, gegen meine Rippen zu schlagen. Ich schloss die Augen, dachte, dass die Kacke jetzt vielleicht wirklich dampfen würde, aber es kam noch schlimmer.

Mum kam wieder. Verstohlen sah ich sie kurz an. *Oha.*

»Erst fickt er die Schlampe zehn Monate lang hinter meinem Rücken, dann lässt er mich sitzen!«, brüllte Mum. »Mir erzählt er die ganze Zeit, er würde Überstunden machen, und das war nicht mal gelogen! Und wie er Überstunden gemacht hat, obendrauf auf der Alten! Er lässt mich und seine beiden Kinder sitzen, zahlt jahrelang keinen scheiß Unterhalt, und dann schwängert er sie und wir kriegen ihn überhaupt nicht mehr zu Gesicht. Aber jetzt steht er plötzlich auf der Matte und heult, dass er ›ein richtiger Daddy‹ sein will! *Seine Kinder aufwachsen sehen will er! Teil von unserem Leben sein!* Heulheul! Vergiss einfach das ganze Geld, das er mir noch schuldet! Mach dir bloß keine Sorgen deshalb, Hauptsache, er kann den Daddy markieren! Jetzt ist er nämlich ein *neuer Mensch!* Die vergessenen Geburtstage, die Weihnachtsfeste, an denen ich mir den verfickten Arsch aufgerissen habe, um dir und Elaine was kaufen zu können. Weißt du noch, die Playstation 3? Alles nichts mehr wert!«

»Aber ... aber ich will nur ...«

»*Nein,* Lemar! Du vergisst zu schnell! Wer ist arbeiten gegangen, damit du was zu essen hast und die Miete bezahlt wird? Wer hat gespart und die letzten Kröten zusammengekratzt, damit du was anzuziehen hast? Und dein Computer? Deine Fußballschuhe? Dein Barcelona-Trikot? Dein Handy? Dein Zeichenzeug? Dein Daddy war das nicht!«

Elaine kam aus ihrem Zimmer gerannt und stellte sich zwischen Mum und mich. »Mum, das reicht«, sagte sie. »Das hat Lemar nicht verdient.«

Gran tauchte auf. »Was ist los?«, fragte sie.

Mums Stimme wurde nur noch lauter. »Und nach all dem, Lemar, willst du jetzt bei ihm wohnen? Mit ihm zusammen auf glückliche Familie machen? Mum zu der Schlampe sagen? Willst du das? Weißt du ... sie war eine meiner besten Freundinnen! Hast du das auch vergessen?«

»Ich ... ich ...«

Ich brachte die Worte nicht raus. Ich merkte, wie mir Tränen in die Augen stiegen.

Elaine zog an Mum, schaffte es irgendwie, sie in ihr Zimmer zu lotsen, konnte aber nicht verhindern, dass sie dabei weiterschimpfte und fluchte, Wörter benutzte, die ich in meinem Leben noch nicht gehört hatte. Ich starrte auf den Boden unter mir, fragte mich, wie ich so dämlich hatte sein und fragen können, ob ich eine Woche bei Dad wohnen durfte. Zwei Minuten später fand ich die Kraft, in mein Zimmer zu gehen. Ich warf mich aufs Bett und hörte Mum immer noch fluchen und toben. Ich packte mein Kissen und zog es mir über den Hinterkopf und die Ohren.

Schließlich klopfte es an meine Tür und ich stand auf, um Gran reinzulassen. Sie nahm mein Gesicht in beide Hände und drückte mir ein Küsschen auf die Wange. Dann setzte sie sich zu mir aufs Bett und hielt meine Hände. Sie sah mich lange an, bevor sie was sagte: »Sei nicht so sauer auf sie, Lemar ...«

»Wieso nicht? Du hast doch gehört, was los war, oder? Wahrscheinlich haben die das noch bei McKay im Block gehört. Sie hat mich ohne Grund niedergemacht, ohne Grund! Was hab ich denn Falsches gesagt, Gran? Ich war nicht unverschämt, ich hab sie ganz ruhig gefragt. Aber sie geht einfach auf mich los. Du hast es gehört! Ich kann's ihr einfach nicht recht machen, Gran! Egal, was ich sage, alles ist verkehrt! Dann kann ich genauso gut auch ausziehen! Vielleicht sollte ich das Jugendamt anrufen. Und fragen, ob die ein Bett für mich freihaben.«

»Das meinst du doch nicht ernst, Lemar.«

»Doch, das meine ich ernst! Ich halt's hier nicht mehr aus! Immer bin ich an allem schuld. Die wollen mich hier gar nicht haben! Nie mache ich was richtig, und Mum und Elaine lassen jeden Scheiß an mir aus!«

»Achte auf deine Ausdrucksweise, Lemar! Ich will keine ungezogenen Ausdrücke hören, wenn ich in dein Zimmer komme.«

»Ich find's grausam hier, Gran. Ich *hasse* es! Die behandeln mich wie ein Kleinkind!«

»Es gibt einen Grund, warum deiner Mutter das mit deinem Vater so zusetzt, Lemar, auch nach den ganzen Jahren, seit sie sich getrennt haben, noch.«

Gran versuchte mich zu trösten, drückte meine Schulter. »Du darfst nicht vergessen, Lemar, das mit deinen Eltern war eine Sandkastenliebe. Die kennen sich, seit sie elf waren. Als dein Vater vierzehn war, hat ihn dein Großvater nicht mehr ins Haus gelassen! Er wollte, dass deine Mutter sich auf ihre Hausaufgaben konzentriert und nicht auf den ›Rumtreiber‹. Und als sie sechzehn wurde, hat sie immer noch über nichts anderes geredet als über deinen Vater *dies* und deinen Vater *das* und wie toll die Hochzeit wird. Vielleicht hätten wir ihr mehr Mut machen sollen, auch mal was anderes zu probieren. Weißt du, das Leben dreht sich nie nur um eine Person, auch nicht, wenn es dein Partner fürs Leben ist. Aber ja, Lemar, die beiden haben sich wirklich und wahrhaftig geliebt.«

»Das erklärt immer noch nicht, wieso sie alles an mir auslässt, Gran.«

»Ich versuch nur zu erklären, warum das alles für deine Mutter so schwierig ist – wieso es ihr schwerfällt, drüber wegzukommen. Weißt du, dein Vater war ihr Ein und Alles. Sie hatte nie den Ehrgeiz, ein großer Star zu werden oder selbst einen Beruf zu lernen – sie wollte nur deinen Vater heiraten und eine Familie mit ihm gründen. Mehr nicht.«

Gran bekam feuchte Augen, als hätte sie wegen irgendwas ein schlechtes Gewissen. Sie brauchte ein paar Sekunden, bis sie sich wieder im Griff hatte und weiterreden konnte. »Als dein Vater sie verlassen hat, war sie am Boden zerstört. *Absolut am Boden*, das kann ich dir sagen. Alles, wovon sie geträumt und was sie gehofft hatte, futsch. Hinüber! Und jetzt, wo du regelmäßig zu Shirley gehst, hat sie das Gefühl, dass sie dich vielleicht auch noch an sie verliert ...«

»Aber das ist doch bescheuert, Gran! Sie ist meine Mum.«

»Das ist nicht bescheuert, Lemar, das ist menschlich.«

Gran drückte meine Hand, stand auf und ging aus dem Zimmer. Mir fiel auf, dass sie sich ein bisschen langsamer bewegte als sonst.

Den Rest des Abends machte ich weder den Computer noch den Fernseher an und spielte auch keine Videospiele. Ich lag einfach nur auf dem Bett und starrte an die Decke. Ich wünschte, ich wäre wieder fünf, sechs oder sieben Jahre alt, so alt wie ich war, als Mum und Dad mich zum Geburtstag noch mit Bergen von Geschenken und so vielen Schokoriegeln verwöhnten, wie ich essen konnte, und Elaine mich an der Hand nahm, um vor ihren Freundinnen mit ihrem kleinen Bruder anzugeben. Dann würden sie alle blöde Gesichter machen und sagen, wie süß ich sei. Ich kam mir wichtig vor. Damals war das Leben noch gut.

Ich weiß nicht, wann ich eingeschlafen bin, aber irgendwann in der Nacht spürte ich einen Kuss auf der Stirn. Langsam machte ich die Augen auf und merkte, dass ich angezogen im Bett lag. Als ich merkte, dass sich jemand aus dem Zimmer schlich, erwartete ich, Grans Silhouette zu sehen, aber als sich die Gestalt noch einmal kurz umdrehte, erkannte ich Mum.

10

DER LÖWE, DER TIGER UND DER BÄR

AM NÄCHSTEN TAG WAR JONAH IN DER SCHULE das große Ereignis, weil er vor allen mit seinem neuen Smartphone angab. Jedes Mal, wenn er von seinen Eltern was Neues bekam, tat er uns gegenüber total geheimnisvoll, packte dann aber plötzlich sein neues Handy, Videospiel oder seine neuen Sneaker mitten auf dem Schulhof oder in der Mensa aus. Dann scharten sich alle um ihn, erklärten, dass sie sich genau dasselbe ebenfalls besorgen wollten, um ihre Füße aufzusexen oder so, aber sie wussten sowieso, dass sie sich's nicht leisten konnten. Jonah setzte sein Lottogewinnerlächeln auf und sonnte sich in der allgemeinen Aufmerksamkeit.

Absolut absurd, was für ein Interesse Jonah mit seinem neuen Handy hervorrief. Sogar Venetia King kam beim Mittagessen zu uns rüber und fragte, ob sie das Scheißteil mal sehen dürfte. Ihre Augen strahlten, als würde sie den Weltmeisterpokal in Händen halten. Jonah hätte nicht breiter grinsen können, nicht mal mit einer Stahlbanane quer im Mund.

Am liebsten hätte ich das verfluchte Ding geschnappt, wäre damit zum Müllschlucker geflitzt und hätte es reingeschmissen. Jonah wäre das Grinsen bestimmt schnell vergangen! Unser IT-Lehrer, Mr Lindsay, hatte mal gesagt, dass Handys in den Schulen verboten sein sollten, und ich war ganz seiner Meinung.

»Oh, wir spielen am Mittwoch Basketball«, sagte Venetia zu Jonah, ignorierte dabei uns andere. »Kommst du zuschauen? Wir können ein bisschen Unterstützung gebrauchen.«

Jonah nickte so heftig, dass ich schon dachte, der Kopf fällt ihm ab.

Er hatte denselben Blick wie einer, der gerade *X Factor* oder sonst eine bescheuerte Castingshow gewonnen hat. Man hätte glauben können, sie hätte ihn gefragt, ob er mit ihr nach Hawaii reisen will. Venetia dagegen hatte nur Augen für Jonahs verdammtes Handy.

»Was ist mit euch Jungs?« Jetzt wandte sie sich an McKay und mich.

Wäre Venetia nicht so auf Jonahs neues Handy abgefahren, wäre ich vor Freude an die Decke gesprungen und hätte JA geschrien, aber meine Eifersucht überholte meine Vernunft um Längen. »Äh, weiß nicht, Venetia. Ich hab was anderes vor. Ich bin mit den Hausaufgaben so im Rückstand, das glaubst du gar nicht.«

Venetia verengte den Blick, durchschaute mein blödes Geschwätz sofort. *O Gott! Sie hat nie so toll ausgesehen und befand sich nie so weit außerhalb meiner Reichweite. Das ist alles nur Jonahs Schuld mit seinem scheiß Telefon!*

In der Zwischenzeit sah Jonah mich an, als würde er eine fiese Matheaufgabe lösen. Ich versuchte, mir einen Grund einfallen zu lassen, ihm auf dem Nachhauseweg so richtig in den Arsch zu treten.

»Ich hab auch zu tun«, sagte McKay. »Ich muss für meinen Dad kochen, bevor er nach Hause kommt – und den Boiler reparieren muss ich auch noch.«

McKay wusste nicht mal, wie man den Herd einschaltet, und seine Boilerkenntnisse hätten auf Venetia Kings kleiner Fingerkuppe Platz gehabt.

»Schade«, sagte Venetia. »Wie gesagt, wir brauchen jede Unterstützung, die wir bekommen können. Wir spielen gegen die von der Joan Benson und ihr wisst ja, wie *die* drauf sind.«

Die Joan Benson war eine private Mädchenschule, wo die meisten, die in Crongton Village wohnten, ihre Töchter hinschickten. Keine Ahnung wieso, aber immer wenn sie zu uns kamen, bekamen sie die volle Aufmerksamkeit von den Brüdern aus der Elften. Die Mädchen auf unserer Schule aber konnten sie nicht ausstehen – hatte was damit zu tun, dass die Joan-Benson-Schwestern, als sie das letzte Mal für ein Spiel angereist waren, voll mit ihren Markenklamotten angegeben hatten. Außerdem ging das Gerücht um, Kiran Cassidy, einer der beliebtesten Jungs in unserem Jahrgang, hätte eines von den Joan-Benson-Mädchen auf dem Klo geküsst.

Als wir am Nachmittag nach Hause gingen, verströmte Jonah noch voll seine Ich-bin-tierisch-angesagt-Aura. McKay und ich versuchten über irgendwas zu reden, bloß nicht über Handys. Wir wollten ihn nicht auch noch ermutigen.

»Hab heute noch gar kein Foto von euch gemacht, oder?«, meinte Jonah und zog sein verfluchtes neues Telefon aus der Tasche.

»Weil ich auch gar nicht fotografiert werden will«, erwiderte McKay. »Hast du nach den ganzen Fotos, die du von den Mädchen aus der Elften gemacht hast, immer noch nicht genug?«

Jonahs Grinsen war breiter als ein Zelt voller Clowns.

»Stimmt, ich hab ganz schön viele gemacht«, sagte Jonah. »Allein vier von Venetia King. Die lad ich mir auf den PC, wenn ich nach Hause komme.«

»Aber hast du ihre Nummer bekommen?«, fragte McKay.

Jonahs Gesichtsausdruck veränderte sich. »Hätte ich haben können, wenn ich gewollt hätte. Was gibt's da zu lachen, Bit? Ich denk nicht, dass *du* ihre Nummer hast.«

»Mein Tag wird kommen«, sagte ich.

»Ich verzieh mich nach Hause«, sagte McKay. »Hab Kohldampf. Ich mach mir ein Corned-Beef-Hühnerbrust-Tomaten-und-Gurken-Sandwich mit Mayonnaise. Vielleicht drück ich auch noch ein paar Cornichons auf das Ding … Dad hat gestern Hardo-Brot gekauft.«

Jonah und ich sahen McKay hinterher. Ich war sicher, dass wir uns beide ein riesiges Monstergelage ausmalten.

»Willst du mit zu mir kommen und Call of Duty spielen?«, fragte Jonah.

Die Einladung war verlockend, besonders nach der ganzen Scheiße in letzter Zeit bei mir zu Hause. Mum hatte sich extra schon ganz früh aus dem Staub gemacht, bevor ich aufgestanden war. Auch Elaine hatte kaum ein Wort gesagt, nur Gran hatte mir immer wieder versichert: »Keine Sorge, Lemar, wird schon alles wieder gut.« Aber das war besser, als mir anhören zu müssen, wie Jonah sämtliche scheiß Apps auf seinem neuen Handy erklärte und ich ganz verlegen wurde, wenn seine Schwester Heather da war. Mann! Die hatte eine Hammerfigur ... war aber nicht so hübsch wie Venetia.

»Nee, ich hab auch noch Sachen zu tun«, erwiderte ich.

»Wann warst du das letzte Mal bei mir?«, überlegte Jonah.

»Mittwoch komme ich, ja?«, sagte ich. »Lass mich bloß erst mal die ganzen Hausaufgaben machen.«

»Na gut.« Jonah nickte.

Er zog sein Handy aus der Tasche und spielte an dem verfluchten Teil rum, bis wir an unserem Haus waren. Ich schwor, mir irgendwie ein neues Handy zu beschaffen und mich auch damit ins Zentrum der Aufmerksamkeit aller Mädchen aus der Zehnten und Elften zu katapultieren.

Mittwoch war zu Hause alles wieder normal. Elaine hatte am Frühstückstisch sogar gefragt: »Wie geht's, Bruder?« Anscheinend hatte sie mir verziehen, dass ich die Babyklamotten von Manjaro mitgebracht hatte. Mum drückte mir wieder ein Küsschen auf die Stirn, wenn sie von der Arbeit kam oder ich in die Schule ging, und Gran meckerte wie gewohnt wegen meiner Hausaufgaben an mir rum. Das einzig Interessante in der Schule war, dass mir meine Kunstlehrerin Ms Rees eröffnete, dass eine Galerie in der Nähe vom Crongton Broadway was von mir ausstellen wollte. Sie meinte, meine Kunst hätte eine »urbane, zeitgenössisch moderne Perspektive«. Ich wusste zwar nicht so genau, was sie damit meinte, aber mein Selbstbewusstsein überragte die Freiheitsstatue. Vielleicht irrte sich Dad ja. Vielleicht würde ich eines Tages doch von meiner Kunst leben können.

Ich war wahnsinnig stolz, und in der Mittagspause rief ich Mum an, um es ihr zu erzählen, aber die Mailbox sprang an. Ich sprach eine Nachricht drauf. In der Zwischenzeit stieg die Spannung bei den Brüdern wegen des Basketballspiels zwischen unserer Schulmannschaft, angeführt von Venetia King, und der von der Joan Benson.

Nachmittags in Erdkunde bekam ich eine SMS. Ich dachte, sie wäre von Mum, aber es war Manjaro.

> Bro, was geht? Hoffe, zu Hause und in der Schule ist alles klar. Grüß Jerome von mir. Muss gewachsen sein, seit ich ihn das letzte Mal gesehen habe. Würde ihn gerne besuchen. Melde mich wieder.

Irgendwas grätschte mir kalt in den Rücken. *Will er, dass ich wieder was für ihn mache? Was soll ich sagen? Andererseits, wenn's was Kleines ist, wie in den Laden gehen, und wenn ich dafür was kassieren kann, dann könnte ich vielleicht schon mal was für ein Handy wie das von Jonah beiseitelegen. Aber vielleicht schickt er mich auch wieder in die Crongton Lane. Scheiße!*

Es läutete zum Ende der letzten Stunde. Jonah schoss von seinem Stuhl hoch und raste raus, als wären Zombies hinter ihm her und wollten ihn fressen. McKay und ich sahen uns an und ich fragte mich, was wir tun sollten. Ich machte mir Sorgen wegen Manjaros SMS. Dachte drüber nach, McKay davon zu erzählen, entschied mich aber dagegen.

Wir flitzten durch die Gänge der Schule zum Haupteingang. Als wir dort ankamen, sahen wir die Mädchen von der Joan Benson auf dem Parkplatz aus ihrem Kleinbus steigen. Sie trugen dunkelblaue Capes über ihren himmelblauen Uniformen. Drum herum standen einige herum. Die Brüder johlten und riefen alles Mögliche, während die South-Crong-Mädchen ihren Hass hochfuhren. Die Lehrer von denen guckten uns an, als wären wir Terroristen, und sie breiteten die Arme aus und eskortierten die Mädchen wie echte Leibwächter von echten Präsidenten. Wir sahen Jonah, wie er da vor dem Kleinbus herumsprang und mit seinem scheiß neuen Handy Fotos machte.

»Was machen wir, Bit?«, fragte McKay. »Latschen wir nach Hause oder sehen wir uns den Scheiß an?«

Ich dachte an Venetia King in ihrem Basketballtrikot. »Wir können ruhig bleiben und es uns ansehen. Hab eh nichts Besseres vor.«

Als wir in der Sporthalle ankamen, gab es auf den Zuschauerbänken schon keine Plätze mehr. Wir mussten auf dem Boden sitzen. Wir entdeckten Jonah, der immer noch mehr Fotos mit seinem verfluchten Handy machte. Links und rechts von ihm saßen Mädchen und er fand's obergeil. Venetia und ihre Teamkolleginnen machten sich warm, liefen sich ein und ich musste zugeben, dass Venetia den Eindruck vermittelte, als könnte sie's mit meinem Dad aufnehmen.

Fünfzehn Minuten später kamen die Joan-Benson-Mädchen aus der Umkleide. Da passierte was Komisches. Die Jungs von unserer Schule, einschließlich McKay, fingen an zu jubeln und die Mädchen buhten sie aus. Vielleicht weil die von der Joan Benson kürzere Röcke trugen. Venetia King sah McKay böse an, und sollte McKay jemals die Fantasie gehabt haben, bei ihr zu landen, war der Traum gerade geplatzt.

Das Spiel wurde angepfiffen. Es ging härter zur Sache, als ich gedacht hätte. Die Spielerinnen rempelten sich an, blockierten sich gegenseitig, zogen sich an den Haaren, rammten sich Ellbogen in die Seiten und fluchten schlimmer als meine Mum, wenn sie die Gasrechnung las. Keine Ahnung, ob die von der Joan Benson die ganzen Schimpfwörter verstanden, aber es war echt lustig. Eine von ihnen musste mit Nasenbluten aus dem Spiel gehen, und eine von unseren wurde wegen einem wilden Kung-Fu-Tritt gesperrt – alles gut.

Die von der Joan Benson gewannen mit drei Punkten Vorteil: 43 : 40. Die Zuschauer verließen die Sporthalle, die Jungs redeten über die sexy Mädchen, die sie gesehen hatten, und die Mädchen redeten über die blöden Schlampen von der Joan Benson.

Hinter mir hörte ich einen Basketball springen. Es war nur noch eine auf dem Platz – Venetia King. Ich stand auf und sie sah mich. Ich merkte, dass ihr die Niederlage echt zusetzte. Sie lief zu mir, dribbelte dabei. Wäre ich mutig gewesen, wäre ich aufgestanden, hätte sie umarmt und gesagt: »Mach dir keine Sorgen, meine Schöne, alles wird gut.«

Ungefähr einen Meter von mir entfernt blieb sie stehen und fragte: »Hast du Bock zu spielen? Ich muss runterkommen.«

Ich zog meine Jacke aus und ging auf den Platz. *Ganz cool bleiben*, sagte ich mir. *Egal was du tust, fall nicht hin. Und glotz sie nicht die ganze Zeit so bescheuert an.*

»Du fängst an«, sagte sie und ließ den Ball zu mir springen.

Okay, sagte ich mir. *Kein großes Ding. Wie oft hab ich auf dem Crongton Green gegen Dad gespielt. Das ist genau dasselbe. Kein irres schwarzes Loch im Universum – keine Raketenwissenschaft. Wirf den scheiß Ball einfach in den Korb. Egal, ob du gegen das heißeste Mädchen aus dem kompletten Jahrgang antrittst.*

Wir spielten ungefähr zehn Minuten und sie machte mich knallhart fertig. Manchmal traf ich nicht mal das Brett. McKay wälzte sich vor Lachen am Boden. Ich konnte mich nicht erinnern, überhaupt schon mal so scheiße gespielt zu haben. Außerdem schummelte sie, indem sie schubste, rempelte und mir auf den Fuß trat. Als ich sie ansah, machte sie ein Gesicht wie »ich mein's ernst mit dem Basketballscheiß, auch wenn ich gegen einen Zwerg spielen muss«. Zweimal landete ich auf dem Boden.

Venetia schlug mich 20 : 4. Ich versuchte so zu tun, als würden mich meine Niederlage und mein großer Zeh kein bisschen schmerzen.

»Danke«, sagte sie. »Das hab ich gebraucht. Wir haben heute verloren, weil nur ein oder zwei andere aus unserer Mannschaft hundert Prozent gegeben haben. Ich war echt sauer. Kurz bevor wir aus der Umkleide raus sind, hat Sandra Robinson gesagt: ›Hoffentlich schwitz ich nicht so doll, Kiran Cassidy guckt zu.‹ Ich meine, wie willst du mit so einer Einstellung die von der Joan Benson schlagen? Die müssen sich schon ein bisschen mehr anstrengen, wenn sie's im Sport zu was bringen und hier rauskommen wollen.«

Ich nickte. Hätte sie gesagt, die von der Joan Benson wären in Wirklichkeit Eidechsen und hätten nur vorübergehend Menschengestalt angenommen, hätte ich auch genickt. Und was war das mit Kiran Cassidy? Was hatte er mir abgesehen von fünfzehn Zentimetern Körpergröße überhaupt voraus?

»Bit, tust du mir einen Gefallen?«

»Einen Gefallen? Was für einen Gefallen?«

»Du kannst doch gut zeichnen, oder?«

»Denke schon.«

Venetia nickte. »Ich hab Bilder von dir im Kunstsaal gesehen. Ms Rees hat die besten aufgehängt.«

Mir schwoll der Kopf. Kam mir doppelt so groß vor wie ein Basketball. »Ich geb mir Mühe«, sagte ich.

»Meinst du, du kannst ein Porträt von mir zeichnen?«, fragte sie.

Einen Augenblick lang war mein Mund gelähmt. *Hat sie das gerade wirklich gesagt?* Ich schaute McKay an. Sein Blick verriet, dass er genauso geschockt war. Ich ließ mir die Frage noch mal durch den Kopf gehen. *Kannst du ein Porträt von mir zeichnen?* Das war, als hätte jemand vom Imbiss McKay gefragt, ob er ein paar Chickenwings umsonst haben möchte. Weiß nicht, warum ich so lange brauchte, um Ja zu sagen, aber in dem Moment spürte ich es in meiner Tasche vibrieren. Mein Telefon. »Äh ... warte mal kurz, Venetia.«

Es war mir peinlich, das verfluchte Ding aus der Tasche zu holen, weil es eine Million Jahre älter war als das neue von Jonah. Noch eine SMS von Manjaro. Ich schluckte die Spucke runter, die sich in meinem Mund gebildet hatte.

Wir sprechen uns bald, Kleiner. Hoffe, Jerome geht's gut. Könntest mir vielleicht noch mal einen Gefallen tun.

Plötzlich verfiel ich in Panik. *Was?* Jetzt, wo Venetia mich anstarrte und Manjaro mir eine SMS schrieb, spürte ich den Druck.

»Bit?«, fragte Venetia. Sie sah mich an wie eine Krankenschwester einen kleinen Jungen, der gerade ein Spielzeugauto verschluckt hat.

»Das Porträt? Hast du Lust? Was sagst du, Bit?«

»Äh, was? Oh, ja, na klar, Mann.«

Venetias Lächeln wärmte mein Herz. Meine Waden prickelten. »Das ist toll! Wo willst du mich zeichnen? Im Kunstsaal? Oder auf dem Spielplatz? Aber lieber nicht, da sind zu viele, die lenken uns nur ab. Oder soll ich zu dir nach Hause kommen?«

Hatte ich richtig gehört? Venetia King wollte zu mir nach Hause kommen? Ich würde drauf achten müssen, dass Mum, Elaine und Gran nicht da waren. *Könnte peinlich werden. Und in meinem Zimmer würde ich sauber machen müssen. Am besten gleich die ganze scheiß Wohnung. Was soll ich anziehen? Auf jeden Fall muss ich vorher zum Friseur. Moment mal! Ich frag mich, was Manjaro von mir will? O Mist! Mach dir keine Gedanken – Venetia King hat gefragt, ob sie zu mir nach Hause kommen darf. Erstmal will ich mich sonnen in dieser himmlischen Wonne.*

»Also, wo wollen wir's machen?«, fragte Venetia.

Wieder sah ich McKay an. Sein Mund stand so weit offen, dass China komplett reingepasst hätte. Meine Gesichtsmuskeln wollten mir ein breites Grinsen aufzwingen. Ich widerstand dem dringenden Bedürfnis, mich in einen Clown zu verwandeln, der eine Glücklich-Pille geschluckt hat. Allerdings fing ich jetzt an zu zucken – Venetia musste gedacht haben, dass ich entweder gerade von Drogen runterkam oder einen Schlaganfall erlitt.

»Bei mir zu Hause!«, sagte ich endlich.

»Cool«, erwiderte Venetia. »Ich sag dir wann.«

»Wir brauchen aber vielleicht zwei oder drei Sitzungen«, sagte ich hastig. »Ich will's richtig hinbekommen.«

»Okay, geht klar. Danke, Bit. Ich muss mal duschen. Bis morgen.«

Ich sah ihr nach, wie sie zur Umkleidekabine ging, und stellte sie mir unter der Brause vor. Kein anderes Mädchen in der Geschichte der Menschheit hatte einen so sexy Gang, wie Venetia King … abgesehen vielleicht von Jonahs Schwester Heather.

Ich versuchte, auf cool zu machen, aber mein Herz veranstaltete olympisches Bodenturnen in meiner Brust. McKay sah mich an, als wäre ich ein Außerirdischer mit Mundgeruch. »*Warum?*«, fragte er.

»Warum du? Ich meine ... du bist so scheiß klein! Fitte Mädchen stehen normalerweise nicht auf kleine Typen. Das ist einfach ... nicht richtig. Das ergibt keinen Sinn. Mit der Welt stimmt was nicht, Bro. Ich kann's verdammt noch mal nicht fassen.«

Ich verließ die Sporthalle, und zum ersten Mal in meinem kurzen Leben kam ich mir ... groß vor.

11

EILMELDUNG

AUF DEM HEIMWEG WIRKTE MCKAY ernsthaft verstört. »Das hat gar nichts zu bedeuten«, sagte er. »Sie will nur, dass du sie zeichnest, sonst nichts! Das heißt noch lange nicht, dass du's überhaupt auf die erste Base schaffst.«

»Immerhin bin ich schon mal auf dem Spielfeld«, sagte ich.

»Du zeichnest sie nur, okay. Sie posiert nicht nackt für dich, und wenn du mit dem Zeichnen fertig bist, war's das. Danach ignoriert sie dich wieder, du Zwerg.«

»Du bist bloß eifersüchtig! Ich merk doch, wie's an dir nagt, Bro!«

»Überhaupt nicht, Bro. Hör mal, ich muss nach Hause und die Wohnung aufräumen, bevor Dad kommt. Bis morgen.«

Ich konnte verstehen, wieso McKay es eilig hatte. Für ihn muss es eine der schlimmsten Wochen seines Lebens gewesen sein. Erst gibt Jonah mit seinem neuen Handy an, und dann besucht Venetia King mich zu Hause. Wahrscheinlich wollte McKay sich einfach in sein Zimmer verziehen, die Vorhänge zumachen und seiner Familie verbieten, ihn zu stören. Vielleicht war er so fertig, dass er nicht mal essen konnte … andererseits, letzte Bemerkung bitte streichen. McKay würde sich durch gar nichts vom Essen abhalten lassen.

Mir fiel wieder ein, dass ich Jonah gesagt hatte, ich würde am Mittwoch nach der Schule noch mal zum Zocken bei ihm vorbeikommen, eigentlich wollte ich nicht hin, aber ich musste ihm meine Venetia-King-Neuigkeiten überbringen. Wenn seine Schwester da war, ließ sich das nicht ändern. Würde sich schon allein wegen Jonahs Gesicht lohnen, wenn er das von mir und Venetia hörte. Tatsächlich hoffte ich sogar, dass er den Moment mit seinem verdammten neuen Handy festhalten würde.

Als ich zehn Minuten später bei Jonah ankam, führte er mich ins Wohnzimmer, wo ein Fünfzig-Zoll-Fernseher an der Wand hing. Meiner wirkte im Vergleich briefmarkengroß. »Ich schließ das Spiel an«, sagte er. »Wenn du was trinken willst, geh einfach in die Küche und bedien dich.«

Jonahs Handy dudelte ein paar Töne. Er hielt das Spiel an und las die SMS. »Von McKay.«

»Bestimmt weil Venetia King ihren sexy Hintern zu mir in die Wohnung schiebt.«

»Nein, deswegen nicht«, sagte Jonah. Er stellte die Spielekonsole ab und las die SMS noch mal. »Ach, du meine Fresse! Die haben einen Bruder erschossen! An der alten Bücherei. *Scheiße.* Wie viele sind das in den letzten ... «

»Erschossen? Wen denn?« Ich hoffte, dass es keiner aus Manjaros Crew war, den ich kannte. *Scheiße. Und wenn doch?* »Jetzt gehörst du zu uns«, hatte das Mädchen gesagt. »Wer ist es? Sag schon, wer?«

»Hat er ... hat er nicht geschrieben. McKay ist schon unterwegs. Mann! Kommt einem vor, als müsste jede Woche einer dran glauben!«

Jonah packte schnell das Spiel weg. Verdammt! Auf meine Schoko-Kekse und Cupcakes musste ich jetzt verzichten. Wir rasten die Treppe runter und nahmen die Abkürzung quer über den Spielplatz, um den Skatepark rum und schließlich auf die Straße, wo sich das Gebäude mit der alten Bücherei befand. In der Ferne heulten Sirenen und über uns schwebte ein Hubschrauber. Die Bullen drängten die Menge zurück und sperrten die gesamte Straße ab. »Wenn Sie uns weiter behindern, muss ich Sie verhaften«, sagte ein schlecht gelaunter Polizist zu einem besonders neugierigen Bruder. »Bleiben Sie zurück und lassen Sie mich meine Arbeit machen!«

Ganz vorne hörten wir ein Mädchen laut heulen. Jemand anders war am Schimpfen.

»Was ist bloß los mit der Jugend? Erschießen sich gegenseitig und *wofür?*«

»Geht wieder los mit dem Revierkampf zwischen North und South Crong«, sagte ein anderer.

»Da sind doch nur die Eltern dran schuld«, sagte eine ältere Frau. »Wenn die ihre Kinder mit Schießeisen und Messern rumlaufen lassen. Keine Disziplin mehr zu Hause.«

»Weil die hier auch nichts zu tun haben«, sagte eine jüngere Stimme. »Wurde doch alles geschlossen.«

»Das ist noch lange kein Grund, sich gegenseitig umzubringen«, widersprach die Erste.

»Einsperren, sage ich, alle einsperren und die Schlüssel in den Gully schmeißen!«

Ich wünschte, diese Alten würden einfach die Klappe halten. Die gingen mir auf die Nerven. Immer erzählten sie irgendeinen Scheiß über uns, dabei hatte mir mein Dad gesteckt, dass es zu seiner Zeit auch schon jede Menge Ärger gegeben und sich die Brüder gegenseitig erschossen und erstochen hatten. Wir waren nicht die erste Generation mit solchen Sorgen, und die meisten, die ich kannte, hatten auch überhaupt gar nicht vor, loszuziehen und jemanden zu erschießen.

Ich weiß, das ist nicht gerade PC so was zu sagen, aber dort an so einem Tatort zu stehen war echt aufregend. Ein Gefühl von Gefahr durchzuckte mich wie bei so einer wahnsinnigen Schlittenfahrt im Eiskanal. Um mich herum hatten alle eigene Ideen und Erklärungen für das, was passiert war und wer's getan hatte.

Soweit ich sehen konnte – weil ich klein war, musste ich die ganze Zeit hochhüpfen –, redeten die Ermittler auch mit denen von der Computerwerkstatt neben der alten Bücherei. Ein paar Bullen in gelben Neonwesten malten Kreidekreise um die Sachen auf dem Boden. Ich war zu weit weg, um es sehen zu können, aber ich stellte mir Blutspritzer auf dem Beton vor. Ich stupste einen Mann vor mir an. »Was ... was ist passiert? Wer wurde erschossen? Jemand von North oder South Crong? Wissen Sie das ...«

»Halt die Luft an, du Stöpsel, dann kann ich antworten!«

»Tut mir leid!«

»Im Vorbeifahren erschossen«, erwiderte der Mann. »Ein Junge aus North Crong kam aus der Computerwerkstatt, als zwei Typen auf einem Motorrad vorbeifuhren und auf ihn geschossen haben. Zwei Kugeln haben ihm die Brust durchbohrt. Jemand hat gesagt, vier wurden abgefeuert, und der andere Bruder hier sagt, drei. Eine ging durchs Schaufenster der Computerwerkstatt. Eine Verkäuferin wurde am Arm getroffen.«

»Im Vorbeifahren!«, wiederholte Jonah. »Jetzt wird's echt brenzlig.«

»Hab gehört, dass es einer der ranghöchsten Jungs von Major Worries war«, erzählte der Bruder. »Wenn das stimmt, hört der Krieg so schnell nicht wieder auf.«

Den Namen von Major Worries erwähnte man hier nur im Flüsterton. Er war Manjaros Feind Nummer eins – der OG der North Crong Crew. Ich hab ihn nie gesehen, aber McKay hatte behauptet, er sei breiter als Chicago und höher als The Shard – und würde nur aus Muskeln bestehen. Angeblich lief er immer mit schwarzem Unterhemd und schwarzer Trainingshose rum und hatte eine Königskobra auf den baumstammdicken Hals tätowiert.

Die Bullen forderten uns auf, weiter zurück zu gehen. Ich hüpfte immer noch auf und ab, um besser sehen zu können. Mir fiel auf, dass die Stahlgitter vor den Eingängen und Fenstern der alten Bücherei inzwischen mit North- und South-Crong-Graffiti verziert waren.

Ich hoffte, dass mein Name nicht irgendwo gesprüht wurde. Ich wollte nicht zur Zielscheibe werden.

»Den Bullen würde ich's nicht sagen«, sagte der Bruder vor mir und senkte die Stimme. »Aber ich schätze, das ist Manjaros Rache für Nightlife.«

Plötzlich merkte ich, wie sich in meinem Magen was zusammenkrampfte. Mir fiel das Päckchen wieder ein, das ich für Manjaro aus der Crongton Lane geholt hatte. Dann trat ich ein paar Schritte zurück.

»Jonah, Jonah, ich muss nach Hause.«

»Wieso?«, erwiderte Jonah. »Willst du nicht auf die Bullen in den weißen Overalls von der Spurensicherung warten? Und die von den Fernsehnachrichten schlagen hier auch bald auf.«

»Nein … ich muss los.«

Ich drehte mich um und wäre beinahe gegen McKay geknallt, der offensichtlich gerannt war. Er schwitzte und keuchte und sah ganz schön fertig aus. »Wen hat's erwischt?«, schnaufte er.

»Irgendeinen North Crong im Vorbeifahren. Die Bullen schieben die Leute immer weiter zurück. Es ist wieder Krieg.«

Langsam schüttelte er den Kopf, wandte den Blick nicht von mir ab. Fast konnte ich seine Gedanken lesen. *Möglich, dass du die Waffe für diesen Mord transportiert hast!*

Ich starrte zu Boden, um seinem Blick auszuweichen. McKay streckte die Hand aus und packte mich an der Schulter. »Denk dran, Bit, einer muss auf den verfluchten Abzug drücken – Pistolen schießen nicht von alleine. Kannst du glauben.«

Ich versuchte, mich zum Lächeln zu zwingen, aber mein Gesicht spielte nicht mit. Ich schlängelte mich aus der Menge hinaus, beschloss, lieber in den Park zu gehen anstatt nach Hause. Als ich dort ankam, war der Park abgesehen von einem Dad, der mit seinem Sohn Fußball spielte, leer. Was konnte sonst in dem Päckchen gewesen sein? Bestimmt nicht warme Mahlzeiten für alte Leute. Es musste die Waffe gewesen sein. Ich saß auf der Schaukel und fragte mich, warum ausgerechnet ich *das* Päckchen abgeholt hatte? Aber: hätte ich es nicht getan, hätte Manjaro einen anderen gefragt. Das machte es nicht besser. Ich fragte mich, wer der Typ war, den sie erschossen hatten. Wer waren seine Eltern? Vielleicht hatte er auch eine ältere Schwester, die andauernd hochging wie eine Rakete? Vielleicht war er geschickt mit den Händen gewesen, hatte Sachen gemacht oder altmodische Kung-Fu-Filme gemocht so wie Jonah, McKay und ich. Wenn dieser Scheiß nicht aufhörte, waren bald auch der Junge, der mit seinem Dad im Park Fußball spielte, in Gefahr mitsamt seinen kleinen Brüdern.

Mein Telefon klingelte. Gran.

»Lemar? Wo bist du? Du hättest schon vor einer Stunde zu Hause sein sollen. Weißt du nicht, dass schon wieder jemand ermordet wurde?«

»Doch, weiß ich. Ich bin im Park, Gran. Bin nach Jonah noch mal her, aber ich komm jetzt gleich.«

»Sei vorsichtig!«

Ich war mehr als vorsichtig. Alle zehn Schritte schaute ich über die Schulter. Die Straße überquerte ich nur, wenn kein einziges fahrendes Auto in Sicht war. Auffällig wenig Kinder waren draußen in den Vorgärten oder standen vor dem Supermarkt. Ich kam sicher zu Hause an, und als ich die Haustür hinter mir zuzog, stieß ich einen Seufzer aus.

Gran hatte Lachsfilet und Pasta gemacht und streute mir jetzt noch Käse auf den Teller. Wir aßen schweigend. Mum war arbeiten und Elaine den ganzen Tag unterwegs bei Freundinnen. Als sie von dem Mord hörte, hatte sie zu Hause angerufen und gefragt, ob alles in Ordnung sei. Beide wollten mit dem Taxi nach Hause kommen. Ich hatte einen Wahnsinnsdurst und trank erst mal vier Gläser Wasser – Elaine hatte wohl den Rest Ribena gekillt.

»Also, willst du den ganzen Abend lang schweigen oder mir doch noch erzählen, was dir durch den Kopf geht?«, fragte Gran. »Ich glaube, dieser neue Mord macht alle fix und fertig. Ich verstehe nicht, wie diese dummen jungen Leute solche Waffen in die Finger bekommen.«

Mein schlechtes Gewissen verpasste mir einen Tritt in die Brust. Ich musste auf meinen leeren Teller starren. »Ich … ich versteh's auch nicht. Aber ich … mir geht's gut, Gran.«

»Bist du sicher? Du siehst aus, als hättest du gerade meinen Großvater gesehen!«

»Bin nur ein bisschen müde, Gran«, log ich.

Gran musterte mich streng.

»Hallo, *ich* bin's, Lemar! Nicht irgendeine dumme Alte, die dich nicht kennt. Also sag schon, was macht dir Sorgen? Seit du zu Hause bist, hast du kaum ein Wort gesagt. Raus damit!«

Wie sollte ich ihr erklären, was mir Sorgen machte? Dass ich vielleicht was transportiert hatte, das anderen gefährlich werden konnte. Dass ich zu *denen* gehörte. Und wenn es so war, ebenfalls Gefahr lief, von der North Crong Crew erschossen zu werden. Der Krampf in meinem Magen wurde schlimmer. Ich spürte, wie mir Schweißperlen auf die Stirn traten. Mein Herz gab alles, um sich aus meiner Brust zu befreien. Ich wollte mir noch ein Glas Wasser einschenken, aber das hätte erst recht verdächtig ausgesehen. Gran durchbohrte mich mit ihrem tödlichen Blick. »Ich … ich … «

»Ich was, Lemar?«

Das schlechte Gewissen trampelte durch mein Bewusstsein. Ich konnte ihr einfach nicht alles sagen. Sie wäre so enttäuscht von mir. »Ich mache mir Sorgen wegen der schlechten Stimmung hier zu Hause. Du weißt doch, zwischen Elaine, Mum und mir. Im Moment ist es wieder okay, aber es geht doch sowieso bald wieder los.«

»Mach dir deshalb mal keine Sorgen.« Gran lächelte. »In einer Familie gibt's Höhen und Tiefen. Wir haben so unsere Probleme, aber zum Schluss kriegen wir sie immer alle in den Griff. Die schlechte Stimmung hält nicht ewig.«

»Bald … bald kommt hier so ein Mädchen vorbei. Sie will, dass ich sie zeichne.«

»Ist es das?« Gran lachte. »Bist du aufgeregt? Mach dir keine Sorgen, Lemar. Wir benehmen uns. Ich versprech's dir … wer ist das Mädchen? Das, in das du schon die ganze Zeit verknallt bist?«

»Äh ja, Gran. Sie heißt Venetia.«

»Schöner Name! Also, wenn sie vorbeikommt, sei einfach du selbst. Gib nicht an und tu nicht so, als wärst du was, das du nicht bist.«

Als Mum nach Hause kam, erzählte Gran ihr sofort meine Venetia-Neuigkeiten. Daraufhin kam sie mit so einem bescheuerten stolzen Grinsen im Gesicht zu mir ins Zimmer, als ich gerade am Zeichnen war – wie eine Mutter, deren Kind Fahrradfahren gelernt hat. Dann drückte sie mich, als hätte ich einen ganzen Sack voller Einsen in Mathe geschrieben.

»Mum! Ich bin am Zeichnen!«

Als wäre ich wieder sechs Jahre alt … »Siehst du, Lemar«, sagte sie. »Wenn du dich konzentrierst auf das, was du kannst, wirst du belohnt.«

»Ja, Mum.«

»Was für ein toller Tag für dich!«, fuhr sie fort. »Vielleicht werden deine Bilder in einer Galerie ausgestellt, und außerdem hast du ein Date mit einem netten Mädchen. Heute wird es Glück für dich regnen!«

»*Mum, das ist kein Date!*«

»Natürlich ist es ein Date! Vergiss bloß nicht, dir die Zähne zu putzen, wenn du an dem Tag nach Hause kommst. Du willst ja nicht aus dem Mund stinken! Und achte auch auf deine Achseln.«

»*Mum!*«

»Ich freu mich, dass es so gut für dich läuft«, setzte sie hinzu. »Heutzutage gibt's so viele schlechte Nachrichten! Deine Großmutter hat mir erzählt, dass du dir Sorgen machst wegen der Bandenkriege, aber konzentrier dich lieber auf die schönen Sachen, hast du gehört? Wenn wir das nicht machen würden, kämen wir nie raus aus unserer Wohnung und hätten gar kein Leben!«

»Ja, Mum.«

»Lass dir von diesen Idioten, die sich nur gegenseitig umbringen, nicht die guten Neuigkeiten verderben.«

»In Ordnung, Mum.«

Sie küsste mich auf die Stirn, dann ging sie wieder. Ich widmete mich erneut meiner Zeichnung von der alten Bücherei, und mein schlechtes Gewissen versetzte mir noch einen Schlag in die Magengrube.

Ein paar Stunden später platzte Elaine in mein Zimmer, sah mich an, als würden mir Karotten aus den Ohren wachsen, und fragte: »Venetia King kommt her?«

»Ja.« Ich nickte.

Elaine schüttelte den Kopf, ging raus und knallte die Tür hinter sich zu.

Als ich einschlief, träumte ich davon, an einem sonnigen Strand auf

Hawaii mit Venetia King zu knutschen, bis mein Handy mich weckte. Drei Nachrichten von McKay.

> Der erschossene North Crong war Long Mouth Smolenko, die rechte Hand von Major Worries. Ein Mischling. Ich glaube, sein Dad war Pole oder Russe oder so.

Beim Lesen verkrampfte sich wieder mein Magen.
Ich zog die zweite Nachricht mit dem Daumen hoch.

> Der dritte Weltkrieg hat begonnen, Bro. Fang schon mal an, dir einen Bunker zu graben. Major Worries wird das nicht auf sich beruhen lassen. Die Brüder sagen, er will Kalaschnikows und Raketenwerfer und so einen Scheiß kaufen.

War das die Folge davon, dass ich das Päckchen abgeholt hatte? Ich öffnete die dritte Nachricht.

> Hab Ausgangssperre, Dad hat die Zugbrücke hochgeklappt. Er sagt, ich darf nach der Schule nirgendwo mehr hin, muss sofort zurück in die Burg.

Ich lag wach im Bett, dachte an Nightlife und Long Mouth Smolenko. Wie viele würde noch sterben? Und wieso hieß jemand überhaupt *Long Mouth*?

12

DAS DATE

ALS MUM MORGENS IN MEIN ZIMMER PLATZTE und Licht machte, brannten meine Augen noch mehr als sonst. Sie legte mir frische Socken in die Schublade, hängte mir gebügelte Hemden in den Schrank und hob meine Stifte vom Boden auf.

»Lemar! Heute Nachmittag nach der Schule kommst du direkt nach Hause, hast du verstanden? Kein Getrödel oder Rumgehänge, du schiebst deinen kleinen Hintern sofort hier in die Wohnung, ist das klar?«

»Klar, Mum.«

»Ich lass nicht zu, dass du in diesen Bandenkriegswahnsinn reingezogen wirst! Gestern Abend haben sie's in den Nachrichten gebracht. Vom fahrenden Motorrad aus erschossen! Der arme Junge kam aus der Computerwerkstatt neben der alten Bücherei, und jetzt ist er tot. Der war erst neunzehn. O Gott! Mir tun die Eltern so leid. Du weißt doch, dass ich immer in dem Supermarkt da in der Nähe einkaufen gehe, oder?«

Beim Aufräumen fand sie eine Boxershorts unten an meinem Bett. Sie schaute mich kaum an, aber das war nur gut so, weil mir nämlich mein schlechtes Gewissen schon wieder Fausthiebe versetzte.

»Ja, Mum.«

»Hätte jeden von uns treffen können!«

»Ich weiß, Mum.«

»Ich glaube, ich würde durchdrehen, wenn Elaine, Jerome oder dir so ein Wahnsinn zustößt.«

»Ich hab's verstanden, Mum.«

»Komm mir *bloß nicht* auf die Idee, nach der Schule in die Stadt zu gehen, Lemar. Hast du gehört? Du schiebst dich schön hier nach Hause.«

»Na gut, Mum. Hast du schon gesagt.«

O Gott! Wann hört sie endlich auf? Die leichten Fausthiebe hatten sich jetzt in wuchtige Aufwärtshaken verwandelt. Endlich ging sie raus und ich konnte wieder atmen. Ich versuchte mir einzureden, dass ich aufhören musste, an den Typen zu denken, der erschossen wurde, und mich stattdessen auf die guten Dinge in meinem Leben konzentrieren. Venetia King.

Als ich mich für die Schule fertig machte, frischte ich mir die Achseln mit extra viel Deo auf und gönnte mir auch noch einen Spritzer Aftershave – ein Geschenk von meiner Schwester. Das erste Mal seit Weihnachten, dass ich's benutzte.

Bevor ich ging, starrte ich in den Badezimmerspiegel, um zu sehen, was mein Oberlippenbart machte – nicht üppig, aber immerhin war eine Art Schatten zu erkennen. Mann! Selbst Jonah hatte schon Stoppeln. Ich brauchte unbedingt Gesichtsbehaarung, um mich aufzusexen, und außerdem natürlich einen Haarschnitt vom Friseur.

Das Erste, was mir auf dem Weg in die Schule auffiel, waren die Streifenwagen, die durch die Siedlung schlichen. Plötzlich machte ich mir Sorgen, dass sie mich anhalten, mit auf die Wache schleppen und wegen Beihilfe zum Mord anzeigen könnten. Jonah laberte ununterbrochen über sein verfluchtes neues Handy und machte Fotos von den Streifenwagen, aber ich hörte gar nicht hin, schenkte ihm keinerlei Aufmerksamkeit. Ich fragte mich, wie mich die alteingesessenen Brüder wohl behandeln würden, wenn ich in den Jugendknast einfuhr.

In der ersten Stunde hatten wir Englisch. Ich bekam kaum einen ganzen Satz zusammen. In Geschichte saß ich neben McKay und er hatte eine irre Theorie über die Ermordung von Smolenko parat. »Das war ein Auftragsmord«, flüsterte er wie ein Superspitzel in einem Mafiafilm. »Smolenkos Vater ist ein Boss in Polen. Der schmuggelt alle möglichen Waffen, Panzer und Sprengstoffe von da drüben hier rüber, hat überall seine Leute, an den Flughäfen, den Seehäfen und den Bahnhöfen. Manjaro will ein Stück vom Kuchen, deshalb musste Long Mouth Smolenko dran glauben.«

McKay hatte ständig abgefahrene Theorien, aber diese hier war wohl die schlimmste. »Wovon redest du, Bro?«, fragte ich zurück. »Das ist doch Blödsinn. Ich hab heute gehört, dass Smolenkos Dad arbeitslos ist. Der letzte Job, den er hatte, war Regale einräumen im Supermarkt.«

»Das war nur Tarnung«, beharrte McKay. »Ich sag's dir, der ist ein Boss. In Polen besitzt er ein Anwesen mit fünfzehn Zimmern, Swimmingpool, Jacuzzi und eigenem Heimkino. Seine Satellitenschüssel ist so groß wie die auf dem MI5-Gebäude.«

»Du übertreibst maßlos.«

»Tu ich nicht. Smolenkos Dad hat sich das Gesicht operieren lassen, weil ihm Interpol auf den Fersen war.«

»Was ist denn Interpol?«

»So eine Art FBI für Europa. Wie bei James Bond, nur dass die keine coolen Gadgets und keine geilen Autos haben. Die schießen erst und stellen hinterher Fragen. Mit den Zielfernrohren, die die haben, können die einem aus fünf Kilometern Entfernung zwischen die Augenbrauen schießen. Mit denen legst du dich besser nicht an.«

»McKay, wer erzählt dir so einen Scheiß? Glaubst du, dass der Mord an Nightlife gar nichts damit zu tun hatte?«

»Ein bisschen, aber das ist nicht die ganze Wahrheit«, behauptete McKay. »Wer weiß? Vielleicht hat Major Worries selbst ihn in die Falle gelockt, weil er kurz davor war, zum Verräter zu werden.«

Das war die einzige Theorie, die ich gerne geglaubt hätte, weil dann meine Päckchenübergabe nichts damit zu tun gehabt hätte.

Ich machte mir solche Sorgen, wegen dieser Smolenko-Sache, dass ich mir überlegte, schon in der Mittagspause nach Hause zu gehen. Ich aß meine Lasagne aus der Schulkantine und überlegte, wie ich einen Husten simulieren konnte, den mir die Schulschwester abnahm. Konnte schlecht zu ihr hingehen und sagen, ich bin gestresst – die hätte mich nicht mal abgehört, geschweige denn meine Temperatur gemessen.

Gleichzeitig traf Jonah mit seinem verfluchten neuen Handy immer noch auf beispiellose Beachtung. Dieses Mal umschwärmten ihn die Mädchen aus der Achten. Venetia King schlenderte sexy durch Jonahs Publikum, aber Jonah sah sie gar nicht an. »Was geht, Bit? Alles klar?«

Ich richtete mich auf und warf mich in meine beste Pose. »Ja, ja, alles klar«, stammelte ich.

»Wie sieht's morgen bei dir aus? Soll ich nach der Schule zu dir kommen?«

»Klar«, erwiderte ich. »Cool.«

»Macht dir doch nichts aus?«

»Natürlich nicht!«

»Dann treffen wir uns nach der Schule am Haupteingang, okay?«

»Okay, bis dann.«

Mein Herz schlug einen Purzelbaum und ich grinste breiter als der Mississippi. Jonah hob eine Augenbraue und McKay schüttelte den Kopf und sagte: »Wieso du?«

Ich konnte mich nicht erinnern, wann ich mich das letzte Mal so schlecht gefühlt und dann plötzlich so gute Laune bekommen hatte. Mit dem Arsch hockte ich angekettet im Abwasser, während die Scheiße um mich herum immer weiter stieg, aber jetzt kam mich Venetia zu Hause besuchen. Wegen ihr konnte ich mir sogar die dämlichen Popsongs anhören, die die Mädchen aus der Achten auf dem Pausenhof sangen, ohne mir vorzustellen, wie mich die Bullen in eine Zelle steckten. Den Rest des Tages grinste ich Leute an, die ich nicht mal kannte. Wahrscheinlich hielten sie mich für pervers oder dachten, ich hätte eine von den Pillen geschluckt, die Manjaros Jungs auf der Straße vertickten. Vielleicht war's auch eine Art Überkompensierung der Angst, die ich in der Magengrube spürte, aber irgendwie schaffte ich es damit durch den Tag.

Am nächsten Morgen fragte ich Mum, ob sie bis spät arbeiten würde. »Ja«, erwiderte sie. »Die haben mir jetzt drei Tage hintereinander die Spätschicht aufgebrummt! Drei Tage!«

»Tut mir leid, Mum. Wäre schön, wenn wir abends mehr Zeit zusammen hätten.«

Mum schaute mich schief an. »Willst du dich bei mir einschleimen, Lemar? Wenn's darauf hinausläuft, dass du Geld willst, die Antwort lautet *Nein*. Ich hab genug Rechnungen zu bezahlen.«

»Hab ich schon kapiert, Mum.«

Mann! Wenigstens würde sie am Abend nicht da sein.

Gran war die Nächste auf meiner Liste. Sie bügelte in dem Zimmer, das sie sich mit Mum teilte. »Bist du später da, Gran?«

»Wieso fragst du?«, wollte sie wissen. »Brauchst du sturmfreie Bude, weil du ungezogene Sachen mit deiner neuen Freundin anstellen willst?«

»Sie ist *nicht* meine Freundin! Und nein, Gran, so ist es nicht.«

»Dann sag mir, wie's ist.«

»Ich … ich will sie nur in Ruhe zeichnen.«

Gran grinste wissend. O Gott. Eine Großmutter, die dran denkt, wie ihr Enkelsohn Sex hat, das ist einfach … falsch. »Pass nur auf, dass du dich benimmst, und lass schön die Schlange im Käfig!«

Elaine war die Letzte auf meiner Liste. Sie gab Jerome gerade sein Fläschchen, als ich zu ihr ins Zimmer kam. »Bist du später zu Hause, Sis?«

»Und wenn?«, fragte sie.

»Hab ja nur gefragt! Mann! Darf man dir keine einfache Frage mehr stellen?«

»Vielleicht, vielleicht nicht«, erwiderte sie schließlich.

Ich beschloss, sie nicht weiter auszuquetschen, und ging raus.

»Lemar, warte mal«, rief Elaine mich zurück.

Ich drehte um und setzte mich zu ihr aufs Bett. Sie stieß die Tür mit dem Hintern zu und fütterte dabei weiter Jerome. Er machte diese süßen Glucksgeräusche.

»Hast du draußen irgendwas über den Mord an Smolenko gehört?«, fragte sie.

»Nein, wieso sollte ich?«

»Weil du mehr auf der Straße bist als ich.«

»Ich gehe in die Schule, woher soll ich was wissen? Wer erzählt mir denn was?«

»Reg dich ab, Bruder! Ich hab bloß gefragt.«

»Ich hab nichts gehört, Sis.«

Jerome spuckte den Flaschennuckel aus und Elaine rieb ihm den Rücken. »Ich hoffe nur, dass keiner von denen, die ich kenne, was damit zu tun hat.«

»Wie gesagt, Sis, auf meiner Schulter ist kein Vögelchen gelandet, das mir was zugezwitschert hat.«

Elaine sah mich lange an. »Schönen Tag in der Schule.«

Der Schultag war der längste aller Zeiten. Mathe dauerte fünf Stunden, Englisch sechs und Chemie acht Jahre. Ich wusste, dass ich zu viel Deo drauf hatte, weil McKay und Jonah mich den ganzen Tag deshalb nervten. Als sie mich »Achselarsch« nannten, wurde ich echt sauer. Beim letzten Läuten raste ich aufs Klo und wäre fast im Waschbecken ertrunken. Ich warf mir Wasser ins Gesicht, aber das Deo verpestete trotzdem noch mein Umfeld.

Als ich durch die Gänge der Schule auf den Haupteingang zurannte, fing mein Herz an zu schlagen wie eine außer Kontrolle geratene Abrissbirne. Ich machte halt, schloss ein paar Sekunden lang die Augen und versuchte, mich in Meditationsstimmung zu versetzen. Wollte schließlich nicht aus der Schultür gerast kommen wie ein kleiner Junge am Weihnachtsmorgen die Treppe runter. Ich ging weiter und versuchte dabei, mich so cool wie möglich zu bewegen. Wie ein Cowboy in einem von diesen steinalten Western stieß ich durch die Schwingtüren, und plötzlich hörte ich das kranke Lachen von Jonah und McKay. Mein Herz rutschte mir in den Magen. »Was wollt ihr denn hier?«, fragte ich. »Geht nach Hause!«

»Zusehen, wie du gedemütigt wirst!«, erwiderte McKay kichernd. »Venetia kommt nicht, Bro. Die hat mit dir gespielt.«

»Nein, hat sie nicht«, entgegnete ich. *Scheiße. Vielleicht doch? Ich meine, ich bin ein Zwerg.*

»Siehst du sie vielleicht?«, fragte Jonah. Mit der Hand schirmte er die Augen vor der Sonne ab wie ein Matrose im Krähennest, der nach Land Ausschau hält. »Keine Miss Fitness in Sicht, Bro!«

»Hab sie seit dem Mittagessen nicht mehr gesehen«, setzte McKay hinzu. »Wahrscheinlich ist sie zur Vernunft gekommen, Brother. Wahrscheinlich hat sie gemerkt, dass sie geistig verwirrt war, als sie gesagt hat, sie will dich besuchen, und ist mit einem Schreikrampf zum Vertrauenslehrer gerast und hat erst mal eine Handvoll Pillen eingeworfen.«

»Wahrscheinlich hat ihre Mum sie abgeholt und mit nach Hause genommen«, lachte Jonah. »Sie ... «

Genau in diesem Moment trat Venetia King aus dem Haupteingang.

Sie hatte wirklich und wahrhaftig den sexiesten Gang im gesamten Universum. Dann blieb sie kurz stehen, um was auf ihrem Handy nachzusehen. Ich schloss eine Sekunde lang die Augen und wünschte mir, *bitte sieh mich, bitte sieh mich.* Schließlich winkte sie mir. Sie sah echt Hammer aus. Ich merkte, wie mein Herz sich auf dem Grund meines Magens berappelte und wie ein aufblasbarer Strandball im Swimmingpool wieder an die Oberfläche poppte. Mein Grinsen war breiter als die USA. Jonah wirkte wie am Boden zerstört. McKay starrte unter sich und schüttelte den Kopf. »Irgendwas stimmt nicht mit der Welt«, nuschelte er. »*Warum, warum, warum* du? Du bist ... unser kleiner Bit.«

McKay und Jonah zogen ab, als wären alle ihre Angehörigen auf einer fernen Insel Kannibalen zum Opfer gefallen. Venetia kam auf mich zu und mein Herz hüpfte. Ich hatte auf einmal so viel Selbstbewusstsein, dass ich eine Sekunde lang sogar dachte, dass ich's mal mit meinem besten Hollywoodkuss probieren sollte. Aber ich entschied mich doch dagegen. »Tut mir leid, bin spät dran«, entschuldigte sie sich. »Musste noch mit meinem Englischlehrer reden.«

»Cool«, erwiderte ich. »Kein Problem.«

Wir verließen die Schule zusammen mit ein paar anderen, die aus dem Gaffen gar nicht mehr rauskamen. Mir scheißegal – Venetia King ging mit *mir* nach Hause!

»Und wie lange zeichnest du schon?«, fragte Venetia.

»Ach, schon seit der Grundschule«, erwiderte ich. »Einmal zu Weihnachten hat mir mein Dad so einen Zeichenblock, ein Ausmalbuch und Stifte und so was geschenkt. Eigentlich hat's damit angefangen.«

»Du bist echt gut«, sagte Venetia. »Ms Rees hat so ein Bild aufgehängt von einem traurigen Mann, der vor dem alten Lagerhaus auf dem Bordstein sitzt. Das gefällt mir am besten. Wie bist du da drauf gekommen?«

Verdammt, sie hat sogar ein Lieblingsbild! Das heißt, dass sie sich alle angeguckt hat.

»Äh, ich hab nur überlegt, was aus den ganzen Männern geworden ist, die früher da gearbeitet haben, weißt du? Also hab ich mir vorgestellt, dass einer zurückkommt und sich's ansieht.«

»Danke, dass du mich zeichnen willst, Bit. Ich hab das Bild gesehen, dass du von deiner Gran gemalt hast – *das ist echt gut!*«

Halleluja, sie hält mich für echt gut. Ich sollte das aufnehmen.

»Danke. Willst du's im Profil oder von vorne?«

»Von vorne«, erwiderte Venetia.

»Wo wohnst du denn?«

»Auf der anderen Seite der Siedlung. Somerleyton House. Im fünften Stock. In der Nähe vom Wareika Way. Der Crongton Stream ist nicht weit, und aus irgendeinem Grund stinkt's da jeden Donnerstagmorgen. Meine Mum schimpft immer wie verrückt.«

»Kann dran liegen, dass da unzählige Typen, äh, reinpissen, wenn sie im Park Ball spielen waren.«

»Uähhh! Das ist widerlich. Typisch, so machen das viele Männer hier – pissen überallhin!«

»Ich würde das nie machen«, setzte ich schnell dazu.

»Das will ich auch hoffen.«

»Äh ... hast du Geschwister?«, fragte ich.

»Eine Schwester, Princess, die ist zwölf, und einen echt nervigen Bruder, der ist acht, Milton. Die können sich alles Mögliche erlauben, was ich nicht durfte, als ich so alt war wie sie. Ganz schön unfair.«

»Ich hab eine große Schwester, Elaine. Die ist … «

»Hab von ihr gehört. War die nicht mal mit Manjaro zusammen?«

Ich wünschte, ich hätte nicht davon angefangen. »Äh, ja.«

»Und hat sie nicht sogar ein Baby von ihm?«

Ich hatte gehofft, dass sie mich nicht danach fragen würde. Allmählich war ich es leid, von allen möglichen Leuten aus unserem Viertel gefragt zu werden, ob Elaine wirklich ein Kind von Manjaro bekommen hatte. Von Venetia hätte ich das nicht erwartet. Trotzdem besser, einfach zu antworten und weiterzumachen. »Äh, ja. Jerome.«

»Versteh mich nicht falsch«, sagte Venetia und packte mich am Handgelenk. »Ich verurteile deine Schwester nicht oder so. Vielleicht hat sie ja gedacht, wenn sie mit einem wie Manjaro zusammen ist, bringt sie's zu was.«

Wir machten noch ein bisschen weiter Small Talk, bis wir an meinem Block waren.

Die ganze Zeit über checkte ich, ob jemand aus meinem Jahrgang uns beobachtete. Unter anderem erfuhr ich, dass Venetias Mum in einer Wäscherei arbeitete, ihr Dad Boiler reparierte und ihre Schwester Princess ihr immer die Klamotten klaute.

Als wir die Stufen zu unserer Wohnung hochstiegen, betete ich, dass Mum noch arbeiten war, Elaine Freundinnen besuchte und Gran ein Nickerchen in ihrem Zimmer machte. Ich drehte den Schlüssel in der Wohnungstür und hörte wütendes Geschrei. Ach du *Superscheiße!*

»Das ist mein Leben!«, schrie Elaine Mum an. »Du kannst mir nicht vorschreiben, was ich machen soll!«

Sie stritten sich im Flur. Venetia und ich blieben wie angewurzelt stehen. Ich wusste nicht, was ich tun oder sagen sollte. Mir rutschte das Herz in die Hose wie ein Basketball mit Torpedoantrieb.

»Ein Teilzeitjob würde mir schon helfen, Elaine!«, erklärte Mum. Sie hatte ein Hühnerbein in der linken Hand, das sie gerade gewürzt hatte. Venetia juckte es wegen dem Currypulver und dem Pfeffer in der Nase. »Ich bin hier die Einzige, die die Gasrechnung, die Stromrechnung und alle anderen Rechnungen bezahlt. Deine Gran hilft mir mit ihrer Rente, aber viel ist das nicht. Wieso kannst du dir nicht wenigstens einen Teilzeitjob suchen und ein bisschen was beisteuern?«

»Weil ich *studieren* will, Mum«, erwiderte Elaine und fuchtelte mit Jeromes Fläschchen herum. »Wie oft muss ich dir das noch sagen? Ich will Betriebswirtschaft und Rechnungswesen studieren. Das wollte ich schon, bevor Jerome auf die Welt kam.«

»Und solange du aufs College gehst, muss *ich* alles bezahlen und alle ernähren?«, fauchte Mum zurück. »Kannst du nicht neben deinem Studium noch ein paar Stunden arbeiten?«

Das war echt demütigend. Das Hühnerbein gegen Jeromes Fläschchen. Gott weiß, was Venetia gedacht hat. Ich hoffte nur, dass sie's keinem in der Schule erzählen würde. Welche Chancen auch immer ich bei ihr gehabt haben mochte, jetzt konnte ich sie vergessen.

»Mum! Das ist ja nicht für ewig«, tobte Elaine weiter. »Gran hat schon gesagt, dass es ihr nichts ausmacht, sich um Jerome zu kümmern. Ich hab gedacht, du würdest mich dabei unterstützen, aber *nein!* Du willst, dass ich irgendeinen Scheißjob annehme, so wie *du!*«

»Mit dem Scheißjob verdien ich die Miete für das Dach über deinem verwöhnten Kopf! Von dem Geld hab ich deine Schule bezahlt, sämtliche Schuhe, die du ausgelatscht hast, und alle deine verdammten Klamotten!«

Das Hühnerbein kam Elaines Kopf jetzt gefährlich nahe.

»Ich weiß, Mum, und ich liebe dich auch dafür, aber ich möchte mehr als nur ein Dach über dem Kopf und genug Geld, dass es gerade so reicht.«

»Was ist dir hier nicht gut genug? Du hast *keinen* Respekt vor dem, was ich mache, Elaine!«

Ihre Nasenspitzen berührten sich beinahe. Sie hatten beide denselben Gesichtsausdruck. Mutter wie Tochter. Ich betete, dass sie sich nicht prügeln würden.

Venetia zog mich am Arm. »Soll ... soll ich ein anderes Mal wiederkommen?«

»Äh, weiß nicht ... «

»Nur weil ich für Jerome und mich was Besseres will, hab ich keinen Respekt?«, fragte Elaine. Sie warf Venetia und mir einen kurzen Blick zu. Dann funkelte sie Mum an. »Manchmal frag ich mich, ob du überhaupt meine verfluchte Mutter bist!«

In dem Moment sah Mum uns auch, dann drehte sie sich wieder zu Elaine um.

»Leg dir einen anderen Ton zu, sonst wirst du erfahren, ob deine Mutter eine ist, die ihre ungezogene Tochter übers Knie legt.«

In diesem Moment hasste ich meine Familie. Wie konnten sie mir das antun? Am liebsten hätte ich sie vor Gericht gezerrt und mich scheiden lassen. Im Zeugenstand wäre mir der Kragen geplatzt und ich hätte wie von Sinnen mit dem Finger auf sie gezeigt, so wie in den Gerichtsfilmen. Dem Richter und den Geschworenen hätte ich erzählt, dass die beiden meine Chancen bei dem Mädchen mit dem sexiesten Gang des ganzen Universums zunichtegemacht hatten. Ich hoffte, der Richter würde ein böser, gemeiner, brutaler Bruder sein, der allen beiden neunundsiebzig Jahre Steine klopfen aufbrummt.

»Lemar!«, sagte Mum endlich. »Und, äh ... «

»Mum, das ist Venetia«, sagte ich.

»Hi«, stellte Venetia sich mit strahlendem Lächeln vor. O Gott, war die toll!

Zehn Sekunden Verlegenheit.

Mum sah ich am Gesichtsausdruck an, dass sie froh war, dass ich in der Tür stand. Elaine verschränkte die Arme und kaute in ihrem Mund herum – was sie immer machte, wenn sie gefrustet war. »Hallo, Venetia«, grüßte sie kühl und verschwand türeknallend in ihrem Zimmer.

»Möchtest du was essen oder trinken, Venetia?«, fragte Mum, als wäre nichts gewesen.

»Ja, gerne.«

Mum verschwand in der Küche. Ich stieß einen Riesenseufzer aus, führte Venetia ins Wohnzimmer und machte den Fernseher an, während sie es sich auf dem Sofa bequem machte. O Gott! Venetia King saß bei mir auf der Couch. »Wir haben bloß O-Saft«, rief Mum aus der Küche. »Ist das okay? Ich hab noch nicht gekocht, aber ich hab ein Käsebrötchen von draußen mitgebracht.«

»Ist cool«, sagte Venetia höflich. »Danke.«

Ich hätte Mum auch antworten sollen, aber ich hatte zu viel damit zu tun, mich zu fragen, wieso Mum überhaupt zu Hause war, wo sie doch eigentlich für die Spätschicht eingeteilt war. Wenigstens war Elaine stinksauer, denn das bedeutete, dass sie wahrscheinlich den Rest des Abends in ihrem Zimmer hocken würde.

»Schöne Wohnung«, sagte Venetia und sah sich im Wohnzimmer um. Sie war sehr höflich. O Gott! An der Wand hing ein Bild von mir, auf dem ich ungefähr sieben war. Ich hätte es runternehmen und verbrennen sollen.

»Äh ... wo willst du sitzen? Kannst es dir aussuchen.«

Venetia sah sich um. »Ich setz mich da hin, wo du sitzt, wenn das okay ist. Da hinten hängt eine Karte von der Karibik und meine Familie stammt aus Trinidad.«

»Könnte gut aussehen.« Ich lächelte. »Wenn du das Käsebrötchen gegessen hast, hol ich meinen Block und die Stifte.«

»Cool.«

Ich war echt erleichtert, dass Mum in der Küche blieb, während ich Venetia zeichnete, und Elaine kam gar nicht aus ihrem Zimmer raus. Venetia zuckte mit keiner Wimper und ich durfte sie einfach nur anstarren.

Sie hatte krauses Haar, ein diamantförmiges Gesicht und braune Sommersprossen, die ihre Wangen sprenkelten wie brauner Zucker auf Kakao. Ihre Augenbrauen waren wunderschön geschwungen und sie trug goldene Ohrringe so groß wie DVDs. Ich hatte ein bisschen Mühe mit den Kurven und geraden Linien, weil ich so nervös war. Aber in ihrem Blick lag auch was Trauriges. Ich konnte nicht genau erklären wieso. Sie saß zwanzig Minuten lang still, dann fand ich, dass es reichte.

»Das war's für heute«, sagte ich. »Bin nicht so richtig reingekommen wie sonst, war wohl, äh, zu viel los.«

»Die Stimmung war ein bisschen ... äh, angespannt«, erwiderte sie.

»Aber mach dir nichts draus. Du müsstest mal die Schreiereien bei mir zu Hause hören!«

Ich rang mir ein Lächeln ab. War schön, dass sie mich aufmuntern wollte. Vielleicht waren meine Chancen doch noch nicht ganz im Eimer.

»Das nächste Mal wird besser – vertrau mir!«

»Darf ich sehen, was du bis jetzt hast?«, fragte sie.

»Nein«, sagte ich, blätterte schnell meinen Block um. »Kannst es ansehen, wenn's fertig ist.«

»Ach, komm schon, Bit. Ist bestimmt richtig gut.«

»*Nein*«, beharrte ich. Ich hatte mein ernstes Gesicht aufgesetzt. Sie mochte das küssenswerteste Mädchen der ganzen Schule sein, aber nicht mal Gran durfte ein Porträt anschauen, bevor's fertig war.

Sie stand auf und ich streckte mich. Ich glaube, sie war ein bisschen sauer.

»Danke, dass du angefangen hast, Bit. Wenn's fertig ist, geb ich dir Geld dafür.«

»Nein, Venetia. Ich kann dein Geld nicht annehmen. Ich mach das als Bruder.«

»Bist du sicher? Ich zahl gerne.«

Ich kann nicht lügen. Dass sie drauf bestand, bezahlen zu wollen, machte mich ganz fuchsig. Jeder kann mich für ein Bild bezahlen. Aber jemand, auf den ich stehe? Das kam mir einfach … falsch vor.

»Na klar, bin ich sicher«, sagte ich und versuchte zu lächeln. »Nein, ich kann kein Geld von dir annehmen.«

Hätte Jonah diese Unterhaltung gehört, wahrscheinlich hätte er mir links und rechts eine runtergehaun und mir anschließend noch eine Ohrfeige verpasst. Fast konnte ich ihn fluchen hören. *Hast du sie noch alle, Bro? Das Mädchen bietet dir Geld an. Nimm es!* Jonah fand Venetia King heißer als ein gekochtes Ei in Jamaika, aber er hätte kein Problem damit gehabt, ihr astronomische Summen für ein Porträt abzuknöpfen.

»Du bist großzügig«, sagte Venetia. »Noch mal danke.«

Insgeheim dachte ich daran, wie wir uns an einem Strand auf Hawaii küssten, und ich musste den Kopf schütteln, um die Vorstellung wieder loszuwerden.

»Ich geh jetzt besser«, sagte sie.

»Okay, ich bring dich raus.«

Venetia blieb an der Küche stehen und sagte Mum Auf Wiedersehen.

»Schön, dich kennengelernt zu haben, Venetia«, erwiderte Mum, trank dabei ihren Kaffee. »Lemar, bring Venetia lieber nach Hause, aber trödel nicht auf dem Rückweg, verstanden?«

Ich war froh, dass Mum das vorgeschlagen hatte, weil ich nicht sicher war, ob ich's Venetia überhaupt hätte anbieten sollen.

»Danke fürs Nachhausebringen«, sagte Venetia, als wir über den Balkon gingen. »Ich hab mein ganzes Leben hier gewohnt, aber jetzt fühl ich mich nicht mehr sicher, weißt du, bei allem, was gerade so passiert.«

»Hab's gehört. Einer aus North Crong namens Long Mouth Smolenko wurde erschossen.«

»Hab ich auch gehört«, sagte Venetia und verschränkte die Arme. »Und wieder fragt sich eine Familie, was ihr da passiert. Die Leute denken immer nicht dran, was die Familien durchmachen.«

»Muss schrecklich sein.«

»Vor zwei Jahren wurde meine Cousine von einer verirrten Kugel getroffen«, erzählte Venetia, als wir die letzte Treppe runtersprangen. »Sie stand an einer Bushaltestelle, hat keinem was getan, plötzlich wurde aus einem fahrenden Auto geschossen ...«

»Davon hab ich gehört«, erinnerte ich mich. »Wusste nicht, dass das deine Cousine war. Wie hieß sie noch mal? Kay ...«

»Katrina King«, half Venetia. »Wir waren dick befreundet, haben alles zusammen gemacht. Ich weiß nicht, wie sich deine Schwester jemals auf einen wie Manjaro hat einlassen können.«

»Ich ... äh, weiß ich auch nicht. Ist halt passiert.«

In Gedanken nahm ich mir vor, mit allen Mitteln zu verhindern, dass Venetia jemals von meiner Päckchen-Mission erfuhr. *Was hatte ich mir bloß dabei gedacht? Vielleicht hatte Elaine ja recht. Manchmal denke ich nicht nach, bevor ich was mache.*

»Der sieht schon gut aus, aber ich könnte mich nie auf einen einlassen, der mit Bandenkriegen und so einem Scheiß zu tun hat.« *Und was ist mit mir, Venetia? Hätte ich am liebsten geschrien. Seh ich nicht gut aus?*

»Äh, ja, kann ich verstehen«, sagte ich.

»Weißt du, was mich echt fertigmacht?«, fuhr Venetia fort. »Es gibt Leute, die wissen, wer geschossen hat, aber sie sagen es nicht. Wegen irgendeiner bescheuerten Loyalität zu ihrer Crew.«

»Das ist echt nicht richtig«, pflichtete ich ihr bei.

»Aber eines Tages, Bit, da wird der Mann geschnappt, der geschossen hat, und dann wird er den Rest seines Lebens nur noch mit Plastikbesteck essen.«

»Hab gehört, das Essen ist richtig scheiße im Knast«, warf ich ein. »Die Cornflakes sind hart wie Gettokies und der Porridge zäh wie Nilpferdkotze.«

Venetia lachte laut, wäre fast über ihre eigenen Füße gestolpert. Es fühlte sich gut an, dass ich sie so zum Lachen bringen konnte. Als sie sich wieder gefasst hatte, sagte sie: »Zu viele Brüder hier aus der Gegend enden hinter Gittern. Das kann es doch nicht sein. Du hast das mit dem Zeichnen, Bit, damit hast du eine Chance, hier rauszukommen.«

»Und du hast Basketball und das Tanzen. Damit kommst du hier auch raus.«

»Ich hab noch mehr, Bit. Man braucht immer auch noch einen Plan B. Was ist, wenn ich mir das Bein breche?«

Ich dachte an das Gespräch mit Dad über Pläne. *Vielleicht hat er ja recht, Venetia sagt genau dasselbe. Aber ich bin nun mal schlecht in Mathe und Englisch.*

Wir gingen immer weiter bis Somerleyton House – dem hässlichsten Wohnblock in ganz Crongton. Sie hatten ihn in einem Dunkelblau gestrichen, das einfach … falsch war. Irgendwie echt bescheuert, dass das hübscheste Mädchen von Crongton ausgerechnet dort wohnte.

»Hier wohne ich.« Venetia lächelte wieder ihr umwerfendes Lächeln. »Bis Morgen. Danke, dass du mich nach Hause gebracht hast.«

»Schon gut.«

Ich sah, wie sie mit ihrem sexy Gang abzog und im Haus verschwand. Mann! Venetia King war bei mir in der Wohnung gewesen und ich hatte sie nach Hause gebracht. Was für ein Tag. Ich fragte mich, warum sie wollte, dass ich sie zeichnete. Vielleicht war's für ihre Eltern oder so? Aber hey-ho! Was spielte das schon für eine Rolle, solange sie mich zu Hause besuchte und ich mich in Stellung bringen konnte, um mich ihr anzunähern.

13

BESUCH VON DER POLIZEI

BESTER STIMMUNG SPRANG ICH ZURÜCK in meine Wohnung. Ich war sicher, dass Jonah und McKay am Sterben waren vor Eifersucht wegen mir und Venetia King – sie ertrugen es kaum noch, ihren Namen auszusprechen, und baggerten Mädchen an, die sie vorher nie angebaggert hätten. Außerdem hatte ich jetzt seit mehreren Tagen nichts mehr von Manjaro gehört und der Schatten meines Oberlippenbartes wurde definitiv dunkler. Allmählich sah die Welt schon besser aus.

Ich ging durch den Flur und hörte unbekannte Stimmen aus der Küche. Als ich eintrat, konnte ich kaum glauben, was ich sah. Meine Zuversicht löste sich in Luft auf und mein Herzschlag setzte aus. Zwei Bullen saßen an unserem kleinen Küchentisch und tranken Tee, ein Mann und eine Frau. Gran servierte ihnen Custard Creams. Alle sahen mich an.

»Hi, Lemar, wie war's heute in der Schule?«, fragte Gran. Kein Begrüßungslächeln wie sonst. Grans Englisch klang immer besser und vornehmer, wenn sich jemand Offizielles in der Wohnung aufhielt.

»Äh … okay«, erwiderte ich.

Ich musste mich setzen, bevor meine Beine einknickten. Mein Herz verpasste meinem Brustkasten rechte Haken. Der Atlantik war kurz davor, mir den Schädel zu spalten. Ich schaute die Bullen an und sie lächelten. Schlürften wieder Tee. Ich nahm einen Keks und verputzte ihn mit zwei Bissen.

»Die beiden hier ermitteln wegen der jüngsten Bandenunruhen und führen Befragungen unter den Anwohnern durch, um herauszufinden, ob jemand was gesehen hat«, erklärte Gran.

Ich hörte kaum hin. Die Frau warf mir einen Blick zu, der sagte, *ich weiß, ich lächle zwar, aber wir haben Beweise dafür, dass DU die Finger mit drin hast, Lemar! Und wir werden dich schon zum Reden bringen!*

»Ist reine Routine«, sagte der Polizist. Er nahm erneut einen Schluck Tee. Die Frau knabberte ihren Keks.

Der Atlantik hatte sich jetzt Bahn gebrochen und ich wischte ihn mir von der Stirn. Ich hörte einen Schlüssel in der Wohnungstür. Alle schauten zum Flur. *Scheiße.* Noch mehr Bullen? Keine Ahnung warum, aber ich dachte an den Mann, der in *The Shawshank Redemption* durch einen ewig langen Tunnel voller Scheiße kriecht, um aus dem Irrenhaus zu fliehen – das war einer von den Filmen, die Jonah illegal runtergeladen hatte.

Elaine kam, schob den schreienden Jerome in seinem Buggy. Dann kam sie wieder und sah sich die Gäste in unserer Küche noch mal genauer an. »Was ist hier los?«, fragte Elaine. »Steckt Lemar in Schwierigkeiten?«

»Nein, nein«, erwiderte die Frau. »Wir führen nur ein paar Befragungen hinsichtlich der jüngsten ... Vorfälle in Crongton durch. Wir dachten, vielleicht hat er was gesehen. Jegliche Informationen könnten entscheidend sein.«

»Gran«, rief Elaine. In ihrer Stimme lag ein sehr ernster Ton.

»Kannst du dich mal um Jerome kümmern? Ich glaube, er braucht eine frische Windel. Vielleicht besser, wenn ich bei der Befragung dabei bin – ich weiß, was die dürfen und was nicht.«

Die Bullen sahen einander an.

»Kein Problem, Elaine.«

Gran ging aus der Küche und nahm Jerome aus dem Buggy.

»Sind Sie über achtzehn?«, fragte die Frau Elaine.

»Bin ich! Ich bin neunzehn.«

Die Bullen grinsten wieder falsch, als müssten sie sich mit ihrer ungeliebtesten Tante fotografieren lassen. Der Bulle hielt seinen Notizblock bereit. Elaine sah mich böse an – ihre Augen waren jetzt kleine Gaskocher. Mir lief noch immer der Atlantik über die Stirn und Niagarafälle tosten unter meinen Achseln. Lieber die Jacke anlassen. Gleich fängt die Kacke an zu dampfen.

»Lemar Jackson, richtig?«, fing die Bullenfrau an. »Können Sie das bestätigen?«

»Ist richtig«, erwiderte Elaine.

»Ich bin sicher, Lemar kann selbst antworten«, sagte die Frau.

»Mein Name ist Lemar Jackson«, bestätigte ich. Ich setzte mich auf meine Hände.

»Wir wissen, dass du in der Schule warst, als Gregor Smolenko drau-ßen vor der Computerwerkstatt erschossen wurde, Lemar«, sagte sie. »Wir haben bereits mit deinen Lehrern gesprochen. Aber ich würde mich gerne mit dir darüber unterhalten, was ungefähr eine Woche da-vor los war.«

Ich hörte Jerome im Wohnzimmer schreien. Allmählich zehrte es an meinen Nerven. Gran sang ihm ihre Bob-Marley-Songs vor, versuchte ihn zu trösten. Ich machte die Augen zu und betete, dass es ihr gelang, ihn zu beruhigen.

»Er weiß nichts«, warf Elaine ein. »Mein Bruder war in der Schule, das haben Sie doch gerade gesagt. Also wie soll er ihnen *bei den Ermitt-lungen helfen?*«

»Wie gesagt«, wiederholte die Polizistin. »Vielleicht hat er etwas gesehen, das ihm nebensächlich vorkommt, tatsächlich aber für uns ganz wichtig sein kann.«

Ich sah die Polizisten an. Keiner von beiden hatte viel für meine Schwester übrig. Ich hoffte, sie würde es nicht noch schlimmer machen. Und wieder fragte ich mich, wieso Smolenko eigentlich »Long Mouth« genannt worden war.

»Am Sechsten dieses Monats«, fuhr die Polizistin fort, »warst du da in der Gegend von North Crongton?«

»Nein, war er nicht«, antwortete Elaine für mich und verschränkte die Arme. »Er war bei unserem Dad. Sag es ihnen, Lemar. Lass dich nicht einschüchtern von denen.«

Die Polizistin schloss kurz die Augen. Ich merkte, dass sie allmählich stinkig wurde. Mein Herz schlug Aufwärtshaken gegen meine Rippen. »Vielleicht sagt Lemar uns das besser selbst?«, meinte sie.

Wieder schauten mich alle an. Ich spürte die Hitze der Blicke. Die Kacke war nicht nur am Dampfen, sie kochte längst über und färbte das grüne Gras braun.

»Äh ... ich hab Basketball gespielt«, sagte ich.

Elaine schaute mich böse an. Ich war sicher, wären die Bullen nicht da gewesen, hätte sie mich ausradiert, wie böse Menschen im Mittelalter arme kleine Kinder.

»Jemand, dessen Beschreibung auf dich passt, wurde von einer Gruppe von Jugendlichen gejagt«, behauptete die Polizistin. »Warst du das, Lemar?«

Elaine bohrte mir mit Blicken Löcher in die Stirn.

»Äh ... ja ... ich wurde gejagt.«

»Lemar!«, schrie Elaine. »Was wolltest du denn in North Crongton?«

»Basketball spielen«, sagte ich.

Elaine kochte. Ich schaute weg.

»Ms Jackson, richtig?«, fragte die Polizistin. Ihre Lippen wurden immer schmaler.

»Ms *Elaine* Jackson«, sagte meine Schwester gewichtig. Ein kleiner Spucketropfen flog ihr aus dem Mund.

Die Bullen waren nicht gerade Elaines große Liebe. Das ging wohl noch auf die Zeit zurück, als Elaine damals mit fünfzehn Parfüm und so einen Scheiß aus einem Laden in der High Street geklaut hatte. Sie wurde verhaftet und auf die Wache in Central Crongton gebracht. Sechs Stunden musste sie in der Zelle sitzen, wobei sie anscheinend das komplette Wörterbuch englischer und karibischer Schimpfwörter durchgegangen war. Als Mum davon erfuhr, kamen noch sämtliche Flüche von Hongkong bis Los Angeles dazu. Gran hat Elaine von der Wache abgeholt. Als sie nach Hause kam, war Elaine ganz schön nah am Wasser. Mum und sie hatten an dem Abend den Krach des Jahrhunderts. Ich hab mich rausgehalten. Zum ersten Mal überhaupt sah ich Gran mit

Kopfhörern. Aus irgendeinem eigenartigen Grund nahm Elaine sich den Schlafsack oben aus meinem Kleiderschrank und schlief in meinem Zimmer auf dem Boden – sie hat nie erklärt warum, aber ich hab sie weinen hören. Ich wusste nicht, was ich sagen sollte, damit es ihr besser ging. Irgendwas war mit ihr passiert. Vielleicht hatten die Bullen sie traumatisiert. Oder gezwungen, *X Factor* zu gucken? Selbst damals hab ich mich schon davor gehütet, Fragen zu stellen. Wenn Elaine mit mir reden wollte, dann würde sie reden – aber das kam praktisch nie vor.

»Dürfte ich Ihrem Bruder ein paar Fragen stellen, ohne ständig unterbrochen zu werden?«, meinte die Beamtin.

Elaine nickte und kaute in ihrem Mund rum.

»Weißt du, dass du verfolgt wurdest?«, fuhr die Polizistin fort.

»Weiß nicht.« Ich zuckte mit den Schultern.

Ich versuchte, gelassen zu wirken, aber die Organe in meiner Brust spielten Reise nach Jerusalem oder so was Ähnliches.

»Hast du welche von denen erkannt, die dich verfolgt haben?«

»Nein, ich kenne niemanden in North Crong.«

»Bist du sicher, dass du keinen deiner Verfolger erkannt hast?«, fragte die Polizistin wieder.

»Nein … ich kenn keinen von denen.«

Die Bullen tuschelten miteinander. Elaine warf mir einen tödlichen Blick zu. »Wieso ist das so wichtig, ob Lemar jemanden erkannt hat, der ihm hinterher ist?«, fragte sie. »So was machen die halt in North Crong. Die sehen jemanden, der nicht aus ihrer Gegend kommt, und dann jagen sie ihn. Hinterher kommen sie sich wie echte Männer vor – diese hirnlosen Pussys! Wieso geht ihr dem nicht mal auf den Grund, anstatt meinen Bruder zu löchern?«

Die Bullen tuschelten wieder leise. Dann sah mich die Frau an. »Um die Frage deiner Schwester zu beantworten, einer der Jugendlichen, die dich verfolgt haben, war Gregor Smolenko. Und du weißt ja, dass er vor wenigen Tagen vor der Computerwerkstatt ermordet wurde.«

Das knirschende Gefühl in meinem Magen kehrte mit Wucht zurück. Fast hätte ich mich vor Schmerzen gekrümmt.

»Ich frage dich noch einmal, Lemar.« Die Polizistin beugte sich näher an mich heran. Mir fiel auf, dass sie ein bisschen zu stark geschminkt war. »Weißt du, warum du verfolgt wurdest?«

Ich schüttelte den Kopf. »Nein ... hab ja schon gesagt, dass ich bloß Basketball spielen wollte. Die haben mich gesehen und sind mir hinterhergerannt. Ich bin nicht stehen geblieben und hab sie gefragt wieso. Bin einfach nur abgehauen. Meinen Ball musste ich liegen lassen.«

Elaine schüttelte den Kopf und warf mir einen »Wir sprechen uns noch«-Blick zu.

Der Polizist schrieb etwas auf, dann tuschelten sie wieder. Allmählich zehrte das alles an meinen Nerven.

»Okay, Lemar«, sagte die Polizistin. »Kannst du bestätigen, dass du, als du von einem Vorfall in der Cowley Road gehört hast, dorthin gegangen bist, um zu sehen, was los war?«

»Woher wissen Sie das denn?«, fragte ich.

»Beantworte einfach meine Frage, Lemar«, drängte die Polizistin. »Kannst du bestätigen, dass du dich zum fraglichen Zeitpunkt dort aufgehalten hast?«

»Ja«, erwiderte ich. »Genauso wie die anderen auch. Wir sind alle da hingerannt. Alle wollten wissen, wen es erwischt hatte. Ich hab erst später erfahren, dass es ... «

»Schon gut, Lemar«, sagte die Polizistin. »Du stehst nicht unter Verdacht. Wir wollen nur wissen, ob du auf dem Weg zur Cowley Road etwas Verdächtiges gesehen hast, oder jemandem begegnet bist, der sich irgendwie verdächtig verhalten hat? Oder einfach nur ungewöhnlich?«

»Äh, nein«, erwiderte ich. »Nicht, dass ich wüsste.«

»Bist du sicher? Nichts Seltsames oder Eigenartiges?«

»Er hat doch gerade *Nein* gesagt«, schaltete Elaine sich wieder ein. »Seid ihr taub? Wie oft soll er sich denn noch wiederholen? Ich denke, er steht nicht unter Verdacht?«

Betretenes Schweigen. Ich nutzte die Gelegenheit, um mir erneut über die Stirn zu wischen. Elaine warf nicht nur Pferdescheiße in den

Pisspott, sie mixte auch noch Würmer drunter. Der Polizist notierte sich wieder was.

»Hast du Fahrzeuge wegfahren sehen? Ein Auto oder ein Motorrad? Vielleicht sogar zu schnell?«

»Nein«, erwiderte ich.

»Bist du sicher?«

Elaine hielt die Arme verschränkt und kaute weiter in ihrem Mund rum.

»Ich bin sicher«, nickte ich.

Die Bullen redeten wieder leise miteinander. Meine Finger fühlten sich klebrig an. Ich stieß einen langen Atemzug aus. O Gott! Allmählich wurde ich in meiner Jacke gebraten.

»Okay, Lemar«, sagte die Polizistin. »Wenn dir noch irgendwas Außergewöhnliches einfällt, das du an dem Tag beobachtet hast, an dem du gejagt wurdest, oder dem Nachmittag, an dem das auf der Cowley Road passiert ist, dann lass es uns bitte wissen. Und wenn es dir unangenehm ist, uns zu informieren, dann sprich mit einem deiner Lehrer oder einem anderen verantwortlichen Erwachsenen.«

Sie reichte mir eine Karte mit ihrem Namen und einer Telefonnummer drauf.

Ich nickte, schaute aber zu Boden. Die Bullen standen auf. Ich war zwar erleichtert, aber ich wusste, dass Elaine ihr Verhör starten würde, sobald die beiden weg waren.

»Wenn dir noch was einfällt«, wiederholte die Polizistin und gab auch Elaine ihre Karte. Elaine schaute sie angewidert an. »Bitte gib einem Erwachsenen Bescheid ... wir treffen Vorkehrungen für deine Sicherheit, solltest du dich in irgendeiner Weise bedroht fühlen.«

»Würde ich machen, wenn ich was wüsste.« Ich nickte. »Aber ich weiß nichts.«

Elaine zog verächtlich die Lippe hoch.

Ich brachte die Bullen zur Tür und wusste nicht, ob ich froh sein sollte, weil sie gingen und ich nicht unter Verdacht stand, oder mir in die Hose machen musste, weil ich gleich mit meiner großen Schwester alleine war. Ich schlich durch den Flur und steuerte mein Zimmer an, ich musste dringend duschen – mein Hemd war nass wie die *Titanic*.

»*Lemar!*«, brüllte Elaine.

»Ich hab Hausaufgaben«, rief ich zurück. »Aber ich geh erst mal duschen.«

»Dein Stinkschweiß muss warten, schieb deinen mickrigen Arsch hier rein!«

»Elaine!« Gran rief aus dem Zimmer meiner Schwester. »Nicht so laut! Jerome soll einschlafen!«

Vor ungefähr drei Monaten hatte ich um ein Schloss und einen Schlüssel für mein Zimmer gebeten. Mum meinte, sie wolle drüber nachdenken, aber ich hatte vergessen, sie noch mal danach zu fragen. Was ich jetzt bedauerte. Auf keinen Fall würde ich in die Küche gehen und mich von Elaine zusammenscheißen lassen. Ich schlich in mein Zimmer. Sekunden später kam Elaine reingeplatzt wie einer von diesen irren amerikanischen Wrestlern bei einem Death Match. Sie knallte die Tür hinter sich zu. Ich schnappte nach Luft. »Hast du sie noch alle, Lemar? Was wolltest du in North Crong?«

»Mir war langweilig … ich wollte es mir nur angucken. Dad und Shirley waren bei Steff und ich bin bloß mal spazieren gegangen. Ist ein freies Land.«

Ich glaubte nicht, dass Elaine meine Antwort gefallen würde.

»Weißt du nicht, dass Krieg ist? Hast du das mit Nightlife nicht mitbekommen? Spinnst du, Lemar? Die hätten dich umbringen können! Die hätten dich umbringen sollen, und zwar wegen Blödheit, du blöder dämlicher Arsch!«

In mir legte sich ein Schalter um. »Ich bin ein blöder dämlicher Arsch? Immerhin hab ich mich nicht vom OG hier schwängern lassen. Einen so bescheuerten Fehler hab ich überhaupt noch nicht gemacht. Das war ja wohl dämlicher als …«

Den Schlag, den sie mir verpasste, als das letzte Wort meinen Mund verließ, spürte ich kaum, denn Elaine ließ einen linken Haken gegen meine Kinnlade folgen. Ich fiel aufs Bett, aber sie zog mich wieder auf die Füße. »Fang gar nicht erst an! Ich sag dir das zu deinem eigenen Besten. Du kommst mir mit meinem privaten Scheiß? Du hältst dich wohl für erwachsen?«

Sie war stinksauer, aber ich konnte auch den Schmerz in ihren Augen sehen. Und er saß tief. *Scheiße!* Ich musste wirklich einen Nerv getroffen haben.

Ich hatte ganz vergessen, dass Elaine, wenn sie sich prügelte, wie ein Mann zuschlug. Wenn sie richtig wütend war, konnte sie zur knallhart brutalen, irre um sich schlagenden Lemar-verdreschenden großen Schwester werden. Sie boxte mich links und rechts an meinen Schädel und versah jeden Kubikmillimeter meiner Beine mit Tritten. Ich konnte mich nicht mehr an alles erinnern, nur an den Geruch von Elaines Nagellack. Ich ging zu Boden. Elaine sprang auf mich drauf und verwandelte sich in einen Tasmanischen Teufel. Ich hörte die Tür. Gran hatte Jerome auf dem Arm. Er schrie wieder und Elaine sprang von mir runter, nahm Gran Jerome ab. Gott sei Dank hatte ich einen so wunderbaren Neffen! Ich rappelte mich auf die Füße hoch.

»Was glaubst du eigentlich, mit wem du sprichst?«, brüllte Elaine. »Ein freies Land? Wenn du dich für einen Mann hältst, dann geh doch noch mal rüber nach North Crong und pass auf, was ich dann mit dir mache! Wehe, du sagst noch ein Mal, dass Jerome ein Fehler ist! Hast du mich verstanden, Lemar? Pass bloß auf, dass ich dich nicht alleine zu Hause erwische!«

»Elaine! Beruhig dich! Bist du verrückt geworden?«

Ich schlug mir die Hände vors Gesicht, während Gran Elaine aus meinem Zimmer zog. Ich hatte Schmerzen im Schädel, als würden dort Mini-Autoskooter gegeneinanderknallen. Elaine fluchte laut, als sie durch den Flur abgeführt wurde. Allmählich fragte ich mich, ob Manjaro ihr bei einer Prügelei überhaupt gewachsen wäre.

Langsam stand ich auf, und jede einzelne Zelle meines Körpers tat weh. Vorsichtig schaute ich in den Spiegel auf meiner Kommode. Mein Kiefer pochte, und unter dem rechten Auge hatte ich eine Platzwunde – ich sah schlimm aus, Mann! Wie sollte ich meinen Brüdern erklären,

dass mich meine eigene Schwester verprügelt hatte? McKays bescheu-
ertes Kichern hörte ich jetzt schon.

Ich ging nicht ins Bad, bevor Elaine nicht zu fluchen aufgehört hatte.
Als ich leise auf Zehenspitzen dort angekommen war, ließ ich kaltes
Wasser über meinen Waschlappen laufen und legte ihn mir aufs Gesicht, um die Schwellung zu stoppen. Ich konnte nicht glauben, was gerade passiert war. Meine eigene Schwester hatte mich windelweich
geschlagen. Wieso war's okay, wenn sie mich ein dämliches Arschloch
schimpfte? Und wenn ich ihre Fehler erwähnte, machte sie auf Ultimate
Fighter. Und mit Fehler hatte ich gemeint, dass sie sich mit Manjaro eingelassen hatte – nicht Jerome. Ich hatte die Nase gestrichen voll davon,
dass sie sich ständig was bei mir rausnahm. Und wenn sie's nicht tat,
dann meckerte Mum wegen irgendeiner Scheiße an mir rum. Hielt
Mum ausnahmsweise mal die Luft an, dann war's wieder Elaine. Ich
konnte's keinem recht machen!

»Alles klar, Lemar?«, fragte Gran, steckte den Kopf zur Badezimmertür rein. Sie sah mich an wie einen Hund, der ihr gerade auf die
Hausschuhe gekackt hat. »Sie sagt, du hast Jerome einen Fehler genannt. Wie konntest du nur? Was hast du dir dabei gedacht? Du weißt
doch, wie sensibel sie ist.«

Ich sagte nichts. Sogar Gran war auf ihrer Seite. Ich konnte nicht
glauben, dass sie sie auch noch verteidigte, wo sie mich grade eben brutal verprügelt hatte.

»Es tut ihr leid«, fuhr Gran fort. »Sie heult sich die Augen aus, das
sag ich dir, klammert Jerome ganz fest an sich. *Gott, Allmächtiger!* So ein
großer Kummer in dieser Familie.«

Ich hatte immer noch keine Luft, was dazu zu sagen. Und was gab es
schon zu sagen? Mir ging es nicht gut. Ich hatte Elaine nicht gebeten,
mich zu verprügeln, und innerlich tobte ich.

»Soll ich mir dein Auge mal ansehen?«

»Nein, Gran.«

»Ist eine böse Wunde«, sagte sie, beugte sich vor, um besser sehen
zu können.

»Schon in Ordnung, Gran.«

»Aber das muss sauber gemacht werden ...«

»Lass es einfach, Gran! Lass mich in Ruhe!«

Gran schüttelte den Kopf und ging raus. Kaum war sie verschwunden, überfiel mich das schlechte Gewissen – so hätte ich nicht mit Gran reden dürfen. Wenig später hörte ich sie mit Elaine schimpfen. Ich ging durch den Flur und sagte mir erneut, dass ich rausmusste aus diesem Wahnsinn hier. Gran hatte Hühnereintopf und Reis gekocht, aber ich ließ das Essen stehen. Stattdessen legte ich mich aufs Bett und starrte mal wieder die Decke an.

Die nächste Stunde lag ich auf dem Rücken, stierte nach oben. Dann hörte ich Mum nach Hause kommen. Gran erzählte ihr in der Küche, was los gewesen war, und dann kam sie in mein Zimmer geflitzt. Sie setzte sich zu mir aufs Bett und betrachtete mein Gesicht. Als ich spürte, wie mich ihre Finger berührten, ging's mir gleich besser.

»Alles okay?«

»Ja«, erwiderte ich.

»Sicher?«

»Na ja, hab schlimme Kopfschmerzen.«

Ich sah, dass sie sauer war. »Bin gleich wieder da«, sagte sie.

Entschlossen marschierte sie aus meinem Zimmer. Sekunden später laute Stimmen. Elaine brüllte. *Gut!* Ein bisschen später schlich ich mich aus meinem Zimmer und in den Flur.

»Ich wollte ihm ja sagen, dass es mir leidtut, Mum!«

»Spinnst du, was fällt dir eigentlich ein?«, brüllte Mum. »Er ist dein *Bruder*, verdammt noch mal! Besorg dir gefälligst endlich eine Wohnung und zieh aus, Elaine. Ich komme mit deinem Verhalten nicht klar.«

»Mum, ich wollte nicht ...«

»Du wolltest nicht! Du hast erst aufgehört, als deine Großmutter mit Jerome aufgetaucht ist! Was bist du denn für ein Vorbild?«

»Irgendwas ist in mich gefahren ... ich hab einfach rotgesehen.«

»Du kannst gleich die andere Seite der Wohnungstür sehen, Elai-

ne!«, schrie Mum. »Ich will, dass du so bald wie möglich ausziehst, sobald diese dämlichen Idioten was für dich gefunden haben. Hast du verstanden? *Raus!* Geh zum Crongton Housing Department und sag denen, dass dich deine eigene Mutter nicht mehr erträgt. Oder sprich mit
der Sozialarbeiterin, die sich die Wohnung hier angesehen hat. Was ist
überhaupt aus der geworden? Wieso haben die dir noch nichts angebo-
ten? Kapieren die nicht, dass die Wohnung hier zu klein ist? Sie hat's
doch selbst gesehen, oder nicht? Ich halt das nicht mehr aus! Wir wollen hoffen, dass die in ein paar Wochen was für dich gefunden haben
und nicht erst in ein paar Monaten!«

O, *Scheiße!* Das hatte ich nicht gewollt. Auf einmal wurde es echt
ernst. Ich wollte nicht, dass Elaine wegen mir ausziehen musste.

»Mum! So was kommt nicht wieder vor.«

»Da hast du recht, das kommt nicht wieder vor!«

»Hat Gran dir nicht erzählt, was Lemar zu mir gesagt hat? Er hat gesagt, Jerome war ein *Fehler!* Tut mir leid, was ich ihm angetan hab, aber
er hat mich provoziert!«

Ich hörte eine Tür knallen. Dann ging ich zurück in mein Zimmer,
lag flach auf dem Bett und tat, als würde ich schlafen. Fünf Minuten später kam Mum rein und machte Licht. Sie hatte Watte, Pflaster und ein
Fläschchen mit irgendwas Antiseptischem in der Hand. »Willst du
mich veräppeln und so tun, als würdest du bei dem ganzen Theater
schlafen? Ich bin deine *Mutter!* Mach die Augen auf und halt den Kopf
still, Lemar.«

Mum klebte mir ein Pflaster unters Auge. Mein ganzes Gesicht
brannte wie Hölle. »Jetzt stehst du auf, gehst in die Küche und holst dir
was zu essen. Hast du mich verstanden? Ich bin im Wohnzimmer, gucke
fern, und ich will keinen Quatsch mehr von euch beiden hören! Wenn
doch, werdet ihr schnell merken, wer von uns hier wirklich verrückt geworden ist. Hast du mich verstanden?«

Ich nickte. Mum war also auch auf Elaines Seite. Niemandem konnte ich es recht machen. Ich glaubte nicht, dass ich Mum mit ihrem Ter-
minatorblick schon mal furchterregender erlebt hatte. Ich tat, was sie

verlangte, und aß von einem Tablett in meinem Zimmer. Mir egal – ich wollte keinem in die Quere kommen. Wahrscheinlich trösteten Gran und Mum Elaine und versicherten ihr, dass ich mich wirklich danebenbenommen hatte. Dabei war ich derjenige, der verprügelt worden war! Mum würde Elaine niemals rausschmeißen.

14

RAUS AUS SOUTH CRONG

ES WAR NACH MITTERNACHT und in mir brodelte es immer noch wegen der ganzen Sache mit meiner Schwester. Ohne nachzudenken fing ich an, Klamotten in meine Sporttasche zu packen. *Wie soll ich mit ihr in einer Wohnung wohnen?* Fünf paar Socken, vier Boxershorts, zwei Jeans, fünf T-Shirts und drei Trainingsjacken. Ich legte ein Handtuch obendrauf und quetschte alles in die Tasche rein. *Ich hau ab, penne bei meinem Dad. Der ist entspannter, und Shirley mosert nicht an mir rum. Steff bewundert mich sogar. Da kann ich endlich mal der große Bruder sein und nicht mehr der kleine. Ich kann's kaum abwarten, bis Mum schnallt, dass ich weg bin, und Elaine deshalb zur Schnecke macht. Vielleicht kriegt sie dann von Mum genauso aufs Dach wie ich von ihr.*

Ich zog meine Sneaker an und setzte mich aufs Bett, stierte auf den Teppich und sah in Gedanken die Prügelszene vor mir. Ich stand auf, nahm meinen Zeichenkasten mit den Stiften und dem Skizzenblock und parkte mich wieder aufs Bett. Mum würde durchdrehen, wenn ich weg war. Aber wenn ich Prügel von ihr bezog, konnten die kaum schlimmer sein als die von Elaine. Gran würde bestimmt traurig werden, wenn ich weg war ... ich hoffte, sie würde mich nicht genauso sehr hassen wie die anderen. Aber auch sie musste doch gemerkt haben, dass Mum immer Elaine verteidigte, egal was.

Ich stand wieder auf und ging zwei Schritte zur Tür, drückte die Klinke runter. Als die Tür zehn Zentimeter weit offen stand, machte ich halt. Ich drehte den Kopf, sodass ich durch den Spalt spähen konnte. Das Licht im Flur war aus – Mum machte es immer aus, kurz bevor sie ins Bett ging. Die Küchentür war geschlossen, aber ich roch Grans Hühnereintopf. Alles war still, nur mein eigenes Atmen klang nach Dinosaurier mit Asthma. Rechts von mir war die Wohnungstür. Links Vorwürfe, Geschrei, Bevorzugung und Prügel. Ich holte tief Luft. Mein Herz zoffte sich schon wieder mit meinem Brustkasten. Ich trat in den Flur, dann hielt ich inne. Vorsichtig zog ich die Zimmertür hinter mir zu. Mit Zwergenschritten näherte ich mich der Wohnungstür und drehte den Knauf. Als ich die Tür öffnete, schlug mir kalte Luft ins Gesicht. Gemischt mit dem Geruch nach Desinfektionsmitteln.

Als ich auf den Balkon hinaustrat, zog ich die Tür sachte hinter mir zu. Ich war draußen. *Soll ich Dad anrufen, bevor ich bei ihm auftauche? Nein, der sagt nur, dass ich wieder reingehen soll. Wenn ich bei ihm vor der Tür stehe, wird er mich ernst nehmen und reinlassen müssen. Und wenn ich erst mal drin bin, gehe ich nicht wieder. Das muss Mum akzeptieren. Ist mir egal, ob sie brüllt und schreit wie die Frau nebenan, als der Gerichtsvollzieher gekommen ist. Mann! Das war vielleicht ein Drama.*

Als ich über die Brüstung schaute, entdeckte ich ein paar Kiffer in einem Wagen draußen auf dem Vorplatz. Sie kicherten sich einen ab, während irgendeine scheiß Gitarrenband aus der Autoanlage röhrte.

Ich warf einen letzten Blick auf meine Wohnungstür und setzte mich in Bewegung, sprang die Stufen vorsichtiger hinunter als sonst. Die Nachtluft war kühl. Hunde, die man nicht sehen konnte, schienen nachts lauter zu bellen als am Tag. Ich las das Graffiti an den Wänden. Ein Scherzkeks hatte geschrieben: »Hast du South Crong überlebt, hast du nicht lange drangeklebt. Findest du's hier nett, hast du ein Loch im Brett.« Ich ging lieber über die Fußwege durch die Siedlung, nicht auf der Straße – falls eine von Mums Freundinnen jetzt erst nach Hause kam, wollte ich nicht von ihr gesehen werden. Ein paar Sekunden lang überlegte ich tatsächlich, ob ich bei McKay vorbeigehen sollte. Sein Dad war arbeiten und wir hätten die ganze Nacht spielen können. Aber ich entschied mich dagegen. Wenn die Kacke ernsthaft überkochte, konnte McKay manchmal auch *zu* vernünftig sein. Wahrscheinlich würde er mich zu meiner Mum zurückschicken.

Ich ging vorbei an den leer stehenden Fabriken im Norden unserer

Siedlung – obwohl die Arbeiter von der Bezirksverwaltung immer alle kaputten Fenster verbarrikadierten, fanden Penner, Ausreißer und Junkies trotzdem eine Möglichkeit einzusteigen. Dad wohnte in Crongton Green im Osten von Crongton, also mied ich die Innenstadt und die Busstrecken und ging über die ruhigeren Straßen zu ihm. Es war kaum jemand unterwegs, abgesehen von einem gut gekleideten Pärchen, das aus einem Taxi stieg, und einem total breiten Typen, der in seinem geparkten Wagen saß und irgendwas rauchte. Er schaute mich irgendwie krank an und ich ging auf die andere Straßenseite. Meine Schritte wurden immer schneller.

Wenig später war ich bei Dad. Oben brannte Licht. Anscheinend war noch jemand wach. Komisch. Normalerweise machte Dad um elf Uhr alle Lichter aus. Eine Weile lang glotzte ich nur auf die Haustür und überlegte, ob ich klopfen oder ihn auf dem Handy anrufen sollte – aber ich wollte Steff nicht wecken. Also beschloss ich anzurufen und hoffte, dass mein Guthaben dafür reichte.

Als ich mein Handy aus der Tasche zog, ging unten Licht an. Ich trat zwei Schritte zurück. Plötzlich ging die Haustür auf. Dad trug Steff zum Transporter. Sie war in eine Decke eingewickelt. Shirley zog einen kleinen Rollkoffer – die Rollen kratzten über den Bürgersteig, machten ein scheußliches Geräusch. Ich rannte zu den dreien. »Dad! Dad! Was ist mit Steff?«

Shirley machte die Beifahrertür auf. »Lemar!«, rief sie. »Was machst du denn hier mitten in der Nacht?«

Ich antwortete nicht. Dad sah mich an. Stress stand ihm auf der Stirn. Steff hatte die Augen halb offen. Sie war total blass. Ich glaube, sie bekam gar nicht mit, dass ich da war. »*Lemar!* Shirley hat dich was gefragt. Was machst du um diese Uhrzeit auf der Straße?«

»Ich … ich … was ist mit Steff?«

»Sie ist krank, Lemar«, erwiderte Dad. Er legte sie sanft in den Wagen, ihren Kopf auf Shirleys Schoß. »Wir bringen sie ins Krankenhaus.«

»Kann ich helfen?«, fragte ich. »Darf ich mitkommen? *Bitte.*«

»*Nein.* Geh nach Hause! Was willst du hier so spät? Deine Mum flippt aus.«

»Äh ... ich will bei euch wohnen.«

»Hast du den Verstand verloren? Spinnst du? Siehst du nicht, dass ich für so was gerade keine Zeit habe? Steff muss zum Arzt.«

»Wird ... wird sie wieder gesund?«

»Das hoffen wir ... «

»Ich will helfen«, presste ich hervor. »Sie ... sie ist doch meine Schwester.«

Dad kam um den Wagen herum und zog die Fahrertür auf. Er stieg ein und ließ die Scheibe runter.

»Du kannst mir helfen, wenn du jetzt *nach Hause gehst. Jetzt sofort!*«

»Aber ... «

»Kein Aber, Lemar ... was ist mit deinem Gesicht passiert?«

»Ich hatte einen Wahnsinnsstreit mit Elaine und sie hat mich verdroschen und Mum und Gran sind auf ihrer Seite und ... «

»Aber anscheinend ist ja nichts Schlimmes passiert, also geh nach Hause, Lemar!« Dad war stinksauer.

»Ich geh ja schon! Sag Steff, dass ich sie lieb habe.«

»Mach ich«, sagte Shirley.

»Ich ... tut mir leid wegen Elaine«, sagte Dad. »Aber ihr beiden habt euch schon öfter gestritten. Das geht auch wieder vorbei.« Dad senkte die Stimme. In seinem Blick lag Angst und auf seiner Stirn zeigten sich Sorgenfalten.

»Was ... was fehlt ihr denn?«

»Sie ist sehr schwach«, sagte Dad. Seine Stimme war jetzt ruhiger. Er drehte den Schlüssel im Zündschloss und der Motor sprang rumpelnd an. »Die haben ihr neue Medikamente verschrieben, aber sie schlagen überhaupt nicht an.«

»Sie wird aber wieder, oder?«, fragte ich.

Dad holte tief Luft, dann schaltete er die Scheinwerfer ein. »Ja ... sie wird wieder. Jetzt geh nach *Hause.* Ich ruf dich morgen früh an.«

Er legte einen Gang ein, stieß ein Stück zurück und fuhr an. Ich sah dem Transporter nach, bis er ganz hinten um die Ecke bog und verschwand.

15

IN DER HÖHLE DES LÖWEN

DIE NÄCHSTEN ZEHN MINUTEN LANG parkte ich meinen Arsch auf dem Bordstein. Meine rechte Schulter tat weh, weil ich meine Tasche und mein Zeichenzeug getragen hatte. *Jetzt muss ich wieder zurück nach South Crong. Ich kann's nicht glauben! Ich will nicht noch mal an dem zugedröhnten Typen in dem Auto vorbei. Auf was der wohl drauf war?* Ich stand auf, warf mir die Tasche über die linke Schulter und trottete los. *Mann! Was hatte ich mir bloß dabei gedacht? Vielleicht hätte ich meinen Abgang besser planen sollen. Und vielleicht wäre ich überhaupt besser zu Hause geblieben.*

In der Ferne hörte ich Sirenen und das nächtliche Rauschen schnell fahrender Autos. Ich wollte nicht nach Hause. Irgendwie wollte ich, dass Elaine für die Prügel an mir bezahlte. Wieso sollte sie mit ein bisschen Geschimpfe von Mum und Gran davonkommen? Ich wollte, dass sie ein richtig schlechtes Gewissen bekam. Vielleicht konnte ich einfach bis zum Morgen im Park abhängen und dann direkt von dort in die Schule gehen.

Moment mal! Morgen war Samstag. Andererseits, scheiß auf den Park, was da nachts abgeht, ist mir echt nicht ganz geheuer. Und außerdem ist er gar nicht weit von da, wo Nightlife gekillt wurde. Ich lauf einfach in der Siedlung rum, such mir eine Stelle mit ordentlich Licht und zeichne was. Genau, das mache ich. Ist nicht zu kalt für meine Finger. Morgen früh merkt Mum, dass ich nicht im Bett liege, und Elaine kriegt ordentlich was zu hören. Die werden sich alle tierisch Sorgen machen. Perfekt, der Plan ist machbar.

Ich setzte mich Richtung South Crongton in Bewegung, nahm wieder die Seitenstraßen. Nach ungefähr anderthalb Kilometern hörte ich einen Motor. Scheinwerfer leuchteten über die Straße und ein Auto fuhr hinter mir Schrittgeschwindigkeit. Ich sah mir über die Schulter. Der Wagen war ungefähr fünfzig Meter weit weg. Das Scheinwerferlicht grell. Ich ging schneller, hörte, wie auch der Wagen beschleunigte. Ich schaute nach rechts und nach links. Keine Gassen oder Sackgassen, in die ich mich retten konnte – nur Haustüren und Vorgärten. Um die Uhrzeit würde hier niemand einen Bruder reinlassen. *Scheiße! Das konnte eine North Crong Crew sein. Der riesige Major Worries mit seinen chicagobreiten Schultern.* Wahrscheinlich kotzte er immer noch Blut wegen Long Mouth Smolenko.

Ich drehte mich um und die Scheinwerfer blendeten mich. Mein Herz raste. Ich legte den Kopf in den Nacken und rannte um mein Leben. Die Straße war lang – ich konnte nicht mal die nächste Abzweigung oder Kreuzung sehen und wünschte, ich wäre so schnell wie Jonah. Der Wagen holte mich locker ein. Ich machte einen Schlenker nach rechts, sprang über ein niedriges Mäuerchen und trampelte durch einen winzigen Vorgarten. Ich schaffte es bis zur Tür. Mir egal, wer da wohnte oder wie spät es war, die mussten mir die verfluchte scheiß Tür aufmachen. Der Wagen kam quietschend zum Stehen. Jemand stieg aus. Gerade als ich mit dem Briefkastendeckel klappern wollte.

»Kleiner?«, rief jemand.

Eine Männerstimme. Eine, die ich kannte. Ich strengte meine Augen an.

»Kleiner?«, wiederholte die Stimme. Ich hörte eine Wagentür zuknallen.

Es war Manjaro. Er saß hinten, schaute aus dem Fenster – zwei aus seiner Crew saßen vorne. Manjaros goldener Ohrstecker glitzerte im orange-gelben Licht der Straßenlaterne. Eine schlichte blaue Basecap bedeckte seinen rasierten Schädel. Komisches Gefühl, wo's doch Manjaro war, aber ich freute mich wie ein Huhn beim Anblick eines zerbombten Kentucky Fried Chicken, ihn und keinen North Crong vor mir zu sehen.

»Was machst du um die Zeit draußen auf der Straße?«

»Äh ...«

»Schieb deinen mickrigen Arsch in den Wagen«, befahl Manjaro.
»Weißt du nicht, dass die hier in der Gegend schon die Bullen rufen,
wenn sie jemanden auch nur mit einer Zigarette sehen?«

Ich dachte drüber nach. Oben im Zimmer ging Licht an.

»Schieb dich in den Wagen!«

Ich tat, wie mir geheißen, und stieg ein. Es roch irgendwie nach Min-
ze – das kam von dem Lufterfrischer am Rückspiegel. Meine Tasche
und meine Zeichensachen nahm ich auf den Schoß. Ein ungefähr zwan-
zigjähriges Mädchen saß am Steuer. Sie hatte rote Strähnen in den blonden Haaren, die sie zum Pferdeschwanz zusammengebunden hatte.
Und sie trug einen von diesen diamantartigen Glitzerohrringen. Neben
ihr saß der große Bruder, den ich schon aus Remington House kannte.
Er sah aus, als hätte er ein paar Rottweiler gefrühstückt. Ich wusste
nicht, dass ein Mensch so viele Adern am Hals haben kann. Die blaue
Cap, die er trug, wirkte klein wie ein Zylinder auf einem Elefantenkopf.
Er starrte durch die Windschutzscheibe. Manjaro rutschte, um mir
Platz zu machen. Die Fahrerin blinkte, legte einen Gang ein und fuhr
los.

»Wohin?«, fragte sie.

»Das Geschäftliche ist für heute erledigt«, erwiderte Manjaro.
»Fahr den Kleinen nach Hause. Wo Elaine wohnt. Das ist ihr Bruder.«

»Ach, ja«, sagte sie. »Jetzt weiß ich's wieder.«

Ich fragte mich, worin das Geschäftliche bestanden hatte, hielt es
allerdings für keine gute Idee, nachzufragen.

Manjaro wandte sich an mich. »Was soll das, wieso bist du um diese
Zeit draußen unterwegs, Kleiner?«

»Ich ... ich wollte zu meinem Dad.«

»Jetzt?«

»Äh ... ja.«

»Was ist mit deinem Gesicht passiert?«

»Hab mich geprügelt.«

»Mit wem?«

Ich wollte nicht antworten.

»Mit einem aus North Crong?«

»Nein.«

»Mit wem dann?«

Ich schaute aus dem Fenster.

»Mit *wem*?«

»Meiner Schwester.«

Ich schaute in den Rückspiegel. Ein Lächeln huschte über das Gesicht des Mannes vor mir. Die Fahrerin ließ sich nichts anmerken.

»Elaine kann ganz schön ausflippen«, sagte Manjaro und stieß Luft aus.

»Glaub mir, ich weiß, wovon ich spreche.« Ich hörte das Lachen in seiner Stimme und meine Wangen brannten.

Wir fuhren zurück nach South Crongton. Jazz lief in der Anlage. Mir fiel eine Aktentasche neben Manjaro auf. Er rechnete irgendwas mit einem Taschenrechner aus, checkte dabei ein paar Zahlen in einem kleinen Notizblock. Ich fand, es war ein bisschen spät für Buchhaltung. Vielleicht war er rumgefahren und hatte bei allen Leuten, die für ihn arbeiteten, Geld eingesammelt? Aber ich wollte immer noch nicht fragen.

Die Fahrerin und der große Typ vorne wechselten kein Wort. Wir fuhren draußen vor meinem Haus vor.

»Hier ist deine Haltestelle, wenn ich das richtig sehe«, sagte Manjaro.

Ich rührte mich nicht. Konnte nicht anders als an die Schläge denken, die ich kassiert hatte, und dass es möglicherweise noch mehr hageln würde. Mir zitterten die Hände. Ich merkte, wie mir der Schweiß auf die Stirn trat. In meiner Vorstellung verwandelten sich Elaines Fäuste in betonharte Abrissbirnen. »Ich geh da nicht hoch«, sagte ich.

Ich schaute zu meinem Stockwerk rauf und malte mir aus, was für eine Hölle losbrechen würde, wenn ich mich da oben reinschob. Manjaro sah mir die Angst an und schüttelte den Kopf. Die Fahrerin starrte ungeduldig durch die Windschutzscheibe, zog verächtlich die Oberlippe hoch. Das Schwergewicht vorne trommelte mit seinen dicken Fingern auf das Armaturenbrett. Aus der Anlage kam ein Saxofonsolo.

»Steig aus, Kleiner«, befahl Manjaro. »Zu Hause bist du am besten aufgehoben.«

Ich rührte mich immer noch nicht. »Ich gehe nicht ... jedenfalls jetzt noch nicht. Lieber lauf ich einfach rum bis morgen früh, dann gehe ich zurück.«

»Glaubst du wirklich, ich will mir den Anschiss anhören, wenn ich dich um diese bescheuerte Uhrzeit hier alleine auf die Straße setze«, sagte Manjaro. »Wenn dir was passiert, verzeiht mir das deine Schwester nie. Wenn du nicht nach Hause willst, dann bleib im Auto sitzen!«

»Aber ... « Langsam streckte ich die Hand nach dem Türöffner aus, hatte aber nicht den Nerv, dran zu ziehen.

Manjaro schüttelte wieder den Kopf. Er tippte der Fahrerin auf die Schulter. »Dafür hab ich keine Zeit«, sagte er. »Und um die Uhrzeit will ich hier in der Gegend auch gar nicht gesehen werden.« Sie blinkte, legte gekonnt einen Gang ein und raste davon. Niemand sagte was.

Scheiße! Vielleicht hätte ich besser meinen Mut zusammengenommen und wäre rausgesprungen.

Wir fuhren Richtung Süden, vorbei an meiner Schule und raus aus unserem Viertel in eine Gegend, in der weniger reiche Leute wohnten als in Crongton Village. Die Häuser hatten einigermaßen große Wohnzimmer vorne und, ich schätzte mal, insgesamt drei oder vier Zimmer. Crongton Heath. Keine Ahnung, wieso das hier so hieß, der Park, nach dem das Viertel benannt war, fing eigentlich erst drei Kilometer weiter südlich an. Hier schmückten weniger Wagen mit Vierradantrieb die Straßen, eher Autos, wie sie meine Lehrer fuhren. Manjaro tippte immer noch auf seinem Taschenrechner herum. Plötzlich blieben wir draußen vor einer ganz normalen Doppelhaushälfte stehen. Alle stiegen aus. »Lady P fährt dich morgen früh nach Hause«, erklärte Manjaro. »Hast du mich verstanden, Kleiner? Und sie schaut dir so lange hinterher, bis du deinen Arsch durch die Tür geschoben hast.«

Ich nickte, während das Schwergewicht die Straße hoch und runter guckte, als würde er Ausschau nach Attentätern halten. Ich dachte daran, wie rachsüchtig Major Worries nach Smolenkos Ermordung sein musste und dass er Manjaro bestimmt ausradieren wollte und alle, die bei ihm waren. Mir lief was Eisgekühltes das Rückgrat runter.

»Aber bis dahin bleibst du bei mir«, fuhr Manjaro fort. »Auf der Straße ist es um diese Zeit nicht sicher.«

Lady P schloss die Tür auf, wischte sich die Füße auf einer braunen Matte ab, auf der »Willkommen« stand. Ich trug meine Tasche und mein Zeichenzeug, folgte Manjaro ins Haus. Das Schwergewicht machte die Tür hinter uns allen zu. Lady P verschwand die mit Teppichboden ausgelegte Treppe nach oben. Der Typ mit dem Baumstammhals setzte sich auf die zweite Stufe. An der Wand neben ihm hing ein gerahmtes Schwarz-Weiß-Foto von einem Schwarzen in einem weißen Anzug, der Trompete blies. Manjaro ging durch den Flur in die Küche. Ich folgte ihm. Er schaltete den Wasserkocher ein und ich setzte mich an einen kleinen Küchentisch. Drei Boulevardzeitungen lagen neben einem Toastständer. Ich stellte meine Tasche und meine Zeichensachen auf einen leeren Stuhl.

»Tee?«, fragte Manjaro.

Ich verschaffte mir einen kurzen Überblick über meine Umgebung. Weiß nicht warum, aber ich hatte damit gerechnet, Reissäcke mit Koks und riesige Einmachgläser voller eigenartig geformter Pillen und Tabletten hier zu sehen. Aber es gab nichts dergleichen – bloß den ganz alltäglichen Scheiß wie in jeder anderen Küche. Er hatte sogar lustige Magneten am Kühlschrank, und an der Wand hing ein Supermarktkalender. Gran hätte es hier gefallen.

»Tee?«, fragte er noch mal.

»Oh, ja. Ja, bitte.«

»Wie viel Stück Zucker?«

»Äh ... zwei, bitte.«

Das war komisch. Manjaro benahm sich ganz normal. Mich machte das fertig. Das war doch alles total abgefahren! Wenn ich wusste, dass Manjaro oben an der Treppe stand, kam ich kaum noch die Stufen hoch in meine Wohnung, und jetzt saß ich hier bei *ihm* zu Hause. In seiner verdammten scheiß Küche! McKay, Jonah und Elaine würden mir das gar nicht glauben. Mir wuchs die Scheiße allmählich über den Kopf. Ich musste mir einen Vorwand einfallen lassen, wie ich hier wieder rauskam. McKay meinte, Manjaro hätte Leute ausradiert, aber jetzt stand er hier und kochte mir einen verdammten scheiß Tee.

»Willst du Kekse?«, fragte er.

»Äh ... ja«, erwiderte ich. Ich wurde müde, aber ich wusste, dass ich hellwach bleiben musste.

»Hinter dir ist ein Schrank. Mach ihn auf und du findest eine Keksdose.«

Das machte ich, nahm drei Schokokekse raus und fing an zu futtern. Als ich den zweiten verdrückt hatte, rührte Manjaro meinen Tee um. Für sich selbst hatte er einen Pfefferminztee gekocht und setzte sich jetzt zu mir an den Tisch. Ich sah mich noch mal in der Küche um. Er hatte einen Entsafter, eine Kaffeemaschine und Kochbücher im Regal.

»Das ist mein Haus«, sagte er. »Hab hart gearbeitet für den ganzen Scheiß. Und den Brüdern und Schwestern, die für mich arbeiten, helf ich auch, was Eigenes zu kaufen, hast du kapiert? Das ist der Plan. Wenn die sich ans System halten, bekommen sie nie die Chance, sich was zu kaufen, kapiert? Ich will den Brüdern und Schwestern helfen, was aus sich zu machen.«

Ich nickte. Ich konnte nicht anders, als ihn dafür zu bewundern, dass er in seinem Alter schon ein eigenes Haus hatte, trotzdem machte er mich nervös wie ein fettes Schaf, das auf einem dürren Ast sitzt, unter dem schon die Löwen lauern.

»Sieh dir Pinchers an«, fuhr Manjaro fort. »Er redet nicht so viel wie die anderen, aber ihm vertrau ich am meisten. Er ist der Bruder, der auf der Treppe sitzt – manche Brüder nennen ihn Big You, aber ich nenne ihn Pinchers. Weißt du warum?«

»Nein«, erwiderte ich. Ich strengte mich an, die Müdigkeit niederzukämpfen, aber meine Augen fielen dauernd zu.

Ich stellte mir vor, dass er Pinchers hieß, weil er mit seinen steinerweichend starken Armen den Kopf eines Mannes knacken konnte wie eine Nuss. Wäre ich Gladiator, würde ich lieber mit Löwen kämpfen als mit ihm.

»Weil er, wenn er was beigebracht bekommt«, erklärte Manjaro, »es nicht mehr vergisst. Dauert manchmal eine Weile, aber wenn er's kapiert hat, bleibt's auf seiner Festplatte, hast du kapiert?«

»Äh, ja.«

»Pinchers hatte Probleme in der Schule, die Lehrer sind nicht mit ihm klargekommen, aber seitdem er bei uns ist, läuft es mit der Fortbildung. Siehst du, Kleiner, *die* verstehen nicht, dass jeder sein eigenes Lerntempo hat. Nur weil manche langsamer sind, heißt das nicht, dass sie dumm sind, hast du kapiert? Pinchers ist fast den ganzen Tag bei mir, und wenn ich Zeit habe, bring ich ihm Mathe und Buchführung bei. Und Lady P gibt ihm Englischunterricht, wenn sie Zeit hat. Wenn dein Englisch nicht gut ist, kannst du nicht studieren, aber Pinchers ist in ungefähr einem Jahr bereit fürs College.«

»Das ist … gut«, brachte ich heraus. Ich schaute in den Flur und fragte mich, ob Pinchers unser Gespräch verfolgt hatte.

»Ich führe ein Unternehmen, Kleiner. Und die Brüder und Schwestern, die für mich arbeiten, müssen was in der Birne haben, hast du kapiert?«

»Äh, irgendwie.«

»Ich bin nicht wie Major«, beharrte Manjaro. Er trank seinen Pfefferminztee. Eine Mikrosekunde lang loderte Hass in seinen Augen auf. Dann wandte er den Kopf ab, als hätte er Schmerzen im Genick. »Dem geht's nur um nackte Gewalt – der bringt seinen Brüdern gar nichts bei. Manchmal müssen wir ihm mit nackter Gewalt begegnen, kapiert? Er muss wissen, dass er sich bei uns nichts rausnehmen kann.«

Ich nickte wieder, hoffte, dass er aufhören würde, über Major Worries zu sprechen. Er trank wieder Tee und stieß einen Seufzer aus.

»Dann bist du also Künstler?«, fragte er und sah sich meinen Zeichenkram an. »Elaine hat immer gesagt, dass du ständig am Zeichnen bist.«

»Ja«, erwiderte ich. »Ich ... zeichne gerne Landschaften und Porträts.«

»Das ist gut.« Manjaro nickte. »Sehr gut. Eines Tages kannst du vielleicht mal ein Porträt von mir zeichnen, bekommst auch eine schöne kleine Spende dafür. Wenn du mit der Schule fertig bist, siehst du zu, dass du einen Platz am Kunstcollege bekommst, kapiert?«

»Äh, ja.«

»Du hast Glück«, sagte er. »Die meisten in Crongton wissen gar nicht, worin sie gut sind.«

Manjaro stand auf, nahm seinen Tee und ging raus. Ich starrte die Lippenabdrücke an meinem Becher an und überlegte, ob ich abhauen oder bleiben und mir noch mehr von Manjaro anhören sollte. Er machte mir Angst wie ein Hai einem Frosch ohne Beine, aber irgendwie war er schon sehr intelligent. Mum würde mich wahrscheinlich windelweich prügeln, ganz egal, was ich tat, also blieb ich.

Zehn Minuten später kam Manjaro zurück. »Hast du deinen Tee getrunken?«, fragte er.

Ich nickte.

»Komm«, befahl er.

Er führte mich durch den Flur, machte links eine Tür auf und schob mich in einen Raum, der eine Mischung aus Wohnzimmer und Büro zu sein schien. Da stand ein schwarzes Zweisitzer-Ledersofa und darauf parkte ich mich. In einer Ecke stand ein Schreibtisch mit zwei Computerbildschirmen. Auf den Regalen über dem Schreibtisch waren lauter Lehrbücher, Aktenordner und Mappen. Unter dem Tisch blinkten die Rechner. An der Wand auf der anderen Seite war ein Flachbildfernseher befestigt, aber nur so groß wie ein Monopolyspielbrett. Ich verstand nicht, wieso ein Boss wie Manjaro bloß einen so kleinen Fernseher hatte – vielleicht hatte er oben noch einen größeren.

In der anderen Ecke befand sich ein Holztisch mit Schachbrettmuster drauf. Er sah schwer und teuer aus, aber was draufstand, schockte mich. Gerahmte Bilder von Elaine und Jerome. Jerome konnte erst ein paar Tage alt gewesen sein, und Elaine sah aus, als hätte sie zehn Runden gegen einen Tasmanischen Teufel hinter sich. Am Handgelenk hatte sie ein Namensschild, das Bild musste also im Krankenhaus gemacht worden sein. Ich konnte mich nicht erinnern, Manjaro nach Jeromes Geburt im Krankenhaus gesehen zu haben. Auf einem anderen Bild hielt er Jerome auf dem Arm und grinste breiter als das Weiße Haus.

»Als wir zusammen waren«, fing Manjaro an, »hab ich deiner Schwester immer Mut gemacht, damit sie mit ihrer Ausbildung weitermacht. Elaine hat echt was im Hirn. Dann ist sie schwanger geworden mit Jerome, aber ich hab ihr gesagt, dass sie sich dadurch nicht vom Studium abbringen lassen soll.«

Kurz wollte ich erzählen, dass Elaine einen Wahnsinnskrach mit Mum gehabt hatte, weil sie wieder ans College wollte, aber ich überlegte es mir anders.

»Die machen es uns schwer«, fuhr Manjaro fort. Sein Gesichtsausdruck verriet mir, dass, wer auch immer *die* waren, er sie von ganzem Herzen hasste. »Die setzen die Hochschulgebühren rauf und schaffen Stipendien ab, machen alles unmöglich. Deshalb ist das, was ich tue, so wichtig. Lady P, zum Beispiel ... Sie setzt ein Jahr aus, aber wenn sie an die Uni geht, wird sie sich keine Sorgen wegen der Gebühren machen müssen, weil sie für mich arbeitet, hast du kapiert? Sie wird sie sich leisten können und keinen Stress mehr damit haben. Aus der wird was werden, egal für welchen Beruf sie sich entscheidet, die hat nämlich richtig was in der Birne.«

Mir war nicht ganz klar, wovon er eigentlich redete, aber ich nickte trotzdem.

»Rechts von dir auf dem Tischchen liegt die Fernbedienung für den Fernseher«, sagte er. »Du bleibst hier sitzen, bis die Sonne den Morgen begrüßt, hast du kapiert? Ich kann's nicht zulassen, dass mein Schwager zur Unzeit durch die Straßen zieht.«

Bevor ich antworten konnte, war er weg, zog die Tür fest hinter sich zu. Zehn Sekunden später kam er wieder. »Ich weiß, was über mich geredet wird, Kleiner, aber verurteile mich nicht. *Die* erlauben den Leuten, Alkohol und Zigaretten zu kaufen, und verschreiben ihnen Medikamente, die abhängig machen, und lauter so einen Scheiß. Das macht krank, aber das ist *denen* egal. Ich mach nichts anderes als die großen Alkohol-, Tabak- und Pharmaunternehmen. Da konnte nicht mal deine Schwester widersprechen.«

Dann war er wieder weg. Ich fingerte an der Fernbedienung rum und zappte durch die Programme. Aber ich sah gar nicht richtig hin; ich konnte den Blick nicht von den Bildern von Elaine und Jerome lösen.

Fünf Minuten später kam Lady P mit einer Daunendecke und einem Kissen. »Morgen früh um acht fahr ich los«, sagte sie. »Wenn ich dich nach Hause mitnehmen soll, musst du bis dahin fertig sein.«

»Ja, danke.«

Ich suchte einen Musiksender, der mir gefiel, und machte es mir auf dem Sofa bequem, zog mir die Decke bis zum Hals. Ich wusste nicht, ob ich es gemütlich finden oder Angst haben sollte. Er hatte mich als seinen Schwager bezeichnet! Seinem Schwager würde er doch bestimmt nichts tun, oder? Ich fragte mich, wie meine Schwester und Manjaro zusammengekommen waren. Sie musste hier im Zimmer ferngeguckt und mit den Computern da in der Ecke gespielt oder dran gearbeitet haben. War sie wirklich einverstanden mit seinen ganzen Begründungen für den Scheiß, den er so trieb? Die Bosse der Alkohol-, Pharma- und Tabakunternehmen erschossen immerhin niemanden aus fahrenden Autos. Elaine musste doch wissen, dass Manjaro was mit dem Mord an Smolenko zu tun hatte.

16

FRÜHSTÜCK IN CRONGTON

EIN PAAR STUNDEN LANG WAR ICH wohl eingepennt. Als ich wieder aufwachte, merkte ich, dass Licht im Flur brannte. Ich fragte mich, ob Pinchers noch auf der Treppe saß. Vielleicht war er Manjaros Bodyguard. Ich überlegte, ob Mum inzwischen gemerkt hatte, dass ich nicht da war, und ob sie Elaine schon zusammengestaucht hatte. Ich dachte an Gran. Vielleicht war sie's auch, die als Erste schnallte, dass ich weg war. *Scheiße!* Ich hoffte, dass sie das nicht zu sehr stressen würde. Bestimmt machte sie sich schwere Sorgen. *Vielleicht sollte ich einfach nach Hause, bevor die anderen aufstanden. Aber wie soll das gehen? Vergiss es. Bloß nicht Manjaro sauer machen. Wer weiß, was dann passiert.*

Ein bisschen später klingelte es an der Tür. Es wurde sofort aufgemacht, deshalb vermutete ich, dass Pinchers sich wirklich die ganze Nacht den Arsch auf der Treppe platt gesessen hatte.

Ich stellte den Fernseher leiser und hörte verschiedene Stimmen, traute mich nicht, die Tür aufzumachen. Jemand lachte, aber ein anderer hatte Angst. »*Nein! Nein!*«, hörte ich einen Bruder jammern. Irgendwas knallte zu Boden. Vermutlich zwei Knie.

Plötzlich kam Manjaro ins Zimmer, zog die Tür hinter sich zu. Er machte das Licht aus. »Dreh die verfluchte Lautstärke am Fernseher hoch«, befal er. »Und bleib hier drin, hast du kapiert?«

Ich nickte.

Manjaro machte die Tür hinter sich zu. Ich drehte die Lautstärke hoch, aber nicht viel. Wieder schoss mir was Eisiges durch die Blutbahn. Mein Herz hämmerte in meiner Brust. Ich musste einfach hören, was da los war.

Langsam schob ich mich auf dem Sofa näher zur Tür, versuchte, dem Gespräch draußen zu folgen.

Manjaro redete. »Hast du gedacht, ich merk's nicht?«

»Nein«, kam die Antwort zurück.

»Glaubst du, ich bin zu blöde, um zu kapieren, dass du was abzweigst?«

»Nein, Manjaro.«

»Glaubst du, du darfst mich bestehlen?«

»Nein, Manjaro.«

»*Was* hab ich zu dir gesagt, als du zu mir gekommen bist? Weißt du's noch? Als ich zu dir und den anderen gesagt habe, sie sollen *sehr* genau zuhören, weil ich wichtigen Scheiß zu sagen hatte? *Was* hab ich da gesagt?«

O Gott. Ich fragte mich, wer der Kerl war. Er klang wie sechzehn, höchstens siebzehn. Seine Stimme wirkte echt verzweifelt, er hatte Todesangst. Ich fragte mich, ob seine Eltern wussten, wo er war *verdammt!* Vielleicht hätte ich nach Hause gehen sollen, aber wie sollte ich an Pinchers vorbei, dieser Burg auf zwei Beinen?

»Äh … jeder Verlust ist unser Verlust und jeder Profit ist unser Profit«, erwiderte der Junge.

Pause. Mein Herz rammte wieder meinen Brustkasten. Ich hörte Schritte auf der Treppe, dann in der Küche. Dann kamen sie zurück.

»Dann weißt du das also noch«, sagte Manjaro. »Dann weißt du ja auch, dass du alle bestiehlst, nicht nur mich. *Warum?*«

Keine Antwort. Es wurde still. Lieber würde ich mich von Elaine verprügeln lassen, als Manjaro, Pinchers oder wem auch immer, der da draußen noch im Flur stand, was erklären zu müssen.

»ALSO WARUM HAST DU UNS BESTOHLEN?« Plötzlich explodierte Manjaro. Seine Stimme ließ mich schaudern, dieses eisige Ding kroch mir jetzt wieder über den Rücken. »WARUM? HABEN WIR DICH NICHT GUT BEHANDELT? WER HAT DIR DEINEN NEUEN LAPTOP BEZAHLT, MIT DEM DU STUDIERST? WIR ALLE!«

»Meine … meine … Mum hatte Probleme mit der Miete und den

Rechnungen, die konnte sie nicht mehr bezahlen«, erklärte der Junge schließlich. »Also, ich … ich wollte alles wieder zurückgeben.«

»Warum bist du nicht zu mir gekommen?«, fragte Manjaro. Seine Stimme klang jetzt wieder ganz ruhig, wie die eines besorgten Onkels. Manjaro hatte anscheinend so ein Jekyll-and-Hyde-Ding am Laufen. »Was hab ich dir gesagt, wenn so ein Scheiß passiert?«

»Dass … dass wir mit unseren Sorgen zu dir kommen sollen.«

»Warum hast du's nicht gemacht?«

»Ich … ich … weiß nicht. Ich hab nicht gedacht … «

»Bin ich nicht ansprechbar?«, fragte Manjaro. »Kümmere ich mich nicht um meine Leute?«

»Immer«, sagte eine Mädchenstimme.

»Rund um die Uhr!«, ergänzte ein Mann.

»Das weißt du!«, behauptete wieder das Mädchen.

»Aber … aber du hast kein Handy«, sagte der Junge.

»Du hast doch die Handynummern von Pinchers und Lady P, oder nicht?«

»Aber … aber die ändern sich ständig.«

Die Stimme des Jungen wurde immer leiser. Ich konnte kaum noch ein verfluchtes Wort verstehen, von dem, was er sagte.

»Bekommst du's nicht gesagt, wenn sich die Nummern ändern?« Manjaro hob die Stimme. »ANTWORTE! BEKOMMST DU'S NICHT GESAGT, WENN SICH DIE NUMMERN ÄNDERN?«

Ich hörte keine Antwort. Guter Gott! Ich konnte die Angst des Jungen spüren – sie schien unter dem Türspalt durchzukriechen. Ich packte das Kissen und vergrub meine Finger darin. Schaute zum Fenster und fragte mich, ob das vielleicht ein möglicher Fluchtweg war.

So hatte er also das Haus hier bezahlt? Und deshalb konnte Lady P ein Jahr aussetzen? *So ein blöder Scheiß!*

»Pinchers!«, rief Manjaro. Ich hörte Schritte, und dass jemand in die Küche gezerrt wurde. Der Junge stöhnte, schluchzte. Dann ging's mit den Schlägen erst so richtig los. Bei den ersten drei Schlägen schrie der Junge noch. Dann war er still, aber ich hörte die dumpfen Geräusche, die Dresche. Ich war stark in Versuchung, einen Blick zu riskieren, aber dann hätte ich genauso gut der Nächste sein können. Ich machte die Augen zu. Wieder Schritte im Flur. Meine Hände zitterten und ich spürte Übelkeit im Magen.

»Das wollte ich nicht«, sagte Manjaro. Er sprach jetzt langsam, als würde er dem Jungen jeden einzelnen Buchstaben ins Gehirn tippen. »Beklau mich ... nie .... wieder.«

Keine Ahnung, wie's dem Jungen damit ging, aber Manjaros Ansage machte mir eine Scheißangst.

»Und kümmer dich weiter um dein Informatikstudium«, setzte Manjaro noch hinzu. »Das ist wichtig ... Fahr ihn nach Hause und gib ihm was für die Nase. Jemand soll den Boden sauber machen – ich will da keine Flecken haben.«

Jemand öffnete die Haustür. Ein kalter Luftzug wehte unter der Tür durch, ich fror an den Knöcheln. Sekunden später hörte ich einen Wagen davonfahren.

Die Wohnzimmertür ging auf. Ich schnappte mir die Fernbedienung, fuhr die Lautstärke wieder hoch. Manjaro blieb kurz im Eingang stehen. An der rechten Hand trug er einen schwarzen Handschuh, an der anderen nicht. Er schaute auf den Fernseher, dann zu mir. »Wenn ein Unternehmen florieren soll, braucht es Disziplin«, sagte er, »und zuverlässige Mitarbeiter. Wenn du fertig geguckt hast, zieh den Stecker – ich hasse Stromverschwendung. Und wenn du schlafen willst, leg dich nicht mit Schuhen aufs Sofa.«

»Ist gut«, nickte ich.

Er zog den schwarzen Handschuh aus und strich sich über die Fingerknöchel. Ich holte kurz Luft. *Guck nicht so erschrocken, Lemar,* beschwor ich mich.

»Ich hoffe, du kannst das klären mit Elaine, wenn du wieder nach Hause kommst.«

Ich nickte erneut, aber unter der Decke zitterten meine Hände immer noch.

Manjaro machte die Tür hinter sich zu und ich stand auf, zog den

Stecker vom Fernseher – ich wollte es später nicht vergessen. Dann setzte ich mich wieder aufs Sofa und betrachtete erneut die gerahmten Fotos von Elaine und Jerome.

Wieso war die Stimmung bloß so schlecht zwischen uns. Früher war sie mal die perfekte große Schwester gewesen, war mit mir ins Kino gegangen, zum Jahrmarkt, zum Paintball und lauter so Zeug. Am Anfang hatte sie mich immer von der Schule abgeholt, und meistens war ich bei ihr im Zimmer gewesen. Konnte sie nie in Vier Gewinnt schlagen. Immer lag ich bei ihr auf dem Bett und guckte Zeichentrickfilme auf ihrem kleinen Fernseher, während sie Hausaufgaben machte. Vielleicht hätte ich sie ein bisschen mehr unterstützen können, als sie schwanger war. Mum und Gran haben ihr ganz schön zugesetzt. Manchmal hab ich gemerkt, dass sie in ihrem Zimmer saß und heulte, bin aber nicht zu ihr gegangen. Bin in meinem Zimmer geblieben, hab Spiele gespielt und versucht, die Anspannung in der Wohnung einfach zu vergessen ... Und jetzt hatte sie mich krass verprügelt.

Ich legte mich aufs Sofa, hatte aber zu viel Angst, um zu schlafen, hörte jede Klospülung, jede quietschende Tür und jeden Schritt. Ich schaute zum Fenster, aber das Morgengrauen ließ sich Zeit. Ich musste mich ungefähr fünfzig Mal umgedreht haben.

Endlich kam der Morgen. Ich setzte mich auf, schaltete den Fernseher ein und beschloss, Nachrichten zu sehen. Dann hörte ich jemanden die Treppe runterkommen und in die Küche gehen. Wenige Minuten später grüßte gebratener Speck meine Nüstern. Die Wohnzimmertür öffnete sich. Manjaro stand in alten Sneakern, einer ausgeleierten Trainingshose und einem alten T-Shirt vor mir. Er sah nicht nach Gangsta aus – was mich aber nicht davon abhielt, Schiss vor ihm zu haben. »Speck, Eier und Toast?«, bot er an.

»Äh ... ja ... danke.«

»Hast du gut geschlafen?«

»Ja«, log ich.

»Geh in die Küche und iss.« Als wäre gestern Nacht niemand dort zusammengeschlagen worden.

Ich setzte mich auf, gähnte und folgte Manjaro in die Küche, parkte mich an den Tisch, wo bereits ein Teller mit zwei Spiegeleiern, Toast und zwei Streifen Speck auf mich warteten.

Obwohl ich die ganze Nacht so nervös gewesen war, knurrte mir jetzt doch der Magen vor Hunger.

»Was willst du für einen Saft?«, fragte Manjaro.

»Äh … was hast du denn?«

»Orange, Apfel, Cranberry oder Mango.«

»Mango, bitte.«

Manjaro schenkte mir ein Glas Mangosaft ein. Schweigend futterte ich mein Frühstück. Er nahm kaum den Blick von mir, als würde er überlegen, um welchen Gefallen er mich noch bitten könnte. Warum hatte ich zugelassen, dass er mich mit zu sich nach Hause nahm? Jetzt war ich ihm mordsmäßig was schuldig – schon wieder. Ich war echt bescheuert gewesen, überhaupt aus Mums Wohnung zu verschwinden. Als ich fertig war, nahm Manjaro meinen Teller und machte sich an den Abwasch. »Ich wollte mich auch noch mal bedanken dafür, dass du neulich das Päckchen für mich geholt hast«, sagte er mit dem Rücken zu mir.

»Äh, ja, schon gut.« *Nein!, schrie es in meinem Kopf.* Nicht schon wieder!

»Das war … wichtig, Kleiner«, sagte er und schaute in die Spüle. »Sehr wichtig.«

Mein Bauch schmerzte, als hätte ich mir gerade fünf Tage alte Vanillesauce aus der Schulkantine einverleibt. Einerseits wollte ich fragen, ob in dem Päckchen eine Waffe gewesen war, aber ich wusste, dass ich das besser bleiben ließ. Ich musste eigentlich auch gar nicht fragen. Ich kannte die Antwort. *Scheiße.* Ich steckte bis über beide Ohren mit drin.

»Lady P fährt dich jetzt nach Hause«, sagte Manjaro. »Wenn du willst, kannst du oben das Bad benutzen, dich ein bisschen unter den Achseln frisch machen.«

»Ist … ist schon gut. Ich wasch mich zu Hause.«

»Wie du meinst.« Manjaro zuckte mit den Schultern. »Aber ich hab dir einen sauberen Waschlappen und ein Handtuch rausgelegt, wenn du willst.«

»Danke, aber ich will Lady P nicht aufhalten. Sie hat gesagt, ich soll um acht fertig sein.«

Er trocknete ab und stellte das Geschirr wieder in die Schränke. Das kam mir unwirklich vor. Hätte er weitergemacht und auch noch Wäsche an die Leine im Garten gehängt, ich wäre durchgedreht.

Ich war noch dabei, meinen Mangosaft zu trinken, als er sich zu mir umdrehte.

»Denk dran, Kleiner, du *schuldest* mir was, hast du kapiert?«

Als ob er mich dran erinnern müsste. »Äh, ja. Na klar. Danke … danke, dass ich hier übernachten durfte.«

»Ich bin froh, dass wir uns verstehen.«

»Tun wir.« *Wir verstehen einander nur allzu gut,* dachte ich. Was war ich bloß für ein verdammt dämliches Arschloch, mich in so eine Situation zu bringen. Elaine hatte sich nicht geirrt, als sie mich so genannt hatte.

»Alles gut. Wenn du nach Hause kommst, vertrag dich wieder mit Elaine. Manchmal platzt ihr halt der Kragen, aber sie meint nicht alles so, wie sie's sagt, wenn sie sauer ist.«

»Ich … ich weiß.«

»Mach keine Dummheiten, hast du kapiert?«

»Ja.«

»Gut! Ich geh laufen.«

Er schenkte sich ein Glas Cranberrysaft ein, trank ihn in einem Zug aus, stellte das Glas in die Spüle und verschwand zur Haustür raus. Kam mir komisch vor, dass der OG aus meinem Viertel morgens joggen ging.

Ich schloss die Augen und stieß einen langen Seufzer aus. Bevor ich noch meinen Mangosaft getrunken hatte, kam Lady P die Treppe runter in die Küche und fragte, ob ich bereit sei. Sie trug eine Jeans, einen blauen Pulli und hatte die blonden Haare unter einer himmelblauen Baskenmütze versteckt. Silberne tränenförmige Ohrringe zierten ihr Gesicht. Ich brauchte keine zweite Aufforderung.

Sie ging nach draußen, machte mir die Beifahrertür auf und ich stieg ein. Dann ließ sie den Motor an, legte eine R&B-CD ein und fuhr an. »Weißt du, er kümmert sich um uns«, sagte sie, ohne sich zu mir umzudrehen. Wieso klang sie so defensiv? Vielleicht hatte sie auch ein Problem mit den Schlägen gestern Nacht?

Ich antwortete nicht. Stattdessen starrte ich durch die Windschutzscheibe – die dumpfen Geräusche kamen mir wieder in den Kopf. Ich fragte mich, wer der arme Junge war, den sie verprügelt hatten.

»Und er hat echt was für deine Schwester übrig«, setzte sie hinzu. »Für sie und Jerome würde er alles tun.«

Sonst sagte sie kein Wort mehr. War auch gar nicht nötig.

17

DIE SUPPE AUSLÖFFELN

LANGSAM STIEG ICH AUS DEM WAGEN. Lady P lächelte mich müde an. Als ich im ersten Stock meines Blocks angekommen war, sah ich sie aus dem Auto steigen und Beobachtungsposten beziehen. Elaines Fäuste waren in meiner Vorstellung gewachsen, und jetzt waren sie groß wie zwei felsige Monde. Mein Herz wachte auf und fing an zu trommeln. Ich kam in meinem Stockwerk an und bewegte mich mit Zwergenschritten über den Laufgang. Als ich anhielt, sah ich Lady P immer noch unten stehen und zu mir hochschauen. Manjaro hatte mir versprochen, sie würde erst fahren, wenn sie mich hatte reingehen sehen – und er hatte sich nicht geirrt.

Ich stand draußen vor der Wohnungstür, holte tief Luft. Ich zog meinen Haustürschlüssel aus der Tasche und stieß die Tür ungefähr fünfzehn Zentimeter weit auf. Dann spähte ich in den Flur. Mum war da. Sie telefonierte, aber kaum hatte sie mich entdeckt, beendete sie das Gespräch. Zwei Sekunden lang starrte sie mich geschockt an, bekam den Mund nicht mehr zu. Sachte schloss ich die Tür hinter mir und machte mich auf eine Schimpftirade gefasst. Ihre Haut wirkte trocken und ihr Blick müde. Ich rechnete mit den Schlägen des Jahrhunderts.

»O Gott, gütiger!«, rief sie. »Komm her! Mein lieber Junge!« Mum rannte zu mir und drückte mich so fest, dass ich keine Luft mehr bekam. Ich glaube, sie hat mir drei Rippen gebrochen, bevor sie mich wieder losließ, aber ich war schwer erleichtert, dass sie nicht völlig ausgetickt ist. »Wo warst du bloß?«, fragte sie verzweifelt. »Um halb sieben heute Morgen hab ich deinen Vater angerufen und er hat mir gesagt, dass du nach Mitternacht bei ihm aufgetaucht bist. Elaine hat dich überall gesucht. Sie ist schon seit halb sieben draußen. Deine Großmutter hatte fast einen Herzinfarkt heute Morgen, als sie gemerkt hat, dass du nicht in deinem Bett liegst. *Wie konntest du ihr das nur antun?* Wir haben versucht, dich anzurufen, aber dein Handy war ausgeschaltet. Ich hab die Polizei verständigt und die meinten, sie wollten bei deinen Schulfreunden nachsehen. Dann bin ich selbst runter zu Jonah, hab seine Eltern geweckt, aber die hatten dich auch nicht gesehen. Und bei McKay hab ich angerufen – aber da warst du auch nicht. Ich hab versucht, die Nummer von dem Mädchen rauszubekommen. Wie heißt sie noch? Venetia irgendwie. Das nette Mädchen, das du neulich gezeichnet hast. Aber ich konnte sie nicht finden. Herrgottnochmal, Lemar! Ich bin fix und fertig. Besser, ich sage Elaine Bescheid. Hast du was gegessen? Geht's dir gut? Wo warst du bloß die ganze Zeit? Hat dir jemand was angetan? Mach so was bloß nie wieder, hast du gehört? Du hast uns alle zu Tode erschreckt!«

Endlich machte Mum Pause, um Luft zu holen.

»Ich … ich bin spazieren gegangen«, sagte ich. »Hab frische Luft gebraucht. Und da wollte ich zu Dad.«

»Ich weiß, dass du Angst hattest, Lemar, aber Elaine macht so was nie wieder. Ich hab lange mit ihr geredet – wenn sie so was auch nur noch ein einziges Mal versucht, fliegt sie raus für immer. Das war ihre letzte Warnung. Jetzt bist du in Sicherheit zu Hause. Gott sei Dank. O Gott! Und es tut mir leid, wenn du glaubst, dass ich dich zu hart angefasst habe oder dir an allem die Schuld gebe. Tut mir wirklich leid. Ich muss der Polizei Bescheid geben, dass du wieder sicher zu Hause gelandet bist. Nein, lass mich erst mal Elaine anrufen – die sucht dich.«

»Als ich bei Dad war, haben Shirley und er Steff ins Krankenhaus gebracht«, sagte ich. »Hoffentlich geht's ihr gut.«

Gran kam aus dem Wohnzimmer und ging langsam auf mich zu. Sie sah aus, als hätte sie einen schlechten Heulfilm oder so was geguckt. Ich konnte mich nicht erinnern, schon mal so viel Enttäuschung in ihren Augen gesehen zu haben – höchstens als Opa gestorben war.

»Morgen, Gran«, grüßte ich, als sie auf mich zukam. Mann! Ich hatte vielleicht ein schlechtes Gewissen. Konnte ihr kaum in die Augen schauen.

Ohne Vorwarnung haute sie mir eine runter und packte mich mit einem irren Blick. »Weißt du, was ich wegen dir durchgemacht habe, Lemar? Ich hab gedacht, mir springt das Herz aus der Brust! Hab gedacht, ich spinne, hab immer wieder in deinem Bett nachgesehen, ob du drinliegst. Gott, Allmächtiger, das war vielleicht ein Schreck am frühen Morgen! Tu mir so was bloß nie wieder an!«

»Mach ich nicht, Gran … tut mir leid.« Ich folgte Mum und Gran in die Küche. »Willst du Würstchen und Bohnen zu deinen Eiern?«

»Ja bitte.« *Verdammt!* Wie soll ich nach Manjaros Frühstück jetzt auch noch das von Mum runterkriegen?

Ich schaute Gran an, aber sie sah immer noch weg. Ich piekte gerade mein zweites Spiegelei mit der Gabel an, als Elaine zurückkam. Sie sah mich an, sagte aber nichts.

»Jerome schläft noch«, sagte Gran.

»Danke«, sagte Elaine, dann setzte sie sich auf den Stuhl neben mich.

»Willst du Frühstück?«, fragte Mum.

»Ja, bitte«, erwiderte Elaine. Dann drehte sie sich wieder zu mir um. »Ich hab dich eben ein paar Stunden lang draußen gesucht.«

»Tut mir leid.«

»Ich war überall! Wo warst du?«

»Freu dich einfach, dass er wieder da ist, Elaine«, sagte Mum, während sie ihr ein Glas Orangensaft einschenkte. »Hätte auch schlimmer kommen können.«

»Ich musste einfach raus«, sagte ich, starrte auf meinen Teller. »Ich war bei Dad, aber der ist mit Steff ins … «

»Ich weiß«, sagte Elaine. »Deshalb hab ich mir ja auch noch Sorgen gemacht. Gran war krank vor Angst. Wir alle. Du hast alles nur noch *schlimmer* gemacht! Ich hab mir Gott weiß was ausgemalt!«

»Hör bitte auf!«, sagte Mum. Ihre Stimme war schwach, als wäre die ganze Energie daraus entwichen.

Plötzlich tat es einen Schlag. Mum hatte das Glas in ihrer Hand auf dem Küchentisch zerschlagen. Dazu hatte sie einen »Ich halt den Scheiß hier nicht mehr aus«-Blick. Orangensaft und Blut bildeten einen schmalen Strom an meinem Teller vorbei. Mum packte die Tischkante und schloss die Augen. Sie wurde ganz steif. Falten traten ihr auf die Stirn. Ich glaube nicht, dass sie merkte, dass sie an der Hand blutete. Elaine reagierte als Erste, sprang vom Stuhl auf und schnappte sich drei Küchentücher.

»Sie soll sich setzen«, sagte Gran.

Elaine nahm einen Stuhl, stellte ihn hinter Mum und setzte sie drauf. Mum hatte die Augen immer noch geschlossen.

»Drück die Tücher fest drauf«, wies Gran sie an.

Während Elaine sich um Mums Hand kümmerte, stand ich auf und wischte den Tisch. Glasscherben lagen überall auf dem Boden, also nahm ich die Kehrschaufel und fegte sie auf. Den Müll leerte ich in den Eimer und sah Mum an. Sie hatte immer noch die Augen zu und hielt sich mit einer Hand am Tisch fest. Anscheinend hatte sie Schmerzen, aber ich glaube nicht, dass die von ihrer Hand kamen. Elaine band die Wunde ab und schaute nach, wie tief sie war. »Du musst in die Notfallpraxis und das nähen lassen«, sagte sie. »Lemar, geh und hol Mums Jacke.«

»Wollen wir nicht lieber ein Taxi rufen und sie ins Crongton General bringen?«, schlug Gran vor.

»Nein, Gran«, erwiderte Elaine. »Im Crongton General wartet sie ewig und drei Tage.«

Ich starrte auf das rot verfärbte Tuch, das Elaine Mum auf die Hand drückte. Wahrscheinlich waren der Stress und die Sorgen wegen mir der Auslöser gewesen. Ich fühlte mich richtig schlecht.

»Beweg deinen Arsch, Lemar! Los, wir bringen sie in die Notfallpraxis!«

Mum schien gar nicht bei Bewusstsein zu sein. Sie starrte ins Leere und wisperte nur: »Alles in Ordnung mit Lemar?«

»Mir geht's gut, Mum«, wiederholte ich immer wieder. »Alles in Ordnung. Mach dir keine Sorgen.«

O Gott! Mein schlechtes Gewissen setzte mir schlimmer zu als Manjaro dem Bruder, den er vergangene Nacht verprügelt hatte. Mir war ganz schwummrig im Magen, als würden winzige Gremlins Rugby da drin spielen.

Zwanzig Minuten später waren wir in der Praxis. Elaine erklärte an der Aufnahme, was passiert war, und wir setzten uns in den Wartebereich, Mum zwischen uns. Sie hatte immer noch diesen eigenartigen Gesichtsausdruck, der mir eine Scheißangst machte. Als ich Elaine anschaute, sah ich ihr an, dass auch sie Riesenschiss hatte. Keine halbe Stunde später wurde Mum von einer Krankenschwester aufgerufen, und Elaine half ihr ins Schwesternzimmer, dann kehrte sie wieder auf ihren Platz zurück.

»Sie wird wieder«, sagte meine Schwester. »Muss bloß mit ein paar Stichen genäht werden. Mach dir keine Sorgen, Lemar, dauert nicht lang, dann kriegen wir schon wieder schwer was von ihr zu hören.« Sie sah mich an, und zum ersten Mal seit einer Ewigkeit lächelten wir uns wieder an.

»Was meinst du, wieso das passiert ist?«, fragte ich. Mum warf eigentlich so leicht nichts um.

Elaine stieß einen tiefen Seufzer aus und starrte ihre Füße an. »Kann eine Menge Gründe haben. Sie arbeitet zu viel, ist alleine … wir.«

Ich zuckte zusammen, dann schaute ich Elaine an. Sie starrte ausdruckslos vor sich und Tränen liefen ihr über die Wangen.

»Sis, was ist los?«, fragte ich.

Elaine antwortete nicht. Sie drehte sich nicht mal zu mir um. Dafür liefen ihr weiter die Tränen.

»Elaine! Was ist?«

Ich sah mich um, ob noch andere Patienten meine Schwester weinen sahen. Da waren zwei alte Damen, die miteinander plauderten, und eine junge Mutter mit einem Kleinkind. Zwei Mädchen saßen in einer Ecke, schauten uns an und flüsterten sich gegenseitig was in die Ohren. Die Frau an der Anmeldung war damit beschäftigt, irgendwas in ein Buch zu notieren.

»Ich hab ganz schön Scheiße gebaut«, sagte sie leise.

»Ich auch«, sagte ich. Eigentlich wollte ich erzählen, dass ich bei Manjaro zu Hause gewesen war, überlegte es mir aber doch anders.

»Tut mir leid wegen gestern«, entschuldigte sie sich. »Was ich mit deinem Gesicht gemacht hab! Ich weiß nicht, was in mich gefahren ist. Du musst denken, deine Schwester hat sie nicht mehr alle, aber glaub mir, ich hab's nicht so gemeint.«

Das war ja ein Ding! Elaine entschuldigte sich sonst *nie* für irgendwas, ich konnte mich an kein einziges Mal erinnern. Vielleicht war's jetzt Zeit für ein bisschen Diplomatie. *Mann! Wo soll ich anfangen?*

»Tut mir leid, dass ich gesagt habe … du weißt schon, das mit dem Fehler. Ich liebe Jerome über alles, das weißt du doch, oder? Der kann gar kein Fehler sein.«

Die Tränen liefen weiter.

»Früher«, fuhr Elaine fast flüsternd fort, »war ich gar nicht so schlecht in der Schule. Nein, stimmt gar nicht – ich war richtig gut. Die Lehrer haben immer viel von mir erwartet. Ich hatte ein paar gute Freundinnen. Mittwochabends sind wir zusammen ins Kino gegangen. Wir haben immer Blödsinn gemacht, versucht, eine umsonst reinzuschmuggeln. Das war eine tolle Zeit. Wir haben Listen geschrieben, wer von den Jungs ein Loser ist und wer richtig rockt. Alles war super. Ich wollte aufs College und studieren, vielleicht ein bisschen Theater spielen … dann hab ich Manjaro kennengelernt. Ich hab nicht auf meine Freundinnen gehört, die gesagt haben, dass der bloß Ärger macht. Ich kam mir vor wie … das war wie …«, sie sah mich an, schämte sich. »Damals bei den Bullen auf der Wache, die haben mich so … so …«

Irgendwas total Beschissenes trieb ihr weiter Tränen in die Augen. Sie schüttelte den Kopf, fasste sich dann wieder und redete weiter. »Weißt du noch, als ich danach bei dir im Zimmer geheult hab?« Sie zuckte mit den Schultern. »Das klingt vielleicht verrückt, aber durch Manjaro hab ich mich sicher gefühlt. Damals konnte er jede haben und ich dachte, er will *mich*. Ich dachte, dass mir mit ihm so was wie in der Zelle bei den Bullen nie wieder passieren kann. Dann hab ich erst geschnallt, was er macht.« Sie schüttelte wieder den Kopf. »Das war, als wäre ich ohne Fallschirm aus einem Flugzeug gesprungen.«

»Ist doch nicht das Ende ... «

Ich versuchte verzweifelt, mir irgendwas Aufmunterndes einfallen zu lassen, hatte aber keine Idee. McKay war gut in so was, ich nicht.

»Und jetzt ist mein Leben im Arsch«, fuhr Elaine fort. »Ich weiß nicht, ob ich jemals eine gute Mum sein werde, wahrscheinlich teilen die mir irgendeine beschissene Wohnung zu, Jeromes Vater springt mit jeder Dahergelaufenen in die Kiste, und Mum guckt mir kaum noch richtig in die Augen – sie will mich aus der Wohnung haben. Die einzigen echten Freundinnen, die ich noch habe, kann ich an *einer* Hand abzählen. Und was noch schlimmer ist, ich kann mich nicht mal mehr erinnern, wann ich das letzte Mal im verfluchten Kino war.«

»Und wenn du wieder aufs College gehst?«, brachte ich heraus.

Elaine schmunzelte und wischte sich die Tränen ab. »Du würdest nicht glauben, wer mir Mut gemacht hat, es damit zu versuchen.«

»Manjaro?«

Elaine nickte. Erstaunen stand ihr auf die Stirn geschrieben. »Woher weißt du das?«, fragte sie.

»Wär's Gran oder Dad gewesen, hättest du nicht so gefragt, musste ja jemand sein, von dem man's nicht denkt.«

»Dein Gehirn funktioniert jedenfalls.« Jetzt lächelte sie wieder.

»Und das solltest du auch machen, Sis«, ermunterte ich sie. »Du hast immer schon mehr in der Birne gehabt als ich.«

»Und du warst immer künstlerisch viel begabter als ich«, sagte sie. »Ich kann nicht mal einen guten Lidstrich ziehen, geschweige denn zeichnen.«

»Aber in der Schule warst du supergut.«

»Nur nicht supergut in Bezug auf *Männer*«, sagte sie. »Die Schlampen hier im Viertel denken, ich merke nicht, wie verächtlich die mich ansehen. Ich weiß, was die sagen, Lemar. Ich *weiß es*! ›Da ist die dreckige Nutte, die für Manjaro alles hingeschmissen und sich ein Balg hat anhängen lassen. Weiß die dumme Kuh nicht, dass er an jeder Ecke Mädchen hat? Die war bloß auf sein Geld scharf, stattdessen hat sie jetzt ein Baby am Hals! Wie bescheuert kann man sein? Geschieht ihr recht.‹«

Ich schaute die beiden Mädchen in der Ecke an – sie wisperten sich immer noch gegenseitig was in die Ohren.

»Die sagen das nicht … «

»*Doch, das sagen die,* Lemar! Ich bin nicht blöd! Ich hör sie doch tuscheln, beim Einkaufen, auf der Straße und wenn ich mit Jerome unterwegs bin. Natürlich sagen die mir das nicht ins Gesicht, weil sie wissen, dass ich sie dann fertigmache.«

»Warum … warum war eigentlich mit Manjaro Schluss?«, fragte ich.

Elaine sah mich an und schaute dann zu Boden. »Ich konnte nicht ignorieren, was um ihn herum passiert ist, was ich gesehen habe, was er und seine Brüder gemacht haben. Das hat mir eine Riesenangst eingejagt! Wenn er will, kann er echt super lieb sein, zum Beispiel wenn wir zu zweit alleine waren. Aber er hat … er hat eine brutale Seite. Ich glaube, er braucht Hilfe.«

»Das sagen alle«, sagte ich und versuchte, nicht dran zu denken, wie erst ein paar Stunden vorher der arme Junge verprügelt worden war.

»Aber er hatte ein scheiß Leben«, fuhr Elaine fort. Sie wischte sich mit einem Küchentuch übers Gesicht, nahm einen Schluck aus meiner Flasche. »Er musste wegen Geldsorgen und Problemen zu Hause die Uni abbrechen. Darüber spricht er nie gegenüber anderen, aber sein Dad hat Frauen geschlagen, hat seine Mum verprügelt, sodass ihr das Trommelfell geplatzt ist. Sie bekommt Invalidenrente oder so was, und jetzt wollen die Behörden sie zwingen, wieder zu arbeiten. Und getrunken hat sein Dad auch. Manjaro hat gesagt, als er gestorben ist, hat sein *Grabstein nach Alkohol gestunken, und das Geschrei früherer Prügeleien hallte durch die Luft.* Bei ihm zu Hause wurden an den Geburtstagen keine Kerzen ausgeblasen und es gab niemals Schneeballschlachten mit seinem Dad.«

»Wir haben das gemacht«, erinnerte ich mich.

»Ja«, nickte Elaine. »Aber jetzt auch nicht mehr. Dad ist weg, ich hab ein Kind, und Mum kauft keine Geburtstagstorten mehr ... sie hat Probleme. Hauptsächlich mit Dad.«

»Meinst du, sie wird wieder?«, fragte ich.

»Weiß nicht«, erwiderte Elaine. »Sie muss sich mit der Tatsache abfinden, dass Dad nie mehr zurückkommt.«

»Wirst du denn auch wieder?«

Langes Schweigen. Elaines Lippen bewegten sich, aber sie sagte nichts. Tränen glänzten auf ihren Wangen. »Ich ... ich war schwanger mit seinem Baby. Und ... ich bin unangemeldet bei ihm zu Hause aufgetaucht, die Schlampe hat sich im Bad versteckt. Ich wollte, dass er mit mir zu einem Arzttermin geht, den ich ausgemacht hatte.«

Elaine wischte sich über die Stirn und sah mich durchdringend an. »Ich schwöre, wenn ich nicht so einen dicken Bauch gehabt hätte, ich hätte ihn kaltgemacht. Die Schlampe wusste sogar, dass ich ein Kind von ihm bekomme ... das war denen egal. Er wollte es einfach nicht lassen mit der. Immer wieder hat er gesagt, dass er sich ›nach der Geburt um mich und das Baby kümmert‹. Als er das zum zweiten Mal gesagt hat, hab ich ihm was auf die Fresse gehauen. Ich wollte mich auf die Schlampe stürzen, aber die hatte die Badezimmertür abgeschlossen. Danach bin ich raus und hab die beiden allein gelassen.«

»Du hast Manjaro verprügelt!« Ich summte die Titelmelodie von *Rocky*, aber Elaine fand's nicht witzig.

Sie hörte auf zu reden, ließ den Kopf hängen und schlug die Hände vor die Augen. Plötzlich rannte sie aus der Praxis. In dem Moment hasste ich mich echt, weil ich Manjaro gemocht hatte, bevor er den armen Jungen so fertiggemacht hatte. Ich ging raus, Elaine suchen. Sie saß auf einem Beton-Poller hinter der Praxis. Wischte sich mit einem Küchentuch das Gesicht. Ich setzte mich neben sie. Ein paar Minuten lang konnten wir uns nicht ansehen, das hätte viel zu sehr wehgetan. Endlich hob sie den Blick und schaute mir in die Augen.

»Ich glaub nicht, dass es funktioniert hätte, Sis.«

So viel Verletztheit lag in ihrem Blick. Ich spürte, wie auch mir Tränen in die Augen stiegen, also versuchte ich, mich zu beruhigen.

»Wie konnte ich mich nur von einem Gangsta schwängern lassen? Was sag ich immer zu dir, Lemar, wenn ich sauer auf dich bin?«

»Dass ich ein verdammt dämliches Arschloch bin«, erwiderte ich.

Elaine schmunzelte wieder. »In Wirklichkeit bin ich selbst eins.«

»Ist *nicht* deine Schuld, Sis. So was passiert eben. Gran sagt immer, wir müssen draus lernen.«

Abrupt stand Elaine auf. »Dieses Gespräch hat nie stattgefunden«, sagte sie. »Komm, wir gucken, ob Mum fertig ist.«

Ich folgte ihr zurück in die Praxis. Wir setzten uns wieder und Elaine trocknete sämtliche verräterischen Tränenspuren. Sie schloss ungefähr fünf Minuten lang die Augen, als wollte sie das, was zwischen ihr und Manjaro geschehen war, aus ihrem Gedächtnis löschen.

»Weißt du, Mum ist erschöpft bis zum Umfallen«, sagte sie, als sie die Augen wieder öffnete.

Ich nickte.

»Wir dürfen sie auf keinen Fall mehr stressen. Ich muss meine Laune in den Griff bekommen, und du musst deine Rübe in die Bücher stecken. Und hau bloß nicht noch mal ab. Hast du mich verstanden, Lemar?«

»Ich hab dich verstanden.«

Zehn Minuten später kam Mum raus. Ihre Hand war verbunden, aber in der anderen hielt sie einen braunen Umschlag. Bevor sie zu uns kam, steckte sie den Umschlag in ihre Handtasche. Irgendwie bekam sie ein angestrengtes Lächeln hin. »Ich weiß nicht, wie ich damit arbeiten soll«, sagte sie und hob ihre verletzte Hand. »Jemand muss mir mit den Lieferungen helfen.«

»Lemar und ich machen mehr im Haushalt«, sagte Elaine.

»Wird sowieso Zeit, dass ihr das macht«, erwiderte Mum. »Und wieso müsst ihr mich zu zweit in die Praxis bringen?«

»Wir haben uns Sorgen gemacht«, sagte Elaine.

»Sorgen? Ist nur ein kleiner Kratzer, nichts Ernstes. Die Schwester hat's mit drei Stichen genäht, mehr nicht.«

»Sei vorsichtig damit, Mum«, erwiderte Elaine.

»Vorsichtig? Heute ist Samstag! Jemand muss einkaufen, sauber machen, und ich muss noch meine Uniform für die Arbeit morgen bügeln.«

»Lemar und ich gehen einkaufen, Mum«, bot Elaine an. »Und wenn ich wieder da bin, bügele ich deine Uniform.«

»Anscheinend muss ich erst fast eine Hand verlieren, damit du mal einkaufen gehst?« Mum lachte tapfer. »Vielleicht sollte ich mir die andere auch noch abhacken!«

Als ich nach Hause kam, erzählte Gran, dass Dad angerufen hatte. Er klingelte wieder bei mir an, als ich nach dem Einkaufen nach Hause kam, aber ich konnte nicht mehr als »Hi Dad« sagen, dann fing er schon an, mich zuzutexten.

»Mach das bloß nie wieder!«, brüllte er ins Handy. »Hast du verstanden, Lemar? Ich kann nicht glauben, dass du so verdammt dämlich bist!«

»Tut mir leid, Dad ... «

»Wenn dir was passiert«, fuhr Dad fort, »wie soll ich das jemals Steff beibringen? Sag mir, wie?«

»Wie geht's ihr denn, Dad?«

Schweigen. Ich hörte ihn atmen. Als er weitersprach, war seine Stimme sanft und voller Gefühl. »Es geht ihr ganz gut, Lemar. Deine kleine Schwester ist eine Kämpferin. Wir sind sehr stolz ... «

Dann verstummte er wieder.

»Sag ihr, dass ich sie lieb hab, Dad.«

»Mach ich.«

18

DAS SCHRECKLICHE LACHEN DES GODFREY MCKENZIE

WIE ICH'S MIR SCHON GEDACHT HATTE, kam Jonah am darauffolgenden Montagmorgen vor der Schule bei mir vorbei. Er warf einen Blick auf mein Gesicht, zückte sein verfluchtes Handy und machte ein Foto. »Lebst du noch?«, witzelte er. »Oder bist du schon ein Zombie?«

»Hör auf, Jonah.«

»Ich poste das Bild, sollen die Leute auf Facebook entscheiden. Ich komm nicht dahinter, ob dein Gesicht eher dem Himalaja oder doch dieser Bergkette aus *Herr der Ringe* ähnelt.«

»Ich schwör's dir«, drohte ich, »wenn du das auf Facebook hochlädst, kette ich dich an eine Kloschüssel und werf dich übers Balkongeländer!«

»Siehst selbst aus, als hätte dich jemand übers Geländer geworfen und der Asphalt hätte dein Gesicht geküsst«, erwiderte Jonah. »Mann! Du bist echt hässlich. Was ist denn passiert? Deine Mutter hat zu irgendeiner bescheuerten Uhrzeit bei uns an die Tür gehämmert, als hätten dich die Kinderschänder entführt. Meine Mum war echt sauer.«

»Ich bin zu meinem Dad«, gab ich zu.

»Und der hat dich verprügelt?«, fragte Jonah. »Dann musst du ihn anzeigen! Glaub mir, Bro, wenn du ihn anzeigst, muss er das Haus in Crongton Green verkaufen und dir was von der Kohle abdrücken. Ich fand deinen Dad immer schon komisch.«

»Nein, nein! Dad war das nicht. Was soll das heißen, mein Dad war immer schon komisch?«

»Und wer hat dir sonst die Visage ruiniert, Bit? Beim Baseball sollst du eigentlich den Ball schlagen, nicht dein Gesicht. Verdammt, du bist aber auch *hässlich*, Bro! Weiß gar nicht, ob ich mich mit dir auf der Straße blicken lassen kann – du verschreckst noch die Mädchen.«

Wenn er rausbekam, dass mich meine Schwester verprügelt hatte, hatte meine letzte Stunde geschlagen. Aber anlügen konnte ich ihn nicht, weil er früher oder später Elaine, Mum oder Gran begegnen würde – und die würden nicht lügen, um meine Schmach zu vertuschen.

»Die wollen sowieso nichts von dir, Jonah«, stichelte ich, versuchte, das Thema von meiner lädierten Visage abzulenken.

»Wenn ich mich mit dir blicken lasse, bestimmt nicht.«

»Aber Venetia King will was von *mir*.«

»Eine Zeichnung umsonst. An deiner Stelle wäre mir scheißegal, wie gut die aussieht, ich würde ihr eine Monsterrechnung stellen.«

McKay wartete unten am Block auf uns – mit einem gemeinen, hinterhältigen Grinsen im Gesicht. *Mann!* Das hatte mir gerade noch gefehlt.

»Was ist los bei euch auf der Burg, Bit?«, fragte McKay. »Hat deine Gran Vampirgeier gezüchtet, die aus ihren Käfigen ausgebrochen sind? Oder wolltest du dich mit einem Rasenmäher rasieren? Scheiße! Vielleicht sollte ich gar nicht in die Schule gehen, sondern in Crongton Village mit dir betteln wie die Aussätzigen zu Bibelzeiten! Glaub mir, dein Gesicht würde helfen.«

»Sehr witzig!«, erwiderte ich.

»Wer hat dir denn so die Fresse verzogen?«, fragte Jonah erneut. »Deine Mum? Was hast du gemacht? Ihr in den Cremetopf gekackt oder was? Ihre Extensions ins Klo gespült? Ihren geheimen Rumvorrat ausgekippt?«

»Nein! Mum war das nicht. Außerdem hat sie keine Extensions.«

»Elaine!«, brüllte McKay und tat, als würde er Jonah zur Feier des Tages eine über den Hinterkopf ziehen.

»Nimm deine fetten Finger weg!«, beschwerte Jonah sich.

»Hab ich recht oder hab ich recht?«, fragte McKay schadenfroh.

»Du weißt, dass ich recht hab. Sie hat dir die Fresse verwüstet, Brother! Ist noch nicht zu spät, kannst noch mal nach Hause gehen und einen von den Bio-Beuteln holen. Jonah und ich helfen dir dabei, zwei Löcher für die Augen reinzuschneiden.«

»Elaine?«, wiederholte Jonah mit weit aufgerissenen Augen. »Die hat dir das Gesicht ruiniert?«

Einen Augenblick lang überlegte ich, ob ich meinen Brüdern verkaufen sollte, dass es Manjaro gewesen war. Immerhin würde mir das Respekt auf der Straße verschaffen – wenn es stimmen würde. Und immerhin humpelte hier ja wirklich ein Bruder durch die Gegend, der von Manjaro verprügelt worden war, also war's gar nicht so weit von der Wahrheit entfernt. Schließlich zuckte ich mit den Schultern, was praktisch auf das Eingeständnis hinauslief, dass sie nicht ganz falschlagen. »Die kämpft wie ein Ultimate Fighter«, sagte ich. »Glaubt mir, wenn die bei den Olympischen Spielen im Boxen antreten würde, die würde Gold holen.«

»Du lässt dich von Elaine verhauen?«, fragte Jonah, schüttelte den Kopf. »Hast du dich nicht gewehrt?«

»Sei mal ganz ruhig, Bro! Meinst du, du kämst gegen die an?«, fragte ich Jonah.

Jonah dachte drüber nach.

»Tut mir leid, Jonah, aber ich würde auch auf Elaine setzen, Bro«, sagte McKay. »Ich würde sogar alle meine Spiele, meine Kung-Fu-DVDs und einen Eimer Chickenwings drauf wetten.«

»Du meinst, ich könnte Elaine nicht verprügeln?«, protestierte Jonah. »*Nein!*«, schrie McKay. »Hast du nicht gesehen, wie sie vor drei Jahren das Mädchen mit den dicken Augenbrauen im Park fertiggemacht hat? Erinnerst du dich an die? Von den Augenbrauen mal abgesehen, war sie ganz süß, auch wenn sie ein echtes Schnurrbartproblem hatte.«

»Ach ja«, Jonah erinnerte sich. »Da warst du nicht dabei, Bit. Mann! Eigentlich hätte jemand dazwischengehen müssen. Aber sehr unterhaltsam anzusehen.«

»Könnt ihr's für euch behalten?«, fragte ich, schaute mir über die

Schulter. »Ich will nicht, dass die ganze Schule erfährt, dass mich meine eigene Schwester verprügelt hat.«

»Von mir aus geht das klar, Bit«, nickte McKay. »Über meine Lippen kommt nichts.«

»Von mir hört niemand auch nur einen Mucks«, sagte Jonah. »Ich schweige wie ein Grab.«

Als ich mich in der letzten Stunde vor dem Mittagessen in den Kunstunterricht setzte, wusste schon die ganze Welt und alle Astronauten im Umkreis des Planeten Zod, dass mir Elaine das Fell über die Ohren gezogen hatte.

Godfrey McKenzie, ein Junge aus unserem Jahrgang, der immer über alles lachte, kicherte jedes Mal, wenn er mich sah. Ich versuchte, mich auf meine Tonskulptur zu konzentrieren – aber meine Hände waren nicht so ruhig wie sonst. Er lachte furchtbar spöttisch, klang nach einer Mischung aus schreiendem Esel und grunzendem Schwein.

»Mr McKenzie!«, schimpfte Ms Rees. »Das war die letzte Warnung! Raus aus meiner Klasse und stell dich in den Gang! Wir sprechen uns nach der Stunde.«

Bevor er rausging, machte Godfrey noch einmal ein tierisches Geräusch. Ms Rees schnaufte genervt und schüttelte den Kopf, während alle im Raum vor Lachen prusteten. Mann! Es gab nichts Schlimmeres im Leben, als von Godfrey McKenzie ausgelacht zu werden.

Bis es zur Mittagspause klingelte, war ich durch und durch deprimiert. Eine Sekunde lang überlegte ich, ob ich zur Vertrauenslehrerin gehen sollte, entschied mich aber dagegen. Wenn ich beobachtet würde, wie ich zu ihr ins Zimmer ging, würden mir die anderen das Leben zur Hölle machen. Gerade wollte ich nach Hause, als Ms Rees meinen Namen rief.

»Mr Jackson! Oh, Mr Jackson!«

Ms Rees nannte immer alle Mr Dies oder Ms Das, sogar die aus der Siebten. Sie trug so ein orange-grünes Kopftuch, das nicht zu ihrer himmelblauen Strickjacke und dem braunen Rock passte. Ton und Farbe klebten in ihren Haaren, ich vermutete, ihr gefiel das ganz gut.

Ich ging zu ihr, dachte, sie wollte sich wegen meiner Leistungen im Unterricht heute beschweren. Eigentlich hatte ich die Profilansicht eines Gesichts aus Ton machen wollen, es aber nicht richtig hinbekommen – es war schwer, sich zu konzentrieren, wenn Godfrey McKenzie hinter einem kicherte. Aber Ms Rees hatte so ein breites Grinsen im Gesicht. »Herzlichen Glückwunsch!«, sagte sie. »Der Fachbereich Kunst hat entschieden, dass Sie in wenigen Wochen unsere Schule in der neuen Galerie im Crongton Broadway mit Ihren Arbeiten repräsentieren sollen – am Siebenundzwanzigsten.«

»Ich?«

»Ja! Sie! Freuen Sie sich nicht? Das ist wirklich eine Leistung. Sie sollten stolz auf sich sein, Mr Jackson.«

So ganz kapierte ich's nicht. Ich konnte mich auch gar nicht konzentrieren, weil ein paar Mädchen aus der Neunten im Gang stritten. »Was ist mit den ganzen anderen aus der Zehnten und Elften? Wollen Sie nicht lieber einen von denen nehmen?«

»Wir fanden Ihre Arbeiten am vielversprechendsten, außerdem besitzen sie ein gewisses Lokalkolorit. Es werden auch noch ein paar Schüler von anderen Schulen hier aus der Gegend vertreten sein, und zur Eröffnung kommen Lehrkräfte vom Ashburton Arts College, die Eigentümer der Galerie, deren Freunde und die Bürgermeisterin!«

»Die Bürgermeisterin!«, wiederholte ich. Ich hörte die Mädchen aus der Neunten fluchen und durch den Gang trampeln, aber Ms Rees schien das gar nicht aufzufallen. Sie wandte den Blick nicht von mir ab.

»Die Bürgermeisterin, Mr Jackson. Ist das nicht toll? Also laden Sie Ihre Familie ein. Es gibt ein Buffet und Wein – den dürfen Sie zwar nicht trinken, aber für die Schüler gibt es auch nicht alkoholische Getränke. Wir werden versuchen, jemanden von der Stadtzeitung für die Veranstaltung zu gewinnen.«

Allmählich kapierte ich's. Ich würde in die Zeitung kommen! Darüber konnte sich nicht mal McKay lustig machen. In meiner Brust kribbelte es. Meine Familie würde das, nach allem, was passiert war, bestimmt ein bisschen aufmuntern. Ich hoffte nur, dass mein Gesicht bis dahin wieder abgeschwollen war.

»Sie dürfen insgesamt vier Werke ausstellen«, sagte Ms Rees. »Ich würde vorschlagen, zwei Porträts und zwei Landschaften? Die Ansicht von Ihrem Balkon herunter, sollte auf jeden Fall dabei sein. Wollen Sie es vielleicht ›Asphaltdschungel‹ nennen?«

»Ist mir wirklich egal, Ms Rees, Sie können alle haben. Entscheiden Sie. Ich muss meine Mum anrufen und ihr das erzählen.«

»Okay, Sie dürfen sie anrufen, schließlich ist Mittagspause, aber telefonieren Sie nicht im Unterricht. Sie kennen die Vorschriften.«

»Danke, Ms Rees. Ich hatte einen scheiß Tag, aber durch Ihre Neuigkeiten ist er jetzt doch noch schön geworden.«

»Ich will versuchen, den Schulsprecher zu überreden, dass er auch kommt – vielleicht sogar die Direktorin –, der Wein könnte ein Argument für sie sein. Was ist mit Ihrem Gesicht passiert?«

Immerhin gab es eine Person an der Schule, die noch nicht erfahren hatte, dass ich von Elaine verdroschen worden war.

Ich schob mich zur Tür, wich der Frage aus – ich musste einfach Mum anrufen.

»Bitten Sie doch Mr McKenzie herein«, sagte Ms Rees.

Ich schaute in den Gang. »Er ... ist weg. Die Mädchen, die den ganzen Krach gemacht haben, sind auch verschwunden.«

Ms Rees schlug sich eine Hand vor die Stirn und schüttelte den Kopf. Ich glaube, sie nuschelte sogar ein Schimpfwort. Dann rief ich Mum an.

»Mum, Mum!«

»Alles in Ordnung, Lemar? Stimmt was nicht?«

»Alles okay, Mum.«

»Wieso rufst du an? Du weißt doch, dass ich arbeite, und ich darf nur im Notfall telefonieren. Ich hab noch nicht Mittagspause.«

»Meine Bilder werden in der neuen Galerie im Crongton Broadway ausgestellt! Meine Kunstlehrerin, Ms Rees, hat's mir gerade gesagt. Ich werde die Schule vertreten. Sie hat gesagt, ich darf meine ganze Familie einladen. Es gibt ein Buffet mit Wein. Die Bürgermeisterin wird auch da sein.«

»Das ist toll, Lemar!« Ich hörte, wie sie sich freute, aber dann wurde es ganz still. »Ich kann jetzt nicht reden. Muss Schluss machen. Erzähl's mir heute Abend.«

Mum legte auf. Ich starrte mein Handy an, fragte mich, wieso sie nicht wenigstens ein paar Worte mehr dazu hätte sagen können. Dann merkte ich, dass mich Ms Rees von ihrem Tisch aus ansah. Sie lächelte mich müde an, dann steckte ich mein Handy in die Tasche und ging in die Mensa.

McKay und Jonah saßen zusammen am Tisch. Sie hatten mir einen Platz neben sich frei gehalten, aber gegenüber saß Venetia King. Sie redete mit einer Freundin und sah so umwerfend aus wie immer. Plötzlich fielen mir mein blutunterlaufenes linkes Auge und die lädierte Nase wieder ein, die mein Gesicht verunstalteten.

Ich blieb abrupt stehen und hatte plötzlich gar keinen Hunger mehr.

»Hey«, rief McKay und winkte mich rüber. »Wir haben dir einen Platz frei gehalten.«

Ich ging rüber und Venetia King riss die Augen auf. »Dann ist es wahr«, sagte sie und starrte mich an.

»Ich wollte … wollte fragen, ob ich nächsten Mittwoch nach der Schule mit zu dir kommen kann, damit du die Zeichnung fertig machst«, sagte Venetia. »Aber das kann auch warten.«

»*Nein!* Mittwoch ist cool«, sagte ich. »Mein Gesicht tut zwar noch ein bisschen weh, aber meine Hände sind in Ordnung.«

»Bist du sicher?«, fragte Venetia.

»Klar bin ich sicher.«

»Dann ist gut. Wir treffen uns nach der Schule am Haupteingang.«

Ich merkte, dass Jonah und McKay das Essen eingestellt hatten und Venetia und mich anglotzten. *Hört her und weint!* Hätte ich am liebsten gebrüllt.

»Abgemacht«, nickte ich.

»Alles … alles in Ordnung mit dir?«, fragte sie.

»Ja, na klar. Glaub mir, sieht viel schlimmer aus, als es sich anfühlt.«

»Vergiss Godfrey und die anderen.« Venetia senkte die Stimme. »Meine Cousine und ich, wir haben uns früher dauernd geprügelt, und glaub mir, ich hab manchmal schlimmer ausgesehen als du heute.«

War nett von Venetia, dass sie mich aufmuntern wollte. Ich fühlte ein warmes Glühen in mir und musste mein Grinsen unterdrücken. Meine Schwester hatte mich verdroschen, und Manjaro lungerte irgendwo in einer Ecke meines Gehirns, aber immerhin würde Venetia King am Mittwochnachmittag bei mir zu Hause für mich Modell sitzen.

Auf dem Heimweg von der Schule wollte ich wieder damit angeben, dass Venetia zu mir nach Hause kommen würde, aber McKay redete über einen Dokumentarfilm, den er im Geschichtsunterricht gesehen hatte. *Sie war so cool drauf beim Mittagessen und wollte mich sogar aufmuntern. Mann! Vielleicht hab ich ja doch eine Chance bei ihr. Wieso setzt sie sich sonst immer auf den Platz mir gegenüber? Wenn es nur um das Bild ginge, könnte sie mich auch auf dem Pausenhof ansprechen. Vielleicht will sie mit der Zeichnerei erst mal nur testen, ob ich's draufhabe, bevor wir die zweite oder dritte Base ansteuern. Lemar Jackson! Pass bloß auf, dass du das nicht vergeigst.*

Als wir an unserem Block ankamen, stritten McKay und Jonah immer noch darüber, ob je ein Mensch auf dem Mond gelandet war. Ich ging nach Hause in die Wohnung, zuerst in die Küche. Gran war da und steckte gerade ein paar Kerzen in einen Schokokuchen. Dabei sang sie vor sich hin: »Rise up this morning, smile with the rising sun ... «

Vorsichtig nahm ich außerhalb ihres Ohrfeigenradius Platz. »Hi, Gran«, grüßte ich. »Wer hat denn Geburtstag?«

»Niemand.«

»Für wen ist dann der Kuchen?«, fragte ich.

»Für dich.«

»Für mich?«

»Hab ich das nicht gerade gesagt? Deine Mutter hat mich vorhin in ihrer Mittagspause angerufen und mir erzählt, dass deine Bilder in der

Galerie ausgestellt werden und es eine Feier gibt. Also hab ich dir zur Feier des Tages einen Kuchen gekauft.«

»Danke, Gran. Das ist echt nett von dir. Hat Mum dir auch schon erzählt, dass die Bürgermeisterin zur Eröffnung kommt?«

»Ja, hat sie mir erzählt.«

»Und dass es Wein und ein Buffet gibt?«

»Hat sie mir auch gesagt … sie ist sehr stolz.«

»Wann kommt Mum heute von der Arbeit?«

»Sie arbeitet bis spät, bis acht.«

»Ist Elaine da?«

»Sie ist zum Crongton College gefahren, um ein … wie heißt das noch? Ein Vorlesungsverzeichnis zu holen. Danach wollte sie Stefanie besuchen. Aber ich hab sie angerufen und sie richtet dir auch herzliche Glückwünsche aus.«

Gran zündete die drei Kerzen auf dem Kuchen an und forderte mich auf, sie auszublasen. »Auf dass noch mehr schöne Gelegenheiten auf dich zukommen«, sagte sie. »Mach weiter so.«

Sie umarmte mich, dann schnitt sie den Kuchen an und wir futterten drauflos.

»Darf ich Venetia ein Stück aufheben?«, fragte ich.

»Ah ja?«

»Sie kommt am Mittwoch. Ich muss das Bild von ihr fertig machen.«

Gran hob eine Augenbraue. »Natürlich«, sagte sie. »Ich schneid ein Stück ab und wickele es in Folie ein. Das ist ein guter Weg, das Herz eines Mädchens zu gewinnen.«

Ich verputzte den halben Kuchen und war froh, dass die terminatormäßige Vernichtungsabsicht aus Grans Blick verschwunden war. »Wie … wie ging es Mum heute Morgen?«, fragte ich. »Hab sie nicht mehr gesehen, bevor ich in die Schule bin.«

»Ihr geht's … besser«, erwiderte Gran. »Sie muss nun mal kapieren, dass sie sich nicht wegen allem Möglichen stressen darf. Wenn sie vernünftig wäre, würde sie auch mal um Hilfe bitten. Da ist nämlich nichts Schlimmes dabei.«

»Ich glaub, ich weiß, was du meinst«, sagte ich. »Ich werde ihr anbieten, mehr im Haushalt zu machen. Hat mir ganz schön Angst gemacht, so wie ihr die Sicherung durchgebrannt ist.«

»Das kann einem ja auch Angst machen, aber ich glaube, sie sieht's allmählich ein«, setzte Gran hinzu, legte ihre Hand auf meine. »Um deine Schwester mache ich mir aber auch Sorgen. Weißt du, was ihr so zusetzt, Lemar?«

»Nein, Gran«, log ich. »Elaine erzählt mir gar nichts.«

»Dabei wart ihr beiden mal so dicke miteinander.«

»Das waren wir«, pflichtete ich ihr bei.

»In Zeiten wie diesen müssen wir zusammenhalten«, sagte Gran. »Manchmal sind wir wie einzelne Bäume, stehen jeder an seinem eigenen Platz. Aber wenn man so alleine ist, kriegt man auch den ganzen Regen ab, den Schnee, den Wind und einfach alles.«

»Versteh ich, Gran.«

»Aber wenn wir zusammenwachsen«, fuhr Gran fort, »können wir uns gegenseitig vor den Gewitterstürmen schützen. Verstehst du mich, Lemar?«

»Ich verstehe dich, Gran.«

»*Gut!* Denk immer dran.«

Wieder umarmte sie mich, als wäre ich Jesus, und dieses Mal versuchte ich auch nicht, mich herauszuwinden. Ich wusste, wie gerne meine Gran mich drückte, und nahm mir ihre Worte zu Herzen. *Wir müssen uns gegenseitig helfen ...* Gran hatte recht. Elaine, ich, Jerome, Mum, Gran – wir waren doch eine Familie, oder?

19

DER ERSTE SCHNITT
IST DER TIEFSTE

VON MIR AUS konnte es nicht schnell genug Mittwochnachmittag werden. Ich dankte allen Göttern, als endlich zum letzten Mal die Schulglocke läutete. Zum Glück standen McKay und Jonah nicht am Haupteingang. Venetia wartete schon auf mich. Sie sah schärfer aus als die schärfste Chili unter der heißesten Sonne Mexikos. Meine hawaiianischen Strandfantasien löschten alles andere aus meinen Gedanken. *Soll ich sie auf die Wange küssen, wenn ich fertig mit dem Zeichnen bin? Soll ich ihr mein Zimmer zeigen? Lieber vorher die Computerspiele verstecken. Ich will nicht, dass sie mich für einen Nerd hält. Das mit dem Kuss lass ich lieber bleiben, sonst versau ich mir noch die Chancen auf die zweite oder dritte Base. Vielleicht können wir ja in ein paar Wochen mal ins Kino gehen oder so. Genau, dann starte ich einen Angriff auf ihre Lippen. Danach lädt sie mich vielleicht zu sich nach Hause ein. Und ich lerne ihre Familie kennen. Aber vorher muss ich unbedingt zum Friseur.*

»Danke, Bit«, sagte Venetia. »Wäre echt toll, wenn du das Bild heute fertig bekommst. Ich hab nämlich den ganzen Rest der Woche Tanzen und Basketball.«

»Keine Sorge«, sagte ich.

»Also, was ist mit deinem Gesicht passiert, Bit? Hast du wirklich Prügel von Elaine kassiert?«

Ich sah Venetia in die Augen und konnte sie nicht anlügen. »Ja, hab ich. Wenn Elaine rotsieht, ist alles zu spät, dann bringt sie einen vierstöckigen Wohnblock zum Einsturz.«

»Aber jetzt habt ihr euch wieder vertragen?«, fragte sie. »Will nicht bei euch zu Hause reinplatzen, wenn ihr gerade noch Game of Thrones nachspielt.«

»Nein, wir haben uns vertragen«, erwiderte ich. »Wir haben ... wir haben lange geredet.«

»Hier gibt's so viel Wahnsinn und Gewalt«, sagte Venetia. »Ich hab's so satt. Mein Dad kannte die Familie von Nightlife und wir waren alle zusammen bei der Beerdigung. Hat mich an die von meiner Cousine erinnert. Alle haben geweint und geheult, als der Sarg in die Erde gelassen wurde. Die Mutter von Nightlife wär fast zu Boden gegangen – die arme Frau konnte kaum stehen. Weißt du was, Bit? Wenn ich nachrechne, dann war ich schon bei mehr verdammten scheiß Beerdigungen als auf Hochzeiten! Das ist echt Mist, wenn jemand, der noch so jung ist wie Nightlife, einen Abgang macht. Ich schwöre, wenn ich die Chance bekomme, dann ziehe ich weg von hier. Das kannst du glauben. Wenn ich mit jemandem zusammen bin, will ich hier keine Kinder großziehen.«

»Kann ich verstehen«, nickte ich und hoffte, dass ich derjenige sein würde, mit dem sie zusammen war.

Als wir zu Hause ankamen, hatte Gran eine Schürze mit einer Mango und einer grünen Banane drauf an und grinste breit wie die Karibik. »Schön, dich wiederzusehen, Venetia! Du liebe Zeit! Mein Enkel hat einen guten Geschmack – genau wie sein Großvater! Ich hab Chicken Curry gekocht, weil ich wusste, dass du kommst. Also setz dich und sag mir, was du denkst.«

Ich fragte mich schon, ob Gran an der Rumflasche gewesen war, bevor wir nach Hause gekommen waren, aber Venetia musste lachen und wir setzten uns an den kleinen runden Tisch in der Küche. Gran servierte uns Curry mit Reis. »Lemar denkt, ich bin alt und verrückt, Venetia«, meinte Gran. Mann! Das konnte echt peinlich werden. »Er kann sich gar nicht vorstellen, dass ich auch mal jung gewesen bin. O ja! Als ich ein bisschen älter war als ihr beide jetzt, hab ich mir Gin von meiner Mutter geborgt, mich aus der Wohnung geschlichen und Pyjama-Partys besucht. O ja! Das waren vielleicht Nächte, wir haben getanzt, als wollten wir ein Feuer entfachen! Ich musste immer schnell zurück, bevor es hell wurde, und mein Vater bekam die Schuld am fehlenden Gin in die Schuhe geschoben. Und warum hätten sie auch mich verdächtigen sollen? Ich war ja eine brave kleine Christin.«

Venetia und ich wären vor Lachen fast am Curry erstickt.

Venetia verdrückte nach dem Essen auch noch das Stück Schokokuchen, das ich im Kühlschrank für sie aufgehoben hatte. War in null Komma nichts weg. »Weißt du was, Bit«, sagte sie und leckte sich die Krümel von den Lippen. »Dass die dich für diese Ausstellung in der Galerie ausgewählt haben, bedeutet, dass du der beste Künstler der Schule bist. Das kannst du mir glauben, und lass dir von keinem was anderes sagen. Du kommst groß raus! Eines Tages schaffst du's weg von hier. Und ich mach's genauso. Vielleicht ist das Bild, das du von mir zeichnest, irgendwann mal was wert!«

»Du hast selbst auch ganz schön was drauf«, sagte ich. »Du bist die Beste im Basketball und im Fußball.«

Sie lächelte dieses umwerfende Lächeln. »Und in Englisch, Informatik und Soziologie bin ich auch sehr gut!«

Alles war super, weil Venetia, als sie Modell saß, sehr entspannt wirkte und o Gott, so wunderschön. Ich ließ mir Zeit beim Zeichnen ihrer Augen und Wangenknochen – ich wollte sie genau richtig hinbekommen. Ihr Hals war länger als die der meisten Mädchen in ihrem Alter. Sie war ein gutes Modell, weil sie fast eine ganze Stunde still saß, ohne auch nur mit der Wimper zu zucken – Gran schaffte das kaum fünf Minuten lang. Zum Schluss musste ich meine Farben mischen, um ihre glatte karamellfarbene Haut genau zu treffen.

»Fertig!«, sagte ich.

»Lass mich mal sehen«, sagte sie und sprang vom Stuhl. »O Gott! Das ist genial, Bit. Vielen Dank. Das ... bin ich!«

Sie umarmte mich sehr herzlich, und wieder spulte sich meine Hawaii-Fantasie vor mir ab.

Ich ging ihr was zu trinken holen. In der Küche versuchte ich, cool zu bleiben. »Jetzt kommt's drauf an«, flüsterte ich vor mich hin. »Jeden Tag machen Millionen von Brüdern auf der ganzen Welt genau so was. Ist leichter als Mathe in der Ersten. Nur ein paar Worte. *Was hältst du von Kino nächste Woche?* Warum sollte sie Nein sagen? Ganz offensichtlich mag sie mich.«

Als ich zurückkam, war sie gerade dabei, eine SMS mit dem Handy zu schicken. »Eine Sekunde«, sagte sie.

Vorsichtig rollte ich das Bild zusammen, ging ins Schlafzimmer und schob es in eine meiner Zeichenröhren. Danach kehrte ich ins Wohnzimmer zurück und gab sie Venetia. Sie nahm sie, lächelte und umarmte mich. »Vielen Dank, Bit!«

Mann! Innerlich prickelte ich. Ich glaube, mein Herz schwoll auf die doppelte Größe an.

Ich werde sie auf jeden Fall fragen, ob sie mit mir ins Kino geht. Wenn ich mich nicht blöd anstelle, schaff ich's vielleicht heute Abend schon bis aufs erste Höhenlager. »Soll ich dich nach Hause bringen?«, bot ich an.

»Nein, schon gut, ich werde abgeholt.«

»Ach, von wem denn?« Mein Plan war gerade im Ausguss gelandet.

»Einem Freund.«

»Okay, dann bring ich dich die Treppe runter.«

»Danke, Bit. Ich hab auch Geld für dich.«

»Darüber haben wir doch schon gesprochen. Ich will kein Geld von dir, Venetia.«

Ich öffnete die Wohnungstür und sie folgte mir nach draußen auf den Balkon.

»Bitte nimm's, Bit, ich hab zehn Pfund für dich. Ein Künstler sollte für seine Arbeit bezahlt werden, so wie mein Dad fürs Boiler-Reparieren – das ist ein Handwerk. Deine Stifte und die Zeit, die du zum Zeichnen brauchst, sind dein Werkzeug. Das ist dein Ticket weg von hier.«

Venetia wirkte ganz schön drauf versessen, das Viertel zu verlassen. Bis zu den großen vornehmen Villen oben in Crongton Heath war's ein weiter Weg, schon wahr, aber ich war nun mal hier zu Hause.

Ich schloss die Tür hinter mir. Venetia zog den Zehnpfundschein aus ihrer Tasche und fuchtelte in der Luft herum. Ich schüttelte den

Kopf – hätte Jonah das gesehen, er hätte mir in die Eier getreten, die Augen ausgekratzt und mir ein Brett vor die Stirn geschlagen. Dann wollte sie ihn mir in die Hosentasche stecken. Ich wich ihr aus. »Bleib stehen!«, beharrte sie, hob die Stimme. Wirkte sogar ein bisschen sauer.

»Ich *kann's* nicht nehmen, Venetia«, sagte ich, holte tief Luft und redete weiter. »Ich hab dich gezeichnet, weil ... weil ich dich mag.«

Sie trat einen Schritt zurück. Plötzlich fand sie das Graffiti an den Wänden total interessant. Als wir die Treppe runtersprangen, war sie ein bisschen sehr still. Meine Nachbarin von direkt nebenan, Ms Harrington, kam uns entgegen, zog einen Einkaufstrolley hinter sich die Stufen hoch. »Tag, Lemar«, sagte sie. »Hab gehört, was Elaine mit dir gemacht hat.« Sie blieb stehen, um Venetia zu betrachten, dann wandte sie sich wieder an mich. »Ist das deine Freundin? Schön.«

Venetia schaute mich an, als wollte sie sich entschuldigen, dann rannte sie die Treppe runter, nahm zwei Stufen auf einmal. Ich musste Ms Harrington stehen lassen und mich beeilen, um Venetia einzuholen. Ich dachte, dass ich sie vielleicht verärgert hatte, weil ich das Geld nicht nehmen wollte, aber wie sollte ich, wenn ich mir doch wünschte, dass sie meine Freundin wäre? Der Hollywoodkuss, den ich mir vorgestellt hatte, war jetzt jedenfalls gestorben.

Auf dem Vorplatz ließ jemand ein Motorrad aufheulen. Als wir im Erdgeschoss ankamen, sah ich ihn – einen südländisch wirkenden Jungen. Er sah aus wie siebzehn, trug diese fast kniehohen schwarzen Lederstiefel, schwarze Jeans, ein weißes Hemd mit schwarzen Knöpfen, dazu einen schwarzen Seidenschal um den Hals. Ich glaube nicht, dass er hier aus der Gegend war. Venetia rannte zu ihm, zog mein Bild aus der Röhre und zeigte ihm das Porträt. »Bit, Bit! Komm und sag Hallo.«

Er rollte das Bild auseinander, betrachtete es und grinste breiter als Rom. Dann legte er Venetia eine Hand auf die Wange und küsste sie auf den Mund.

Ich hatte wieder fünf Tage alte Vanillesauce aus der Schulküche im Bauch. Ich konnte mich kaum dazu zwingen, den Typen anzusehen, aber da war er mit seinen schicken schwarzen Stiefeln, dem bescheuerten schmalen Halstuch und den schwarzen Jeans. Er lächelte wie aus der Zahnpastawerbung, und so wie seine Oberarme aussahen, legte man sich besser nicht mit ihm an. Er bot Venetia einen Helm an und küsste sie noch mal. Dieses Mal länger. Viel länger. Sie warf ihm einen Arm um den Hals und schloss die Augen. Ich wusste nicht, ob ich weinen oder lieber eine geeignete Stelle auf dem Gelände suchen sollte, um mich dort zu vernichten. Endlich holten sie Luft. Am liebsten hätte ich ihm einen säuregetränkten Pfeil in die Zunge geschossen. Sie rollte das Bild wieder zusammen und schob es zurück in die Röhre. »Bit!«, rief sie. »Ich will dir Sergio vorstellen.«

In meinem ganzen Leben hatte ich noch nie jemanden, der mir eigentlich gar nichts getan hatte, so gehasst wie Sergio. Ich verachtete alles an ihm, seine ersten Schuhe, seine Oma, seine entfernten Vettern dritten Grades und seine Babykumpels aus der Kinderkrippe. Ich wollte, dass der Mond vom Himmel fiel, ihm auf den Kopf. Wenn er benommen und mit Gehirnerschütterung am Boden lag, sollten irre brasilianische Blutegel ihm die Lippen und die Augen aussaugen. Mal sehen, ob er danach immer noch gut küssen konnte.

Ich wollte mir nicht anmerken lassen, dass ich innerlich am Sterben war, also ging ich langsam auf ihn zu. O Gott! Das war wie eine Begegnung mit dem milliardenschweren Lottogewinner, von dem man weiß, dass er beim Ausfüllen des Siegerloses in der Schlange direkt vor einem gestanden hatte.

»Sergio hat am Samstag Geburtstag und ich wollte ihm was Besonderes schenken«, verkündete Venetia und hielt die Röhre hoch. »Vielen Dank dafür. Du bist ein wahnsinnig toller Künstler.«

»Das werde ich einrahmen«, sagte Sergio mit irgendeinem Akzent. »Und es mir übers Bett hängen.«

Jetzt überlegte ich es mir anders und wünschte, der Mond würde auf mich fallen und mich platt machen.

Irgendwie bekam ich ein Viertellächeln hin, aber in meinem Kopf schrie ich, *ich hab Venetia nicht gezeichnet, damit Sergios Schlafzimmer schöner wird.*

»Bist du sicher, dass du kein Geld willst?«, fragte Venetia noch mal. »Nimm die zehn Pfund. *Bitte.*«

Ich sah sie an, und es fiel mir verdammt schwer, die Tränen zurückzuhalten.

Eine endlose Sekunde lang hielt sie meinem Blick stand. Ich glaube, sie konnte den Schmerz in meinen Augen sehen – das war, als wollte man einen Gorilla hinter einem zarten Spinnennetz verstecken.

Ich war am Boden zerstört, aber ich dachte, lieber lass ich mir das Herz zertrampeln und hab zehn Pfund dabei verdient, als dass ich mir einfach nur so das Herz zertrampeln lasse.

Ich nahm Venetias Schein. Sie zog ihren Helm auf, setzte sich zu Sergio aufs Motorrad und schlang ihm den Arm mit der Röhre um die Taille. Dann legte sie ihren Kopf an seinen Rücken. O Gott, ich hasste Sergios Rücken und ich hasste sein Motorrad. »Noch mal danke, Bit«, sagte sie.

Sergio ließ den Motor laut aufheulen, dann fuhr er an. Bevor sie den Platz vor meinem Block verlassen hatten, drehte Venetia sich noch einmal zu mir um und winkte mir. Ich stand die nächsten ein oder zwei Minuten lang regungslos da, fragte mich, was zum Teufel da eigentlich gerade mit mir passiert war.

Schließlich stieg ich die Treppe wieder hoch, als hätte ich Motorradketten an den Füßen. Kaum in der Wohnung, steuerte ich direkt mein Zimmer an, legte mich aufs Bett und starrte an die Decke. *Wie hatte ich nur glauben können, dass Venetia keinen Freund hat?* Ein super sexy Mädchen wie Venetia musste einen haben. *Was hatte ich mir bloß dabei gedacht? Ach, du Scheiße! Was soll ich jetzt bloß McKay und Jonah sagen? Wenn die das rauskriegen, lachen die sich so lange kaputt, bis ich nur noch mit Krückstock die Treppe zu meiner eigenen Wohnung raufkomme.*

Ich hatte keine Lust, fernzusehen oder zu zocken. Normalerweise zeichnete ich, wenn ich niedergeschlagen war, aber nicht mal danach war mir. Den Rest des Abends verbrachte ich damit, mir leidzutun. Gran fragte, ob alles okay war, aber ich sagte nur, ich sei müde.

Kurz nach zehn textete Jonah.

> Wie ist es mit Venetia gelaufen? Warst du auf der ersten Base?
> Hast du sie geküsst? Weißt du überhaupt, wie küssen geht? Hab
> ich ganz vergessen zu fragen. Hast sie bestimmt nicht geküsst.

Für die Antwort brauchte ich eine Stunde.

> Hab sie gezeichnet. Bild gefällt ihr sehr gut. Und sie hat mir
> zehn Pfund dafür gegeben.

Eine halbe Stunde später hörte ich wieder mein Handy vibrieren. Ich vermutete, dass es Jonah war, der weitere Informationen wollte, oder McKay, der eine Art Knutsch-Bericht verlangte. Kurz überlegte ich, ob ich lügen und meinen Ruf ein bisschen aufsexen sollte, aber nein – wahrscheinlich würde Venetia dann hier antanzen und mir ein paar reinhauen wie Elaine. Eine Stunde lang ignorierte ich die Nachricht, aber dann dachte ich, dass sie in der Schule sowieso nicht davon aufhören würden. Also nahm ich mein Handy, um zu antworten.

Aber die letzte SMS, die ich erhalten hatte, war weder von McKay noch von Jonah. Ich kannte die Nummer nicht.

Und öffnete die Nachricht.

> Unser Mann will, dass du was für ihn tust. Du bekommst eine
> Spende. Kapiert? P

P? Das musste Lady P sein. Mein Herz hämmerte gegen meinen Brustkasten. Plötzlich war mein Kopf ganz heiß. Ich las die Nachricht noch einmal, hoffte, sie würde einfach verschwinden. Tat sie aber nicht. *O Gott! Was soll ich machen? Ich darf mich nicht wieder mit Manjaro einlassen. Aber ich will auch nicht verprügelt werden wie der arme Brother. Wenn ich Deals mit Manjaro mache, was bin ich dann? Vielleicht lassen die mich ja in Ruhe, wenn ich höflich drum bitte. Ich muss es versuchen.*

Fünf Minuten später beantwortete ich Lady Ps Nachricht.

Mit Respekt, aber ich will lieber nicht in eure Geschäfte reingezogen werden. Keine Sorge, ich bin kein Verräter. Nicht mal mein Schatten weiß was. Meine Zunge ist festgetackert.

Ich schickte die SMS und legte mein Handy auf die Kommode. Eine Zeit lang starrte ich es an, stellte mir vor, dass Manjaros Faust daraus hervorgeschossen kam. Zwanzig Minuten später ging ich ins Bett, machte das Licht aus und dachte, Manjaro würde bestimmt jemand anders bitten.

Ich wälzte mich hin und her, bis ich mein Kissen so oft herumgeworfen hatte, dass ich nicht mehr mitzählen konnte. Es hatte keinen Sinn. Ich konnte nicht schlafen. Also machte ich meinen Computer an und spielte Dungeons & Dragons. Ich hatte es bereits bis aufs dritte Level geschafft, als mein Handy vibrierte. Eine SMS von Lady P. Es war kurz nach halb drei Uhr morgens. Ich zögerte einen Augenblick, dann öffnete ich die Nachricht.

Du steckst längst mit drin, Kleiner. Hast eine Waffe für uns transportiert. Du willst doch nicht, dass das rauskommt … oder?

Ach du Scheiße! Von den Spitzen meines Afros lief mir ein Schauder bis in die Fußzehen. Nein, ich wollte nicht, dass diese Info bekannt wurde. Die Bullen würden mich einsperren und den Schlüssel wegwerfen. Mum und Elaine würden mich zusammen windelweich prügeln.

Von Gran würde ich einen Kinnhaken kassieren, und welche Chancen auch immer ich bei Venetia gehabt haben mochte – oder irgendeinem anderen Mädchen –, sie würden in der Gosse landen. Scheiße für Manjaro zu erledigen war einfach … nicht in Ordnung. Wie oft wurde jemand zu Manjaro nach Hause geschleppt und verprügelt?

Ich versuchte zu schlafen, aber das war unmöglich. Mir kamen die Tränen. Ich hatte keine Wahl. Wie würde es Mum, Dad, Elaine und Gran dabei gehen, wenn sie mich grün und blau geschlagen im Krankenhaus besuchen kämen? Vielleicht … vielleicht konnte ich ja sagen, dass es das letzte Mal war, dass ich was für ihn erledigen wollte. Schießlich beantwortete ich die Nachricht.

Okay, ich mach's.

Fünf Minuten später kam die Antwort.

Du erfährst morgen wann und wo.

20
SEIFENBLASEN ZERTRAMPELN

ALS ICH SPÄTER AUFSTAND, machte Mum mir ein leckeres Frühstück. Ich bekam kaum die Augen auf, verdrückte aber gebratene Pilze
mit Eiern, Speck und Bohnen. Mum sang in der Küche und ich fragte
mich, was ich überhaupt für Manjaro erledigen sollte. »Oh, let it go,
Baby, it's just another love TKO ... « Dann hörte ich Mums Handy. Sie
ging dran, trug es ins Wohnzimmer. Ich blieb an der Küchentür stehen
und lauschte. »Hallo?«, fragte Mum. »Morgen nach der Schule? Du
willst mit beiden zum Bowling? Lädst du sie auch zum Essen ein? Natürlich muss ich das fragen ... nein, ich hab's ihnen noch nicht gesagt –
ist auch gar nicht meine Aufgabe. Ich dachte, das hätten wir gestern
Abend am Telefon schon geklärt, oder hast du nicht zugehört? Ich werde meine Meinung nicht ändern ... das kannst du ihnen selbst sagen.
Ich mach doch nicht die Drecksarbeit für dich! Woher soll ich wissen,
wie sie's aufnehmen!«

Mum beendete das Gespräch und ich verschwand schnell wieder in
der Küche. Sie kam rein und drehte sich zu mir um, als ich meinen Mangosaft trank. »Dein Vater geht morgen nach der Schule mit dir und Elaine weg«, sagte sie. »Er hat euch was zu sagen.«

»Was denn?«, fragte ich.

»Wirst du schon merken«, erwiderte Mum und vermied es, mich
anzusehen. »Pass aber auf, dass er euch was zu essen kauft.«

Jonah holte mich ab und machte keine Bemerkungen mehr über
mein Gesicht. Nur wegen Venetia ließ er nicht locker. »Dann hast du
also einfach das Bild fertig gezeichnet und sie ist nach Hause gegangen?«, fragte er, als wir die Treppe runtersprangen.

»Genau, Jonah! Mehr war nicht, Bro. Hab ich jemals behauptet, dass sie meine Freundin ist? Hab ich nicht. Es ging nur ums Zeichnen.«

»Das leuchtet mir ein«, sagte Jonah. »Ich meine, nichts für ungut, Bro, aber Venetia King und du? Ihr seid nicht direkt füreinander gemacht so wie Reis und Bohnen oder Butter und Toast. Die hat es drauf – die kommt mal hier raus.« Ich dachte wieder an das, was Venetia mir erzählt hatte, dass sie wegwollte aus dem Viertel. Machte mir ein ganz komisches Gefühl, wenn ich daran dachte, dass ich eigentlich gar nicht wegwollte. War das falsch? Aber was anderes kannte ich doch gar nicht.

Genau wie am Montag davor wartete McKay unten am Block. Er lutschte einen Lolli, aber als er uns sah, zog er ihn aus dem Mund und redete so schnell drauflos wie immer, wenn er aufgeregt war. »Ich wollte euch gestern Abend texten, aber ich hatte kein Guthaben mehr«, fing er an. »Remington House 9 wurde durchsucht. Unzählige Bullen waren da, haben Computer und so einen Scheiß eingesackt. Alles ungefähr um neun Uhr gestern Abend. Eine Frau und ein Bruder wurden festgenommen ...«

O Gott! Ich hoffte, dass sie das Haus vorher nicht observiert hatten. Wenn ja, dann steckte ich bis über beide Ohren in der Scheiße.

»Woher weißt du das?«, fragte Jonah. »Du übertreibst wie immer. Warst du da?«

Verzweifelt versuchte ich, meine Atemzüge zu kontrollieren. Ich hoffte, Jonah und McKay merkten nicht, was für eine Panik ich schob.

»Mein Bruder war da«, erwiderte McKay. »Der war gestern Abend mit dem Fahrrad unterwegs und hat das ganze Blaulicht und so gesehen. Er meinte, die haben das Zeug in schwarzen Säcken rausgeschleppt. Ich sage euch, Brüder, wer weiß, was die da für Waffen rausgeholt haben.«

»Vielleicht waren ja gar keine Waffen da«, sagte ich hoffnungsvoll. »Vielleicht ... vielleicht war's bloß eine ganz normale Routinedurchsuchung. So was machen die Bullen hier oft genug. Überleg mal, wie die bei Mitchell Swaby die Bodendielen aufgestemmt und nichts gefunden haben.«

»Mein Bruder hat gemeint, da waren jede Menge Bullen«, erwiderte McKay. Er sah mich lange an. »Mehr als sonst bei einer Hausdurchsuchung. Anscheinend wollen die den Krieg zwischen Manjaro und Major Worries verhindern.«

Scheiße! Ich will mit diesem Krieg nichts zu tun haben. Will nicht auf jemandes Seite stehen. Vielleicht soll ich Manjaro deshalb noch einen Gefallen tun. Was er wohl von mir will?

Den ganzen Weg bis zur Schule redete McKay über einen möglichen Krieg in Crongton und dass wir uns alle überlegen sollten, kugelsichere Westen anzuschaffen. Er wollte sogar seinem Klassenlehrer vorschlagen, die Schüler vom Unterricht zu befreien, weil es allmählich zu gefährlich wurde, hier in der Gegend rumzulaufen. Ich dachte an die SMS, die ich gestern Nacht von Lady P bekommen hatte, und auch mein Magen dachte darüber nach – beinahe hätte ich am Schultor mein Frühstück wiedergesehen.

In der ersten Stunde hatte ich Englisch und war froh, von McKay wegzukommen – mir gefiel überhaupt nicht, wie er mich angesehen hatte, als er das von der Durchsuchung erzählte. Er *wusste*, dass ich in Remington House 9 gewesen war.

Der Lehrer gab uns unsere Aufgaben, aber kaum küsste mein Stift das Papier, vibrierte es in meiner Tasche. Ich wusste, dass es eine neue Nachricht von Lady P war. Schweiß trat mir auf die Stirn. Mein Hals juckte. Ich lockerte meine Krawatte und versuchte, mich mit tiefen Atemzügen zu entspannen. Ich schrieb zwei Sätze, dann erst zog ich das Handy aus der Tasche und las die SMS.

Treffen uns um fünf auf dem Parkplatz vom Supermarkt. Bring deine Schultasche mit. P.

Vielleicht sollte ich einfach zu den Bullen gehen und alles erzählen? Nein, das geht nicht. Mum kann nicht noch mehr Stress gebrauchen. Und angenommen, ich würde wirklich zu den Bullen gehen? Vielleicht stecken die uns in irgendein Zeugenschutzprogramm und verpflanzen uns in eine beschissene Kleinstadt, von der ich noch nie gehört hab und wo die Kühe auf dem

Land drum rum ganz komisch aussehen. Keine Brüder mehr, eine andere Schule, wahrscheinlich nicht mal Handyempfang, und in ganz Crongton wäre ich als Verräter verschrien. Vielleicht sehe ich Dad und Steff nie wieder. Ich kann mir auch nicht vorstellen, dass Elaine mit Jerome so leben möchte. Wahrscheinlich geht sie ihren eigenen Weg. Sie kann echt übel ausflippen, aber ganz ohne sie zu leben kann ich mir auch nicht vorstellen … ich würde alle vermissen.

Nein, ich mache besser, was Lady P von mir will. Wird schon klargehen, ich muss es nur für mich behalten.

Ich antwortete auf Lady Ps Nachricht.

Okay, ich werde da sein.

»*Lemar Jackson!*«, rief Ms Birbalsingh, unsere Englischlehrerin. »Wäre schön, wenn dir was Interessantes einfiele und du es auf die Seite schreibst, nicht in dein Handy tippst. *Steck es weg!*«

Ich überstand die Mittagspause ohne Nervenzusammenbruch. Es gab wieder Lasagne. Ich hatte die Hälfte verdrückt, als sich Venetia King mir gegenübersetzte.

O Gott! Konnte dieser Tag noch schlimmer werden? *Wenn sie Sergio erwähnt, kotze ich ihr auf den Schulblazer. Und wenn ich sein Motorrad noch mal hier in der Gegend entdecke, überrolle ich es im Zehntonner mit Spikes.*

Neue silberne Ohrringe zierten Venetias Gesicht und sie hatte sich die Haare kurz geschnitten. O Gott! Sie sah so lecker aus wie die Schokolade auf den Cupcakes von Jonahs Mum. Köstlich. Ich versuchte, so zu tun, als hätte ich sie nicht gesehen, aber sie erwischte mich – und bedachte mich mit einem wissenden Blick, so wie Mädchen das machen, die offensichtlich durchschauen, was man denkt. Und ich dachte, *ich kann nicht anders, ich liebe sie wie verrückt und ich hasse diesen Sergio.* Ich bin sicher, sie hat es mir angesehen. Nach zwei betretenen Minuten sprach sie mich an.

»Wie geht's, Lemar?«

Ich glaube, das war das erste Mal überhaupt, dass sie mich Lemar nannte. Vielleicht hatte sie ja Mitleid mit mir.

»Könnte besser gehen«, erwiderte ich, schaute über ihre rechte Schulter in die Ferne.

»Ich hätte … hätte dir das erzählen sollen … das mit Sergio.«

»Kann man so sagen«, erwiderte ich.

»Ich wollte nicht … glaub mir, Lemar, ich wusste nicht, dass du … was für mich übrighast … hab ich erst kapiert, als du da auf der Treppe bei dir im Block was gesagt hast.«

Was soll das heißen, sie wusste nicht, dass ich was für sie übrighabe, bevor wir bei mir die Treppe runter sind? Jeder in meinem Jahrgang und im nächsten obendrüber hat was für sie übrig. Typen auf Motorrädern haben was für sie übrig. Wenn der Papst sie sehen könnte, hätte er auch was für sie übrig. Auf bislang unentdeckten Planeten gibt es unerforschte Lebensformen, die was für sie übrighaben.

Ich zuckte mit den Schultern. »Ich komm schon drüber weg. Ist kein großes Ding. Ich bin froh, dass euch beiden das Porträt gefällt.«

»Wir finden es toll. Sergio hat gesagt … «

Der lächelnde Sergio mit seinen Hollywoodzähnen, seinen Lederklamotten und dem aufheulenden Motorrad kam mir wieder in den Sinn. Ich hatte genug. Ich stand auf, nahm mein halb aufgegessenes Essen und stellte es in den Wagen mit dem dreckigen Geschirr. Ich hatte das dringende Bedürfnis, zu sehen, wie Venetia reagierte, aber ich konnte es mir gerade so verkneifen, hinzugucken. In Wirklichkeit fühlte es sich an, als würden sich hässliche Insekten mit fiesen kleinen Klauen über mein Herz hermachen.

21

LADY P

»ICH GEH ZU MCKAY«, sagte ich zu Gran.

Ich hatte meine Hausaufgaben in Geschichte über den Ersten Weltkrieg gemacht – soweit ich das verstand, ging's um Könige, Königinnen, Herzöge und andere reiche Leute, die arme Leute vorgeschickt haben, damit die die Schlachten für sie schlagen. Vielleicht waren Manjaro und Major Worries auf demselben Trip – ließen Brüder und Schwestern den ganzen Scheiß für sie erledigen. Auf keinen Fall würde ich jemanden ausradieren oder verletzen, aber *trotzdem* benutzten die mich für ihren Krieg. Und wie die Soldaten im Ersten Weltkrieg sah auch ich nicht, dass ich eine Wahl gehabt hätte. Ich wollte meiner Familie keinen Stress machen und auch nicht als Verräter dastehen – Verräter hatten in Crongton ungefähr dieselbe Lebenserwartung wie ein Eis auf dem Grill. Wenn ich ihnen diesen letzten Gefallen tat, würden sie vielleicht nicht noch mehr von mir verlangen. An diese Hoffnung klammerte ich mich.

»Isst du da auch?«, fragte Gran.

»Äh, nee. Wir vergleichen nur unsere Hausaufgaben in Geschichte. Bin in einer Stunde wieder da.«

Den Rucksack über der linken Schulter, zog ich los zum Supermarkt – von meinem Block aus waren das ungefähr fünfundzwanzig Minuten zu Fuß, nicht weit von Crongton Green, wo mein Dad wohnte. Als ich ankam, parkte ich mich erst mal auf einer Bank draußen vor dem Eingang. Ich sah die Einkaufenden kommen und gehen und dachte, dass die keine scheiß Ahnung hatten, warum ich da war. Wieder überlegte ich, ob ich zu den Bullen gehen sollte – die beiden, die bei mir zu Hause gewesen waren, hatten es echt ernst gemeint –, wenigstens würden die mich nicht umbringen – mir fiel ein, dass Elaine die Karte in der Küche liegen gelassen hatte.

Fünf Minuten nach fünf. Von Lady P keine Spur. Mein Herz ging in eine neue Boxrunde. Ich wischte mir den Schweiß von der Stirn. Sollte ich mich einfach wieder nach Hause verziehen? Ich war genau zur vorgegebenen Zeit da gewesen. Was konnten die schon sagen? Dann dachte ich an den armen Bruder, den sie bei Manjaro verprügelt hatten. Ob die so einen Scheiß auch mit mir machen würden, wenn Lady P kam und ich nicht da war? Nach Elaines Schlägen hatte es schon Tage gedauert, bis sich mein Gesicht erholt hatte, aber der Bruder würde wahrscheinlich noch Wochen nach seiner Begegnung mit Pinchers und Manjaro in den Spiegel schauen und Weltmeere weinen.

Hau noch nicht ab, Lemar, sagte ich mir. *Warte bis Viertel nach fünf. Wenn ich mich dann verdünnisiere, haben sie keine Argumente.*

»Hallo, Lemar. Wartest du auf deine Mum?«

Ich zuckte zusammen und drehte mich um. Mrs Hani, Jonahs Mum. Sie zog einen Einkaufstrolley hinter sich her – anscheinend hatte sie jede Menge Backzutaten gekauft.

Mein Herz und mein Brustkasten tauschten heftige Prügel aus.

»Äh, nein, Mrs. Hani. Ich warte bloß auf einen Bro.«

»Einen Freund«, korrigierte Mrs Hani. »Jonah hat gerade angerufen. Er ist zu Hause und spielt mit McKay am Computer. Dachte, vielleicht willst du mitmachen?«

»Äh, mh, nein, Mrs Hani … ich muss einem Bro einen Gefallen tun.«

Sie kniff die Augen zusammen wie die Geheimagenten im Fernsehen, wenn sie einen Verdächtigen befragen.

»Einem Freund«, korrigierte sie mich wieder. »Na gut, schön, dich zu sehen. Grüß deine Mum von mir.«

»War auch schön, Sie zu sehen, und ich richte die Grüße aus.«

Mrs Hani trottete davon. Ich stieß einen Monsterseufzer aus. Kaum schlug mein Herz wieder im normalen Tempo, entdeckte ich Lady P auf dem Weg zum Supermarkteingang. Sie hatte die Arme verschränkt und sah aus, als hätte sie ihr Portemonnaie verloren, in dem ein besonders schönes Bild von ihrer Nichte oder sonst wem gesteckt hatte.

Langsam ging ich auf sie zu, und als sie sich mir auf zehn Meter genähert hatte, bog sie auf den Parkplatz ab. Ich folgte ihr. Kein Hallo. Sie sah mich nicht mal an. *Lieber nicht nach der Durchsuchung in Remington House fragen,* dachte ich. Als wir an ihrem Wagen waren, öffnete sie die Beifahrertür. »Steig ein«, befahl sie.

Das machte ich. R&B kam leise aus der Anlage. Leichter Pfefferminzgeruch. Im Rückspiegel sah ich, dass sie den Kofferraum aufmachte, eine schwarze Plastiktüte rausholte und auf den Rücksitz legte. Ich holte tief Luft und fuhr mir noch mal über die Stirn. Wieder kamen mir das Jaulen und Schreien aus Manjaros Flur in den Kopf. Wieder fragte ich mich, wer der Bruder gewesen war.

Sie setzte sich zu mir nach vorne, nahm ihre Handtasche, die im Fußraum neben den Pedalen stand, und zog einen Umschlag raus.

»Handy«, verlangte sie und streckte die Hand aus.

Ich gab ihr mein Telefon. Ich wollte ihr sagen, wie man es einschaltet, aber sie wusste es sowieso. Dann löschte sie alle meine SMS und gab es mir wieder.

»Wir wollen, dass du auf etwas aufpasst für uns«, sagte sie. Sie schaute durch die Windschutzscheibe. »Bewahr's an einem sicheren Ort auf. *Öffne es nicht.* Ist nur für ein paar Tage, bis sich alles beruhigt hat, kapiert?«

Ich nickte.

»Du fährst doch in den nächsten Tagen nicht weg oder so?«

»Nein«, erwiderte ich.

»Gut. Mach einfach, was du normalerweise auch machst, in die Schule gehen und den Scheiß, hast du kapiert? Und halt dich von Ärger fern. Und wenn wir's wieder abholen, kriegst du eine Spende.«

»Was … was ist es?«

Sie sah mich immer noch nicht an. Durch die Windschutzscheibe beobachtete sie eine Mutter, die ihren abtrünnigen kleinen Jungen an der Hand hinter sich herzerrte. »Stell keine Fragen, dann lüg ich dich nicht an«, sagte sie. »Setz dich auf den Rücksitz, mach die Tür zu und steck die Tüte in deinen Rucksack, okay?«

Wieder nickte ich. »Wann holt ihr's wieder ab?«

»Wie gesagt, wenn sich alles ein bisschen beruhigt hat. In weniger als einer Woche, denke ich.«

»Eine Woche!«

»Nicht so laut. Dürfte kein Problem sein, weil du doch noch nie Ärger mit den Bullen hattest. Oder?«

Ich dachte daran, dass die Bullen zu uns in die Wohnung gekommen waren. Vielleicht hatte jemand aus Manjaros Crew sie bei uns reingehen sehen. Aber ich hatte ja nichts gesagt und stand auch nicht unter Verdacht. »Nein«, erwiderte ich schließlich.

»Du hast nicht mal einen Schokoriegel im Laden geklaut oder eine Scheibe in der alten Fabrik eingeschmissen?«

»Nein«, wiederholte ich.

»Das haben wir uns gedacht. Also mach dir keine Sorgen – wird alles cool. Die Bullen lassen dich in Ruhe. Geh einfach wie immer in die Schule, mach, was deine Mum dir sagt, und halt den Ball flach.«

»Okay.« Was für eine Scheiße, ich konnt's nicht glauben. Deshalb interessierte sich Manjaro so für mich. Weil ich mein Leben lang so ein Goldstück von einem braven Jungen gewesen war, sollte ich jetzt den Boten für ihn und seine Crew spielen. Die versteckten sich hinter meinem guten Benehmen. *Gehört das zum Programm? Wenn du schlecht bist, landest du in einer Bande. Wenn du anständig bleibst, auch?*

»Zu Hause legst du's unten in deinen Kleiderschrank oder so, hast du kapiert? Irgendwohin, wo normalerweise keiner von deinen Leuten nachsieht.«

»Keine Sorge.«

Lady P schaute in den Rückspiegel, dann nach rechts und nach links. »Pass auf, dass du den Reißverschluss zumachst, bevor du aus dem Wagen steigst.«

»Okay.«

»Also dann, ab auf den Rücksitz.«

Ich stieg aus dem Wagen, machte sachte die Tür zu und ging nach hinten. Lady P hatte mich genau im Blick, im Rückspiegel, die ganze Zeit. Ich nahm die schwarze Plastiktüte, ohne auch nur reinzuschauen, was drinsteckte, und packte sie in meinen Rucksack. Als ich den Reißverschluss zugezogen hatte, schob mir Lady P einen weißen Umschlag zu. »Okay«, sagte sie. »Ist alles eingepackt wie ein Geburtstagsgeschenk. Lass es so. Wie gesagt, mach ganz normal weiter, *frag nicht* nach uns, *versuch nicht*, uns anzurufen, und komm nicht zu uns nach Crongton Heath, hast du kapiert?«

»Kapiert«, sagte ich.

»Cool.« Sie nickte. »Unser Mann hofft, dass du was von dem Geld für Jerome ausgeben kannst. Darfst nicht vergessen, dass er Jeromes Dad ist und anständig zu ihm sein will. Denk drüber nach. So, aber jetzt wird's Zeit, dass du abziehst.«

»Okay.«

Sie betrachtete mich immer noch im Rückspiegel.

»Guck nicht so ängstlich«, sagte sie. »Ist nicht geladen.«

Meine sämtlichen Eingeweide bebten. Ich öffnete die Autotür mit beiden Händen, nur damit sie nicht so zitterten. Ich stolperte beim Aussteigen. Lady P ließ den Motor an, blinkte und fuhr los. Ich sah ihr nach, bis sie verschwunden war, dann erst setzte ich mich in Bewegung. Dabei verspürte ich den unbändigen Drang, in die schwarze Plastiktüte zu schauen, das braune Papier mit dem Klebeband aufzureißen, in das die Waffe eingepackt war. Vielleicht war sie ja doch geladen, und Lady P wollte mir bloß keinen Schrecken einjagen. Ich widerstand der Versuchung. Und steckte den Umschlag in meinen Rucksack.

Ich soll was von dem Geld für Jerome ausgeben? *Nein!* Wenn ich was für ihn ausgab, würde Elaine mich fragen, woher ich es hatte – und dann wär erst recht der Wurm in der Scheiße. Außerdem wollte ich Jeromes Leben nicht mit Manjaros Geld durcheinanderbringen.

Fünfundzwanzig Minuten später war ich zu Hause. Aus der Küche roch es nach Fisch. »Bin wieder da, Gran«, rief ich. »Ich zieh mich nur um.«

»Lemar«, rief Gran mich. »Komm mal her!«

Ich ging in die Küche und sah Gran Reis waschen.

»Was hab ich dir gesagt, was du machen sollst, wenn du nach Hause kommst?«

»Dir ... dir ordentlich Guten Tag sagen und nicht einfach bloß rufen?«

»Also wieso brüllst du dann durch den Flur und gehst schnurstracks in dein Zimmer?«

»Tschuldigung, Gran.«

»Komm her!«

Ich hatte immer noch den Rucksack auf der Schulter, aber Gran drückte mich trotzdem fest wie immer. »Ich bin froh, dass du endlich deine Hausaufgaben ernst nimmst, Lemar. Das mit deiner Kunst ist wunderbar, aber ein einziges leckeres Gewürz ist bei einem guten Fisch nie genug. Hast du verstanden?«

»Verstanden, Gran. Ich weiß, dass andere Fächer auch wichtig sind. Dad redet die ganze Zeit davon.«

»Und gib dir auch mit Mathe ein bisschen mehr Mühe. Wenn nicht, wie willst du denn das ganze Geld zählen, das du später als weltberühmter Künstler mal verdienst?«

Gran umarmte mich noch fester, drückte ihre Wange an meine. Ihr rechter Arm lag auf meinem Rucksack. Ich trat einen kleinen Schritt zurück. »Ach, ich weiß noch nicht, Gran. Aber ich muss jetzt auch noch Hausaufgaben machen.«

Endlich ließ sie mich los. »Bist ein braver Junge.« Sie drehte sich wieder zum Herd um. »Ich koche Reis, dann ist das Essen fertig.«

»Okay, Gran, danke.«

Ich ging in mein Zimmer, machte die Tür hinter mir zu. Ein paar Minuten lang blieb ich einfach auf dem Bett sitzen und starrte meinen Rucksack an. Dann holte ich die schwarze Plastiktüte raus. Drin war ein braunes Päckchen mit Klebeband und Schnur. Ich holte es raus. Es war schwer. Dann machte ich die Augen zu. Mir kamen alle möglichen Actionfilme und Spiele mit Schusswaffen in den Kopf. Es gab so viele. Und jetzt hatte ich eine echte Pistole in der Hand, eingewickelt in braunes Papier und mit gelb-weißer Schnur verschnürt. Das war kein Film. Kein Spiel. Lady P hatte gesagt, sie sei nicht geladen. Vielleicht hatte sie das nur gesagt, um mir einen Schrecken einzujagen. Vielleicht war's ja was ganz anderes. Ich musste selbst nachsehen. Mit dem Daumennagel riss ich ein kleines Stück von dem braunen Papier ab, etwas Glänzendes und Schwarzes starrte mich an. Ich berührte es, es war kalt und metallisch. *Gott steh mir bei.* Ich packte es wieder in die Plastiktüte und stieß einen langen Atemzug aus. Dann klopfte es an meiner Tür. Schnell ließ ich die Plastiktüte in meinem Rucksack verschwinden.

»Komm rein, Gran«, sagte ich, versuchte dabei, gleichmäßig zu atmen.

»Deine saubere Wäsche«, sagte Gran und gab sie mir. Sie schaute auf den Boden und hob kopfschüttelnd einen Radiergummi und ein paar Bleistifte auf, legte sie auf meinen Schreibtisch. »Lass die Wäsche nicht wieder auf dem Bett liegen, Lemar. Leg sie in deinen Schrank.«

»Okay, Gran, danke.«

»In zwanzig Minuten ist das Essen fertig. Ich warte nur noch, dass der Reis kocht.«

»Okay, Gran. Danke.«

Gran ging raus. Ich schaute oben auf meinen Schrank, wo zwei Koffer lagen. *Nein,* dachte ich. *Da kann ich's nicht hinlegen. Angenommen, Mum kommt rein, weil sie einen Koffer braucht. Vergiss es.* Ich schaute meine kleine Kommode an. *Nein, das kannst du auch vergessen – Mum oder Gran verstauen meine Unterwäsche da drin.*

Ich machte die Kleiderschranktür auf. Spiele, die ich nicht mehr spielte, lagen auf alten Sneakern und Reservedecken. *Nein, das geht auch nicht. Gran kommt und räumt in meinem Schrank auf.* Ständig schimpfte sie, wie's darin aussah. *Verdammt! Wohin mit der Waffe? Ich hätte erst mal drüber nachdenken sollen, bevor ich mich auf den Scheiß einlasse. Meine Familie schnüffelt hier überall rum.* Lady P überschätzt das Maß an Privatheit, das mir hier zugestanden wird. Ich bin erst vierzehn Jahre alt, verdammt noch mal! Weiß die nicht, dass Privatheit in meiner Familie praktisch verboten ist? *Vielleicht sollte ich das Ding einfach in der Schul-*

tasche lassen. Einfach ganz unten reinlegen und meine Bücher und den anderen Kram obendrauf?

Ich leerte meinen Rucksack aus, legte das Päckchen unten rein und packte alles andere obendrauf. *Das ist der einzige Ort, an dem niemand was verloren hat,* dachte ich. Wenigstens würden dann nicht irgendwann, wenn ich nachmittags heimkam, Mum oder Gran mit der Waffe in der Tür stehen und fragen:* »Wo hast du die her?« Scheiße! Die würden mich glatt damit erschießen! Ja, erst mal bei dem Plan bleiben, bis mir was Besseres einfällt,* dachte ich.

Ich machte den Umschlag auf, den Lady P mir gegeben hatte, und zählte hundert Pfund. Manjaros Geld. Fünf Zwanziger. *Muss ich auch verstecken. Ausgeben geht nicht und wegwerfen auch nicht.* Ich steckte die Scheine in einen alten Sneaker hinten im Schrank, schob sie ganz bis nach vorne in die Spitze.

Ich machte gerade die Schranktür zu, als Elaine in mein Zimmer platzte. »Alles klar, Bro?«, grüßte sie mich.

Klopft die nie an? Innerlich tobte ich. Alles klar, Bro? Mann! Anscheinend hat sie ihrem Charakter eine Schönheits-OP gegönnt.

Ich hob meinen Rucksack, machte den Reißverschluss zu und stellte ihn in eine Ecke, dann setzte ich mich zu meiner Schwester aufs Bett. »Alles klar, Sis. Was geht?«

»Ich frag mich, was Dad uns morgen sagen will. Hat er dich angerufen oder was erzählt?«

»Nee«, erwiderte ich. »Wahrscheinlich will er uns einen Vortrag wegen neulich Nacht halten und sagen, dass wir doch Bruder und Schwester sind und aufhören sollen zu streiten und so ein Scheiß.«

»Kann sein.« Elaine nickte. »Aber weil ich dich verprügelt hab, hat er mich gestern schon fertiggemacht, als ich Steff besuchen war.«

»Wie geht's ihr?«

»In ein paar Tagen kommt sie aus dem Krankenhaus, Dad und Shirley sind echt froh.«

»Das ist gut«, sagte ich. »Vielleicht hat Dad es dann auf mich abgesehen. Das ist das Problem, wenn man Eltern hat, die nicht zusammenwohnen – wenn man was verbockt, kriegt man erst was vom einen auf die Ohren, dann muss man ein paar Tage warten und bekommt vom anderen auch noch was zu hören.«

»Das kannst du laut sagen«, meinte Elaine. »Aber ich glaube, Steffs Krankheit setzt ihm wirklich zu. Er war nicht wie sonst.«

»Vielleicht ist er einfach erledigt«, meinte ich.

»Du hast recht, Lemar. Wo Mum Probleme hat und Dad solche Sorgen, will ich nicht noch mehr Stress machen, hast du gehört?«

»Hab ich gehört, Sis.«

»Gut.«

Sie verschwand genauso schnell, wie sie gekommen war. *Du lieber Gott! Wenn die wüsste, die würde ausflippen.*

22

IN DIE RINNE GEBOWLT

MCKAY, JONAH UND ICH GINGEN AM NÄCHSTEN TAG nach der Schule nach Hause und stritten uns wie immer über irgendwas. Mir machte es irgendwie Spaß, weil ich mir dadurch weniger Sorgen wegen der Waffe in meinem Rucksack machte – ich hatte ihn den ganzen Tag nicht vom Rücken genommen. Ich traute mich nicht, sie in meinem Zimmer zu lassen. Wenn sie dort jemand fand ... ebenso wenig wollte ich sie in meinem Spind liegen lassen – die Lehrer hatten angefangen, Stichproben in den Spinden zu machen, suchten nach Messern, Pillen und anderen illegalen Drogen. Was ich während des Sportunterrichts mit meiner Tasche machen sollte, wusste ich auch noch nicht. Ich hatte den Tag hinter mich gebracht, ohne verhört, durchsucht, verprügelt oder auf die Polizeiwache geschleppt zu werden – ich wusste, dass die das mit Schulkindern nicht machen, aber ich hatte trotzdem tierisch Schiss.

»Ich sag's euch«, beharrte McKay. »Wenn der Premierminister eingeladen wird, hier vorbeizuschauen, schickt er einen Klon oder einen Roboter.«

»Würde man das nicht merken, dass es ein Roboter ist?«, wandte Jonah ein.

»Genau«, sagte ich. »Die Leute sind ja nicht bescheuert. Wenn die das ganze Surren und Piepen und den Scheiß hören, dann merken die doch was.«

»Ihr beide glaubt wirklich alles«, warf uns McKay vor und hob die Stimme. »Euch kann man soooo leicht reinlegen. Glaubt ihr wirklich, dass, wenn die den Premierminister in eine schlimme Gegend einladen, zum Beispiel nach Ashburton, so wie heute, dass der da höchstpersönlich hingeht? Meint ihr wirklich, der verschwendet seine Zeit mit den Gettoleuten aus Ashburton oder Crongton, wo das interessanteste Gebäude der Telefonladen ist? Ich meine, Ashburton ist ein Loch – da wollen nicht mal Flüchtlinge und Obdachlose hin.«

»Die haben aber das Kunstcollege«, warf ich ein.

»Und einen echt guten Dönerladen«, sagte Jonah. »Direkt um die Ecke von der High Street.«

»Das macht's noch lange nicht sexy«, behauptete McKay. »Und was Crongton angeht, da ist euer Haus schon das höchste Gebäude. *Nein, Bro.* Der Premierminister verschwendet seine Zeit nicht. Der schickt einen scheiß Klon vorbei. Der Klon kann sprechen, gehen und den ganzen Kram genau wie der Premierminister, ich sag's euch. Der wirkt so echt, dass nicht mal seine Frau die beiden unterscheiden kann – wenn die Zehn-Uhr-Nachrichten durch sind, weiß sie nicht, zu wem sie ins Bett steigen soll. Wahrscheinlich wünscht sie sich einen eigenen Klon, damit sie den zu ihm schicken kann.«

»McKay, seit ich dich kenne, hast du dir ja schon so manchen Scheiß ausgedacht«, lachte Jonah. »Manchmal hast du uns damit zum Lachen gebracht, und manchmal war's einfach nur bescheuert. Aber das jetzt? Hast du Kabelbrand an der Festplatte, Bro? Die Verschwörungstheorie ist zu abgefahren, Bro. Behalt deine irren Fantasien lieber für dich, bevor sie dich in die Klapse abschieben. Wenn du weiter so einen Scheiß über Klone und Roboter erzählst, wird dein neuer bester Freund eine Zwangsjacke sein, kannst du glauben! Und außerdem, wenn er heute in Ashburton war und das Getto besucht hat und die ihm was zu futtern gegeben haben, was hat er da gemacht?«

»*Die haben dem Klon halt essen beigebracht*«, betonte McKay. »Und trinken auch. Wahrscheinlich kann er sogar furzen und rotzen. Heutzutage können Roboter jeden Scheiß. Ich sag euch, diese Klone wirken total echt.«

»Egal, ob Roboter oder der echte Premierminister, er wird mit seinem Besuch den Krieg zwischen North und South Crong nicht stoppen können«, sagte Jonah. »Mein Dad hat mir heute Morgen die Zeitung gezeigt. Die Bullen haben endlos viele Messer und so einen Scheiß in Remington House gefunden. Vier Leute wurden verhaftet.«

McKay warf mir einen kurzen Blick zu, als wüsste er mehr über die Hausdurchsuchung als in den Zeitungen stand. Ich ging weiter.

»Ich frag mich, was die Bullen als Nächstes durchsuchen«, fuhr Jonah fort. *Meine Wohnung?*, rief meine innere Stimme.

»Wahrscheinlich schauen sie bei Major Worries und seiner North Crong Crew vorbei«, erwiderte McKay. »Die Bullen wissen, dass es langsam ernst wird mit dem Krieg.«

Wir näherten uns meinem Block und McKay zog weiter zu seinem. Ich wollte gerade die Treppe rauf, als McKay mich noch mal rief. »Bit, Bit! Komm mal kurz her.«

»Hab keine Zeit, Bro. Mein Dad will mit mir und meiner Schwester weg.«

»Schieb deinen mickrigen Arsch hierher«, verlangte McKay. »Dauert bloß eine Sekunde. Ich will dich was wegen Geschichte fragen.«

Geschichte? McKay hatte mich in seinem ganzen Leben noch nie was wegen Geschichte gefragt. Ich lief zu ihm, dachte, dass er mich anpumpen wollte – vielleicht war's ihm peinlich, immer nur Jonah zu bitten. »Was ist?«, fragte ich.

»Wieso bist du heute so still gewesen?«, fragte er ernst.

»Was soll das heißen, so still?«

»Du hast den ganzen Tag kaum was gesagt«, warf mir McKay vor. »Auf dem Weg zur Schule warst du leise wie 'n Lehrerinnenfurz und hast den Mund bloß zum Futtern aufgemacht, und auch auf dem Heimweg hast du nicht gequasselt und gemosert so wie sonst. Was ist los, Bro?«

»Gar nichts ist los«, log ich.

»Bist du sicher? Kein Stress? Hat Manjaro noch mal was von dir gewollt? Der hat doch verlangt, dass du eine Waffe im Remington House ablieferst.«

»Ich weiß nicht, was ich im Remington House abgeliefert habe«, sagte ich. »Hab nicht reingeguckt.«

»Was soll das sonst gewesen sein, Bit? Komm schon. Fahr die Festplatte hoch! Wollte er noch mal, dass du eine Waffe irgendwohin bringst?«

»*Nein, nein!* Manjaro hat gar nichts von mir gewollt, ich hab ihn nicht mal gesehen.«

»Und was für ein scheiß Backstein zieht dir da den Rücken krumm?«, beharrte McKay. »Ich weiß, dass du eine Fehlschaltung hast.«

»Okay, okay«, lenkte ich ein. »Aber *wehe*, du sagst auch nur einen Ton zu Jonah, du weißt, was der für eine Klappe hat … ist nicht so richtig gelaufen mit Venetia.«

Ich dachte, eine Ego-Schlappe einzugestehen, wäre schon in Ordnung, wenn McKay dafür aufhören würde, mich wegen Manjaro zu löchern. Ich konnte es nicht gebrauchen, dass meine Brüder mitbekamen, dass ich eine Waffe mit mir rumschleppte.

»Ist nicht gelaufen mit Venetia?«, wiederholte McKay. »Hast du denn im Ernst gedacht, da würde was gehen? Bro, vergiss die hohen Erwartungen. Venetia ist das heißeste Teil im ganzen Jahrgang. Die will's zu was bringen. Wahrscheinlich wird niemals ein Mädchen von solchem Liebreiz deine Zugbrücke überqueren. Schlag dir das aus dem Kopf, Bro, sonst wirst du den Rest deiner Tage Bergseen weinen. Weißt du, was du machen solltest? Tröste dich mit einer Hässlichen über Venetia hinweg, eine Woche lang, nur um wieder in Schwung zu kommen. Glaub mir, das funktioniert. Wenn's mit der Hässlichen ans Küssen geht, dann lass die Lippen aus, küss sie auf die Wange und sag, dass du ein Bruder bist, der Mädchen respektiert. Sobald du dein Selbstbewusstsein wiederhast, sägst du die Hässliche ab und ziehst weiter.«

Hoffentlich wollte McKay nicht Eheberater werden. Anscheinend hatte er aber die Erklärung für mein Stillsein akzeptiert. In Wahrheit hatte ich mir natürlich den ganzen Tag Sorgen gemacht über das, was ich da in der Tasche rumschleppte.

Als ich nach Hause kam, saß Dad im Wohnzimmer im Sessel. Er hatte seine Arbeitsuniform an, trank Tee, und auf dem Tisch stand ein Teller mit Custard Creams. Gran knabberte einen. So wie sie guckten, war ich mit meinem Eintreffen in ein ernstes Gespräch geplatzt. Ich vermutete, dass Mum nicht zu Hause war – Mum würde Dad niemals Tee machen oder Kekse hinstellen.

»Hi, Lemar«, begrüßte er mich. »Wie war's heute in der Schule?«

»Hi, Dad, hi Gran. Wie immer.«

»Mach dich fertig«, sagte er. »Wir gehen zum Bowling. Die haben einen Pizza-Ofen und eine Burger-Bar, wir können dort essen.«

Ich hoffte, Dad wollte nicht meine Schularbeiten sehen. Ich wollte nichts aus meinem Rucksack holen oder ihn auch nur aufmachen müssen. Und *verdammt!* Bowling stand nicht auf meinem Wochenplan. Lady P hatte mir geraten, den Ball flach zu halten. Blöderweise kam ich um das Bowling nicht drum rum. Ich würde meinen Rucksack mitnehmen müssen, aber wo sollte ich ihn hinstellen? *Scheiße!*

»Kommt Elaine mit?«, fragte ich, versuchte, ruhig zu bleiben.

»Ja«, erwiderte Dad. »Sie macht sich auch gerade fertig.«

»Okay«, sagte ich. »Ich werf mir nur mal Wasser unter die Achseln und zieh was Frisches an.«

»Herzlichen Glückwunsch wegen der Galerie«, sagte er. »Vielleicht kannst du ja irgendwann mal Shirley, Steff und mich zeichnen.«

»Klar – irgendwann mal.« Wenn ich nicht gerade eine lebenslängliche Freiheitsstrafe verbüße.

Ich ging in mein Zimmer und machte die Tür zu. Ließ mich aufs Bett fallen. In meinem Kopf sah ich einen Satz mit Buchstaben so groß wie Hochhäuser. WAS SOLL ICH BEIM BOWLING MIT DEM RUCKSACK MACHEN?

Elaine ließ Jerome bei Gran und fuhr mit Dad und mir in dessen Transporter. Dad schien gute Laune zu haben – die Neuigkeit, dass Steff bald aus dem Krankenhaus durfte, hatte ihm ein breites Grinsen ins Gesicht gezaubert.

»Bin wirklich froh, dass es Steff besser geht«, sagte ich. »Wann kann ich sie sehen?«

»Sie braucht noch Ruhe, aber in ein paar Tagen kannst du sie sehen«, erwiderte Dad. »Sie wird sich freuen.«

»Was genau hat sie denn?«, fragte Elaine.

Dad starrte geradeaus, bevor er antwortete. »Es heißt akute lymphatische Leukämie.«

Elaine schlug beide Hände vor den Mund. Ich hatte keine Ahnung, was eine akute Leukämie oder so war, aber Elaines Reaktion nach war's wohl was Ernstes. Dad nahm eine Hand vom Lenkrad und drückte mir die Schulter. »Man kann das behandeln«, sagte er. »Sie wird wieder gesund. Zuerst dachten die Ärzte, ihre Grippesymptome, die Müdigkeit und die Übelkeit kämen einfach von einem schwachen Immunsystem ... wenigstens wissen wir's jetzt.«

Elaine und ich tauschten besorgte Blicke.

Ein paar Minuten lang herrschte Stille, dann erzählte Dad uns Geschichten von seinen Kollegen und wie unhöflich manche Leute sind, wenn sie beliefert werden. Ich glaube, er wollte das Thema wechseln und nicht weiter über Steff sprechen. Wir verbrachten so selten Zeit miteinander, dass ich über Dads Geschichten lachte und fast vergessen hätte, dass ich eine Pistole mit mir rumschleppte.

Wir waren noch zwei oder drei Straßen von der Bowlingbahn entfernt, als Dad sich zu mir umdrehte. »Lemar, wieso hast du deine Schultasche nicht zu Hause gelassen? Wir gehen doch zum Bowling! Hausaufgaben wirst du da keine machen. Du musst dir auch mal freinehmen.«

»Äh ... Elaine und du, ihr seid doch eh besser im Bowling als ich, und wenn ihr euch einen Zweikampf liefert, dann kann ich noch ein bisschen lernen.«

»Ich dachte, du freust dich mal, wegzugehen«, sagte Dad. »Ihr beiden solltet mehr zusammen unternehmen, so wie früher – vielleicht hört ihr dann auch mit den blöden Streitereien auf.«

»Dad!«, protestierte Elaine. »Ich bin neunzehn und hab ein Baby und Lemar ist vierzehn. Wir interessieren uns nicht für denselben Sch …, äh, dieselben Sachen.«

Wir kamen am Crongton Mega Bowl an, mieteten unsere Bahn und los ging's. Da waren Spinde, wo man die Schuhe und seine Taschen verstauen konnte, aber ich beschloss, meinen Rucksack lieber aufzulassen – ich war sicher, dass die Leute hinter dem Tresen Universalschlüssel und so einen Scheiß hatten.

Dad und Elaine erwischten acht oder neun Pins mit einem einzigen Wurf und ich bekam gerade mal vier oder fünf mit zwei Würfen umgelegt. Meistens landete meine Kugel in der Rinne – Elaine fand das alles zum Wegschmeißen komisch, besonders als ich wieder einen Wurf vermasselt hatte und Dad rief: »Schöner Versuch!«

»Hab dir doch gesagt, ich bin nicht gut im Bowling, Dad.«

»Dann nimm deinen Rucksack endlich ab!«, sagte er. »Mit so einem Gewicht auf dem Rücken kann man ja auch nicht bowlen.«

»Geht schon, Dad«, log ich. »Der Rucksack stört mich nicht.«

»Sei nicht bescheuert!«, erwiderte Dad, während Elaine zielte. »Nimm ihn ab!«

Ich lockerte die Riemen und zog den Rucksack runter. Dann stellte ich ihn unter den Tisch, an dem wir saßen, und marschierte nach jedem Wurf zurück zu meinem Rucksack und setzte mich daneben. Währenddessen versuchte irgendein Bruder auf der Nachbarbahn, Elaine zu beeindrucken. Als eine seiner Kugeln in der Rinne landete, lachte Elaine laut los.

»Du bowlst in Crongton und willst was in Ashburton treffen«, rief meine Sis zu ihm rüber.

»Wenn du was mit mir trinken und einen Burger essen gehst, zeig ich dir, wie gut ich treffe!«, erwiderte der Bruder.

»Bist du sicher, dass du dir das leisten kannst?«, stichelte Elaine.

»Das kann ich mir leisten, und eine Runde Bowling in deinem Schlafzimmer hinterher auch«, prahlte der Bruder.

Elaine kicherte wieder, aber Dad schüttelte den Kopf.

»*Du* bist dran, Elaine!« Dad hob die Stimme. War schön, sie mal wieder lachen zu sehen, und auch irgendwie witzig, dass Dad noch den strengen Vater gab, wo Elaine doch selbst schon Mutter war.

Zum Schluss gewann Elaine. Sie sprang hoch und boxte mit den Fäusten in die Luft, dann vollführte sie ein Siegestänzchen, hüpfte vor Dad auf und ab und sang: »Wer ist hier 'ne Mumie? Wer ist hier 'ne Mumie?«

Dad konnte nur den Kopf schütteln. Elaine grinste immer noch, als wir uns zur Cafeteria schoben.

Wir setzten uns und bestellten Pizza. Ich stellte den Rucksack an meine Füße. Elaine tauschte einen Blick mit Dad und schlug vor: »Pack ihn doch ins Schließfach.«

»Sachen verschwinden aus Schließfächern«, sagte ich. »Den Leuten, die hier arbeiten, kann man nicht vertrauen.«

Elaine sah Dad erneut an und zuckte mit den Schultern. *O Gott! Wenn das so weitergeht, krieg ich einen Nervenzusammenbruch.*

»Du hattest bloß Glück«, sagte Dad zu Elaine. »Genieß deinen Sieg, wird nicht noch mal passieren!«

»Du wirst alt, Opa«, lachte Elaine. »Geh lieber zum Arzt wegen der Arthritis in deinen Fingern. Muss hart sein, wenn einem klar wird, dass man die eigene Tochter niemals mehr schlagen wird. Gewöhn dich dran, Dad.«

»Einmal gewonnen, und schon wirst du frech. Ich glaub nicht, dass ich dich noch mal gewinnen lasse.«

»Als hättest du da was mitzureden gehabt.«

Dad und Sis zogen sich gegenseitig auf, bis die Pizza kam und sie losfutterten. Elaine verputzte gerade das letzte Stück Ananas mit Schinken, als sie Dad fragte: »Also, was willst du uns sagen, Dad? Dass du nie wieder in irgendwas gegen mich antreten willst, weil du weißt, dass du verlieren wirst? Ich könnt's dir nicht übel nehmen. Vielleicht sollten wir's mal mit Vier Gewinnt versuchen.«

Dad sah uns beide an und ich wusste, dass er was echt Ernstes loswerden musste. Er holte kurz Luft.

»Shirley, Steff und ich müssen umziehen«, sagte er. »Es gibt ein richtig gutes Kinderkrankenhaus in East Wickham und wir werden da in der Nähe wohnen. Die haben dort alles, was Steff braucht ...«

Elaine verschränkte die Arme. Ihr Gesichtsausdruck veränderte sich. Sie kaute in ihrem Mund rum. »Hab noch *nie* was von East Wickham gehört«, sagte sie.

»Ich auch nicht«, ergänzte ich.

Mann! Venetia hat mir ein Ohr abgekaut, dass sie aus dem Viertel rauswill, und jetzt kommt Dad mit der Nachricht, dass er's in echt macht.

»Wie ... wie gesagt«, fuhr Dad fort. »Für Steff wird das wirklich gut sein, weil wir dann nicht mehr so weit mit ihr zum Arzt fahren müssen.«

»*Wo* ist East Wickham, Dad?«, wollte Elaine wissen und klang zunehmend sauer. Ich sah Dad an, dann Elaine. Dad fingerte nervös an ein paar Krümeln auf seinem Teller.

»Das ist ... ist ...«

»Es ist weit oder, Dad«, Elaine hob die Stimme. »*Wie* weit, verdammt?«

»Ungefähr ... ungefähr vier Stunden mit dem Auto.«

Elaines Blick war brutal, damit hätte sie ein galoppierendes Nashorn ausknocken können. Eine Sekunde lang dachte ich, sie würde sich auf Dad stürzen und ihn verdreschen.

»Wir sehen uns jedes zweite Wochenende«, versprach Dad und redete jetzt schneller. »Ihr könnt kommen und bei uns übernachten. Wir werden da oben viel mehr Platz haben. Wir tauschen mit einem ...«

»*Vier Stunden!*«, schrie Elaine. »Wie weit ist das? Über dreihundert Kilometer? Woher sollen wir das Geld für den Zug nehmen, wenn wir dich mal außer der Reihe besuchen wollen? Du weißt, dass die Bahngesellschaften einen verdammt noch mal ausrauben! Bist du sicher, dass es nicht eine Möglichkeit irgendwo in der Nähe gibt? Hast du dich überhaupt danach erkundigt? Steff will uns doch auch sehen! Wie heißt dieses scheiß Kaff noch mal?«

»East Wickham«, schaltete ich mich ein.

»Du ziehst nach East Wickham!«, wiederholte Elaine. »Ich versteh ja, dass Steff Hilfe braucht, aber ...« Sie hielt inne. Als sie wieder aufschaute, standen ihr Tränen in den Augen. Eine Sekunde lang fiel mir wieder ein, dass Elaine noch ein Teenager war, auch wenn sie selbst schon ein Kind hatte. »Du bist doch unser Dad«, sagte sie leise. »Hat Jerome keinen Großvater verdient? Es gibt sonst kein männliches Vorbild in seinem Leben ...« Sie senkte den Blick und verstummte. Tränen tropften in ihre geöffneten Handflächen.

Die Leute an den Nachbartischen wurden auf unser Gespräch aufmerksam. Elaine war's egal und mir auch. Unser Dad war in den letzten Jahren kaum da gewesen, und jetzt sah es so aus, als würde er überhaupt nicht mehr für uns da sein können. Dabei war's noch nicht lange her, dass wir Opa verloren hatten.

»Elaine, bitte«, sagte Dad. »Nur weil wir wegziehen, heißt das nicht, dass ...«

»Doch, das heißt es!«, fuhr Elaine ihn an, schaute wieder auf. »Was willst du sagen? Dass du jedes zweite Wochenende hergefahren kommst? Am Anfang vielleicht, aber nach ein paar Monaten findest du Ausreden, dann bist du zu müde von der Arbeit, oder mit dem Wagen ist was nicht in Ordnung, oder Shirley braucht dich zu Hause, irgend so ein Scheiß ...«

»So wird das nicht sein«, unterbrach Dad sie. »Ich verspreche es. Ich komme jedes zweite ...«

»Doch, so wird es sein«, sagte Elaine. »So war das auch bei meinen Freundinnen, als deren Eltern sich getrennt haben und ihre Väter weggezogen sind. Nicole hat ihren Dad jeden Sonntag gesehen, und jetzt sieht sie ihn noch einmal im Jahr, wenn sie Glück hat. Sie und ihr kleiner Halbbruder kennen sich kaum.« Sie drehte sich zu mir um, wischte sich die Tränen ab. »Wie oft siehst du Dad, Lemar? Alle zwei Wochen?«

»Ungefähr«, antwortete ich.

»Es wird viel *schlimmer* werden«, sagte Elaine, richtete ihren wütenden Blick erneut auf Dad. »Steff wird vergessen, dass sie eine große Schwester und einen großen Bruder hat.«

»Das werde ich nicht zulassen, Elaine«, erwiderte Dad. »Ich komme jeden Freitagabend her und übernachte übers Wochenende in einem billigen Hotel, wenn's sein muss. Und wenn es Steff gut genug geht, dann bringe ich sie mit.«

»Lemar *braucht* einen Vater rund um die Uhr«, sagte Elaine. »Vielleicht glaubt er das nicht, aber so ist es. Auch Jerome wird ein männliches Vorbild in seinem Leben brauchen. Hast du dir das überlegt, Dad? Hast du? Oder ist dir das scheißegal? Vielleicht hat Mum ja recht mit dem, was sie über dich sagt. Wir haben einfach keine Priorität mehr für dich.«

»Ich hab keine andere Wahl«, sagte Dad leise, starrte die Reste auf seinem Teller an. »Es tut mir wirklich leid, aber ich weiß nicht, was ich sonst machen soll. Ich werde versuchen, euch beide so oft wie möglich ...«

»Aha! Jedes zweite Wochenende hast du dir jetzt wohl schon aus dem Kopf geschlagen«, behauptete Elaine, wurde immer wütender. »Jetzt heißt es schon, du kommst uns besuchen, wenn du kannst! Wie oft kannst du denn? Alle beschissenen sechs Monate? Oder ist das zu hoch gegriffen? Ich vermute, wir können von Glück sagen, wenn wir einmal im Jahr mit dir rechnen dürfen! Dann feiern wir ein großes Straßenfest!«

Immer mehr Köpfe drehten sich zu uns um. Ich rutschte tiefer auf meinem Sitz.

»*Bitte* versucht, mich zu verstehen«, flehte Dad.

Elaine stand auf, warf ihre Serviette auf den Tisch und stürmte nach draußen.

Dad starrte immer noch auf seinen Teller. »Du verstehst es, oder, Lemar?«, fragte er.

Ich vergewisserte mich, dass Elaine wirklich weg war, dann nickte ich.

»Sie ... sie wird's schon einsehen, wenn sie sich beruhigt hat. Sie ... sie hat 'ne Menge mitgemacht.«

»Steff – Steff braucht eine Chemotherapie und alles Mögliche«, stammelte Dad.

Ein paar Minuten lang herrschte betretenes Schweigen, dann kam Elaine zurück. »*Lemar!* Komm schon! Wir fahren mit dem Bus nach Hause.«

Dad schaute nicht auf, als ich aufstand, meinen Rucksack schnappte und mit Elaine mitging. Sie fing an zu laufen, und ich musste mich beeilen, hinterherzukommen. Wir liefen schweigend bis zur Bushaltestelle und setzten uns auf die Bank.

»Das war ganz schön hart«, sagte ich. »Er zieht doch nur wegen Steff um. Du weißt, dass sie schlimm krank ist. Ich muss es sagen – du bist ein bisschen egoistisch, Sis, dabei hast du versprochen, dich zusammenzureißen. Dad kann dein Theater nicht brauchen, Sis!«

»Ich weiß«, gab Elaine nach einer Weile zu. »Ich bin auch eigentlich gar nicht wütend auf ihn, sondern auf diese scheiß vertrackte Situation. Ich ... ich bin einfach so sauer auf die ganze Welt. Und mit Männern hatte ich auch kein Glück. Dad hat uns wegen einer anderen Frau sitzen lassen, Opa ist gestorben, und Jeromes Vater ist ein fremdgehendes Stück Scheiße. Und jetzt verpisst sich Dad nach ...«

»East Wickham.«

»Das ist doch alles Wahnsinn«, sagte Elaine.

»Versteh ich ja, Sis ... ich kann dann ja auch nicht mehr zu ihm rüberrennen, wenn du mich wieder mal verprügelt hast«, frotzelte ich.

Erst schmunzelte Elaine, dann lachte sie laut los. »Manchmal bist du echt super witzig, Lemar, weißt du das?«

»Solltest erst mal McKay hören«, sagte ich. »Wollen wir zurück in die Cafeteria?«

Elaine überlegte. »Nein. Lass es ihn erst mal verdauen. Er muss wissen, dass das ein großes Ding für uns ist, wenn er nach ...«

»East Wickham.«

»... nach East Wickham zieht«, fuhr Elaine fort. »Wenn er das weiß, nimmt er sich wenigstens ernsthaft vor, uns wirklich jeden zweiten Sonntag zu besuchen. Ich hab Steff wahnsinnig lieb und alles, aber wieso müssen Shirley und sie Dad komplett für sich haben? Das kann nicht funktionieren.«

Quietschend kam der Bus zum Stehen und Elaine und ich stiegen ein, setzten uns hinten in die letzte Reihe. Während der Fahrt sagte sie nichts mehr, aber ich konnte mir's nicht verkneifen zu denken, dass sie wie Mum geklungen hatte, als sie das über Steff und Shirley gesagt hatte – echt verbittert. Meine versteckte Waffe war längst nicht das Gefährlichste bei unserem Ausflug gewesen. Elaine war viel gefährlicher.

23

NICHTS WIE WEG

IN DER DARAUFFOLGENDEN WOCHE MUSSTE ICH Weltmeere an Schweiß produziert haben, weil ich meinen Rucksack überallhin mitschleppte – jedes Mal, wenn ich an einem Lehrer vorbeikam, bebte mein Herz wie eine von King Kong geschlagene Riesentrommel. Genauso jedes Mal, wenn Gran, Mum oder Elaine zu mir ins Zimmer kamen. »Wieso bist du so verdammt schreckhaft?«, hatte Elaine mich mehr als einmal gefragt.

Von Lady P oder Manjaro hörte ich nichts. Lady P hatte mir gesagt, dass ich die Waffe eine Woche lang behalten sollte! Ich überlegte sogar schon, das verdammte Ding wegzuschmeißen – die großen Container hinten bei mir am Block sahen verlockend aus. Aber diese Gedanken hielten sich nicht lange, weil mir immer noch der rätselhafte, verprügelte Bruder durch den Kopf ging.

Es wurde Juni und die Sonne schien am Himmel. McKay und Jonah waren in der Leichtathletikmannschaft unseres Jahrgangs – Jonah bei den Sprintern und McKay bei den Kugelstoßern. Es gab einen Wettkampf auf Shrublands Rec, dem kleinen Leichtathletikplatz nicht weit von Crongton Heath – Crongtons Fußball-Amateure spielten da immer, aber die waren echt scheiße. Alle Verteidiger in ihrer Liga hatten Gewichtsprobleme, und die Stürmer tranken schon zum Frühstück Bier – na ja, ich wusste nicht genau, ob sie schon zum Frühstück Bier tranken, aber so wie sie spielten, konnte es gar nicht anders sein. Auf jeden Fall gingen wir im Sommer zum Sportunterricht immer da hin und alle fanden den drei Kilometer langen Fußweg total ätzend.

Unser Jahrgang trat gegen die Ruskin Hill Boys an, eine vornehme

Schule ungefähr zehn Meilen entfernt mit einem eigenen Leichtathletikplatz. Deshalb hassten wir sie. Wir hatten gehört, dass sie hinter der
Schule Flamingos, Störche und andere große Vögel in einer Art Klein-
zoo hielten. Auch damit machten sie sich bei uns nicht beliebt.

McKay und Jonah wollten, dass ich sie beim Wettkampf anfeuerte.

»Wieso soll ich kommen und euch anfeuern?«, protestierte ich.
»Als ich euch gefragt habe, ob ihr mit mir in die Galerie geht, habt ihr
mich bloß ausgelacht!«

»Komm schon, Bit!«, wollte Jonah mich überreden. »Das war
doch bloß Spaß.«

»War's nicht, Jonah«, erwiderte ich. »Damals habt ihr gesagt, ihr
würdet euch lieber eine Debatte in der Town Hall von Crong anhören,
als in der Galerie aufzukreuzen.«

»Da sind bestimmt total versnobte Leute, Bro«, sagte McKay. »Da
sind wir fehl am Platz.«

»Wenn ihr nicht kommt, feuer ich euch auch nicht beim Wettkampf an«, beharrte ich. »Ihr unterstützt mich nicht.«

»Venetia King kommt auch«, sagte Jonah.

»*Na und?*« Ich hob die Stimme.

»Fang bloß nicht damit an, Jonah«, warnte McKay. »Der Kleine
heult sich so schon die Augen aus.«

»Ist mir scheißegal«, sagte ich. »Über die *bin ich längst weg!*«

»Ich sag euch was«, sagte McKay. »Du hast doch gemeint, der Bürgermeister und die alle sind da am Weintrinken und so, richtig?«

»Äh ja,« sagte ich, nicht sicher, worauf das Gespräch hinauslief.

»Wenn du uns jedem ein Glas Wein organisierst«, sagte McKay,
»beklatschen wir dich in der Galerie. Scheiße! Wir versprechen sogar,
die Jungs aus der Reichenschule in Ruhe zu lassen.«

Ich dachte drüber nach. »Was soll das heißen, ihr wollt mich beklatschen?«

»Wir klatschen genau an den richtigen Stellen und jubeln für dich,
wenn der Bürgermeister und die vornehmen Leute von dir sprechen«,
erklärte McKay. »Aber du musst was von dem scheiß Wein besorgen.

Der Bürgermeister kommt, da wird's was Besseres geben als den Getto-wein, den die immer beim Elternabend hinstellen.«

»Okay, das krieg ich hin«, stimmte ich zu.

»Abgemacht!«, sagte McKay. »Dein Galerieding ist zwei Tage nach unserem Wettkampf, richtig?«

»Richtig«, sagte ich, obwohl ich keine Ahnung hatte, wie ich ihnen Gläser mit Wein in die gierigen Finger drücken sollte. Und woher woll-te McKay überhaupt den Unterschied zwischen billigem und teurem Wein kennen?

»Wird nicht lange dauern, oder?«, sorgte sich Jonah. »Nicht länger als eine halbe Stunde? Ich meine, was gibt's in einer Galerie schon zu tun?«

»Ob du's glaubst oder nicht«, sagte McKay, »man sieht sich die Gemälde und den Kram an und tut so, als wär alles wahnsinnig toll, auch wenn's völlig sinnlos ist.«

»Hauptsache, ihr kommt beide«, beharrte ich.

»Ach, und übrigens … «, sagte McKay.

»Was?«, fragte ich.

»Du bist längst noch nicht über Venetia King weg.«

Mr Smallwood, unser rugbyverrückter Sportlehrer, fuhr uns im Schul-bus zu dem Wettkampf auf Shrublands Rec. Ich hatte den Rucksack fest auf dem Rücken – inzwischen war er so was wie eine zweite Jacke ge-worden. Die Sportlehrerin der Mädchen, Ms Lane, saß mit ihren dicken Oberschenkeln bei ihm vorne. Venetia hatte sich hinter mich gepflanzt und tippte mir auf die Schulter. »Ich komme zu deiner Ausstellung in die Galerie«, eröffnete sie mir.

Im Kopf hörte ich ein Motorrad aufheulen und sah Sergio grinsen. Ich antwortete nicht. Drehte mich nicht mal um.

Wir kamen an Shrublands Rec an, und während sich die anderen umzogen, setzte ich mich in die siebte Reihe auf die kleine Tribüne, die was von einem klapprigen Schuppen hatte. Um mich herum standen die Eltern der Ruskin Hill Boys, die alles filmten und mit teuren Kameras, Smartphones und Tablets Fotos machten. Sie klatschten andauernd und sagten Sachen wie: »Weiter so, Michael, wir sind stolz auf dich!« Ich sah mich um, konnte aber keine Eltern von unserem Team entdecken.

Jonah hätte den Hundertmeterlauf auch noch gewonnen, wenn er nicht zwischendurch einen Cupcake von seiner Mum verdrückt, sich bei dem Mann mit der Startschusspistole nach dessen gut aussehenden Töchtern erkundigt und ein bisschen Weitsprung trainiert hätte. Alle Brüder von unserer Schule und sogar ein paar von der Ruskin Hill gratulierten Venetia, als sie ihren Zweihundertmetersprint gewann. Kurz nachdem wir Venetia zugesehen hatten, lief ich aufs Feld, um McKay beim Kugelstoßen anzufeuern – auch er gewann, stieß einen Wahnsinnsschrei aus, als er die schwere Kugel warf. Beim Überreichen der Siegerurkunde machte er auf Hulk.

Als Mr Smallwood uns nach Hause fuhr, war er bester Laune, weil wir ein paar Disziplinen gewonnen hatten und kein Ruskin-Hill-Bruder entführt oder verprügelt worden war. Ich war froh, dass Jonah und McKay mich zu dem Wettkampf eingeladen hatten. Irgendwie hatte ich mich ein bisschen entspannt und beim Anfeuern zum ersten Mal seit Wochen wieder das Gefühl gehabt, als wäre alles ganz normal.

Ms Lane machte Venetia Mut, es ernsthaft mit dem Sprinten zu versuchen und bei den Bezirksmeisterschaften mitzulaufen. In der Zwischenzeit versuchte McKay, Jonah zu überreden, ihn als seinen Manager zu engagieren. »Hör mal, Bro, solltest du nicht lieber einem alten Schulfreund trauen als einem Wichser im Anzug, der nicht mal weiß, was deine Mum für obergeile Cremeschnitten auf Lager hat?«

»Pass auf, was du sagst, McKay«, schimpfte Mr Smallwood.

»McKay!«, erwiderte Jonah. »Sollte ich jemals ein berühmter Läufer werden, wirst ganz bestimmt nicht *du* mein scheiß Manager. Ich hol mir jemanden, der Ahnung hat, einen Profi.«

»Und ich bin kein Profi?«, widersprach McKay. »Glaub mir, Jonah, in Mathe bringst du's nicht … genau genommen bist du absolut unterirdisch in Mathe – du hast schon Probleme, wenn du an einer Rechenmaschine nur rumspielen sollst. Du brauchst jemanden wie mich, der deine Sponsorenverträge und den ganzen Scheiß für dich checkt und drauf achtet, dass du ordentlich bezahlt wirst. Ich *will* fünfundzwanzig Prozent.«

»Nein, McKay«, wehrte sich Jonah. »Wahrscheinlich würdest du aushandeln, dass ich in Chickenwings und Spareribs bezahlt werde.«

Alle brüllten vor Lachen, sogar Mr Smallwood und Ms Lane.

Wir näherten uns gerade der Crongton High Street, als wir eine Sirene hörten. Alle drehten sich um und sahen einen Krankenwagen, der sich in rasendem Tempo durch den Verkehr fädelte. Mr Smallwood fuhr seitlich ran und ließ ihn vorbei. Die Leute auf der Straße rannten zum Footcave, einem Laden für Sportklamotten an der Ecke zur High Street. Jemand flitzte in der entgegengesetzten Richtung vor unserem Bus über die Straße, und als er auf dem Gehweg angekommen war, rannte er einen schon etwas älteren Fußgänger über den Haufen, machte sich aus dem Staub, bevor dieser wieder aufgestanden war. Andere blieben stehen und sahen hierhin und dorthin und fragten sich, was los war. Autofahrer stiegen aus, um besser sehen zu können, was vor und hinter ihnen passierte. Dann hörten wir eine Frau schreien: »O Gott! O Gott!«

»Er wurde erstochen – mit einem Messer!«, schrie eine andere Stimme. »Ein Junge! Erstochen!«

Etwas Zähflüssiges und Eisigkaltes randalierte in meiner Brust. Ein bisschen fühlte es sich an wie der Hustensaft, den Mum mir früher immer gegeben hatte – nur kälter.

»Bleibt im Wagen, bis wir weiterfahren können«, befahl Mr Smallwood.

Kiran Cassidy zog die Transportertür auf und sprang als Erster raus. McKay hinterher.

»Ihr anderen bleibt hier!« Mr Smallwood hob die Stimme.

»*Bleibt, wo ihr seid!*«, schrie Ms Lane, als sie sah, dass wir alle von den Sitzen aufstanden.

Niemand beachtete sie, außer Venetia King. Sie blieb sitzen, schlug die Hände vors Gesicht.

Ich weiß nicht, wie es mir gelungen ist, die Beine zu bewegen, weil mich die Angst gepackt hatte, aber ich musste einfach sehen, was passiert war. Bis zum Footcave brauchten wir nur Sekunden und kamen gerade an, als die Sanitäter aus dem Krankenwagen sprangen.

Ein Haufen Leute umringte den Jungen am Boden. Sein T-Shirt war von Blut durchtränkt. Seine Augen waren geschlossen und sein Gesicht ganz ruhig. Er rührte sich nicht. Ein Verkäufer in einem gelb-grün gestreiften T-Shirt und einer grünen Basecap presste dem Jungen ein Handtuch auf die Brust. Im Inneren des Kreises war es mucksmäuschenstill, weiter außen wurde geschrien und geschubst. In der Ferne hörte man Sirenen. Die Sanitäter übernahmen. »*Bitte,* machen Sie Platz.«

Jemand weinte. Jemand anders schrie. Die Hände des Verkäufers waren voller Blut. Ihm liefen Tränen aus den Augen. Eine ältere Person legte einen Arm um ihn und führte ihn weg. Die Sanitäter machten sich schnell an die Arbeit. Aber der Junge auf dem Boden rührte sich immer noch nicht. Seine Augen blieben geschlossen und sein Gesicht wirkte immer noch ruhig. Es sah aus, als würde er tief und fest schlafen, wie um drei Uhr früh an einem Sonntagmorgen. Sie drückten ihm auf den Brustkasten. Mit einer kleinen Taschenlampe prüften sie seine Augen. Machten an seiner Zunge rum. Ich glaube nicht, dass er geatmet hat. McKay, Jonah, Kiran und alle schauten zu. Einer der Sanitäter presste ihm mit zwei übereinandergelegten Händen auf die Brust, und der andere legte eine Kompresse auf die Wunde. Keine Reaktion.

Ich dachte daran, dass Venetia ihre Cousine verloren hatte. Ich musste wegschauen. Blut war über die am Fenster ausgestellten Schuhe gespritzt. Das Blaulicht des Krankenwagens zwang mich, die Augen zusammenzukneifen. Mein Magen verkrampfte sich. Ich musste raus.

Gerade als ich wieder auf die Straße trat, hörte ich eine Stimme – es war die von Kiran Cassidy. »Das ist Pinchers' kleiner Bruder«, sagte er. »Das ist Nico D. Der ist erst dreizehn. Muss ein North Crong gewesen sein, der ihn abgestochen hat.«

Fast hätte ich Mr Smallwood angerempelt. »Steig in den Wagen!«, schrie er mich an.

Das machte ich.

Als ich dort ankam, hatte Venetia immer noch die Hände vor dem Gesicht. McLane hatte ihr einen Arm um die Schultern gelegt. Venetia hob den Kopf und sah mich an. Ich wusste, dass es eine Frage war. »Ein … ein Junge wurde mit einem Messer angestochen«, erklärte ich. »Weiß nicht … ob er's überleben wird.«

»Ich *hasse* die Gegend hier«, erwiderte Venetia, bevor sie ihr Gesicht wieder in den Händen vergrub.

Kiran, Jonah, McKay und die anderen kehrten zum Wagen zurück. Streifenwagen rasten vorbei. Als Mr Smallwood den Motor anließ, gab niemand auch nur einen Mucks von sich. Erst als wir draußen vor unserer Schule vorfuhren, sagte Kiran wieder was. »Ich glaube, er ist tot … das war auf jeden Fall Pinchers' Bruder, Nicholas Dyson – Nico D.«

»Das war so ein ganz Stiller«, sagte jemand anders. »Aus der Achten. Hat gerne im Park Fußball gespielt und keiner Fliege was getan.«

Bis wir aus dem Wagen stiegen, war Venetia am Heulen. Ich sagte McKay und Jonah, dass ich auf sie warten würde. Sie machten sich auf den Heimweg, und schließlich kam auch Venetia raus. »Wenn du willst, bring ich dich nach Hause.«

Sie nickte.

Wir gingen langsam. Starrten beide zu Boden. Die Riemen meines Rucksacks schnitten mir in die Schultern. O Gott! Wenn sie wüsste, dass ich eine Waffe mit mir rumschleppte, würde sie mich in Stücke reißen. Sie sagte nichts, bis wir in Sichtweite ihres Blocks waren – Somerleyton House. »Meine Cousine Katrina war erst zwölf, als sie gestorben ist«, sagte sie. »Ein Jahr älter als ich damals. Sie war eine bessere Basketballspielerin und auch eine bessere Tänzerin als ich. Schneller war sie außerdem. Wer hatte das verfluchte Recht, ihr das Leben zu nehmen? Wer hatte das verfluchte Recht, diesen Jungen zu erstechen …«

»Nicholas Dyson.«

»Wieso machen die das? Das ist so eine Scheiße, Lemar.«

Wieder hatte sie mich Lemar genannt.

»Kommst du klar?«, fragte ich.

»Danke fürs Nachhausebringen, Lemar.«

Ich sah ihr nach, wie sie durch die Haustür verschwand, dann setzte ich mich wieder in Bewegung. O Gott! Ich hatte nicht mal gewusst, dass Pinchers überhaupt einen kleinen Bruder bei uns auf der Schule hatte.

Die Pistole in meinem Rucksack fühlte sich schwer an. Oder vielleicht war es auch nur mein schlechtes Gewissen, das so schwer wog. Ich musste die Pistole wegwerfen. Aber ich wusste nicht, woher ich den Mut dazu nehmen sollte. Bei den Batmans, Supermans und Ironmans sah dieser ganze mutige Mist immer so einfach aus. Aber was sollte man im wahren Leben machen, wenn man ein kleiner Typ war und es mit Brüdern wie Manjaro und Pinchers zu tun bekam?

Mum weckte mich früh am nächsten Morgen. Sie hatte Frühschicht und machte mir Crumpets zum Frühstück. »Nach der Schule schiebst du deinen kleinen Hintern direkt nach Hause«, befahl sie. »Gestern Abend haben die in den Nachrichten gesagt, dass es sich vermutlich um einen Bandenkrieg handelt und Nicholas Dyson irgendwie da reingeraten war – Gott hab ihn selig. Ich kann's nicht fassen, dass diese schwachsinnigen Gangster einen *Dreizehnjährigen* abstechen! Haben die keine Mütter und Väter, die ihnen was beibringen? Wissen die nicht, dass ihre Kinder mit Pistolen und Messern rumlaufen? Bei dem Gedanken wird mir ganz schlecht, Lemar. Komm nach der Schule direkt nach Hause!«

»Was ist morgen, Mum?«

»Fährst du nicht mit deiner Lehrerin zur Galerie?«

»Doch, Ms Rees nimmt mich im Auto mit. Dann ist das also okay, wenn ich da hingehe?«

»Pass nur auf, dass sie dich auch nach Hause fährt. Ich will mir nicht bei der Arbeit Sorgen um dich machen müssen.«

»Geht klar, Mum.«

Mum ging zur Arbeit. Mein schlechtes Gewissen ließ mir keine Ruhe. Ich bekam nur die Hälfte von meinem ersten Crumpet runter. Dann trank ich zwei Gläser Orangensaft, ging in die Küche, spülte meinen Teller und mein Glas und ging wieder in mein Zimmer. Ich dachte an Nicholas Dyson und konnte mir nicht vorstellen, wie's seinen Eltern gehen musste. Was würde sein Bruder, Pinchers, machen? Wie würde Manjaro es aufnehmen? Bestimmt würden sie bald nach der Pistole fragen. Ich wusste nicht so genau, ob es eine Erleichterung sein würde, sie loszuwerden, oder nicht, fragte mich, wie viele in diesem wahnsinnigen Krieg noch dran glauben mussten.

Mein Handy blinkte. Ich starrte es fünf Minuten lang an, dann sah ich nach. Riesige Betonfäuste prügelten erneut auf mein Herz ein. Unbekannte Nummer. Ich wusste einfach, dass es Lady P war. Der halbe Crumpet, den ich gerade verdrückt hatte, schien sich mit meinen Eingeweiden schlecht zu verstehen. Schließlich öffnete ich die SMS.

Wir brauchen es. Morgen um fünf am Supermarkt.

24

DEADLINE

ICH KANN MICH NICHT MAL ERINNERN, was wir in der ersten Stunde hatten. Ich weiß noch, dass die Kids aus der Achten auf dem Pausenhof heulten und sich gegenseitig umarmten. Kam mir alles unwirklich vor.

Ich dachte an Lady Ps letzte SMS und Nico Ds leblosen Körper. Ich wollte die Pistole wegwerfen, aber Nightlife, Smolenko und Nicholas Dyson waren alle tot. Und wenn ich am nächsten Tag nicht um fünf Uhr am Supermarkt auftauchen würde, würde Manjaro mich vielleicht auch umbringen.

Aber ich will zu meiner Ausstellung in die Galerie. Jonah bekommt jede Menge Respekt für sein neues Handy und weil er schnell ist wie der Wind. Sogar McKay ist als Kugelstoßer angesehen und weil er witzig ist. Aber ich? Ich bin nicht witzig, und obwohl ich ganz gerne Basketball spiele, bin ich einfach viel zu verdammt noch mal klein, um irgendwen damit zu beeindrucken. Wenn ich zu der Veranstaltung in der Galerie auftauche, klatschen die Leute für mich, weil sie wissen, dass ich was Gutes gemacht habe. Wieso darf ich in meinem beschissenen Leben nicht ausnahmsweise auch mal so was haben?

In der zweiten Pause beantwortete ich die SMS von Lady P.

Können wir uns um 8 treffen?

Die Antwort kam praktisch sofort.

Nein. Wir haben abends was vor – sei da.

Scheiße!

Geht's früher?

Schrieb ich zurück.

Nein, morgen Nachmittag sind wir unterwegs – schieb deinen
mickrigen Arsch pünktlich auf den Parkplatz. Um 5!

Den Rest des Tages sagte ich kaum ein Wort zu irgendjemandem. Ich
schlappte wie vernebelt durch die Schule. Dieses Mal wurde McKay
nicht misstrauisch, weil alle geschockt waren wegen Nico D. Sogar er
war still in der Mittagspause. Wir gingen nach Hause, konnten immer
noch nicht glauben, was passiert war. Überall im Viertel sah man Polizei-
wagen – die Lehrer hatten uns gesagt, die Bullen seien dazu da, dass wir
uns sicher fühlten. Ich bekam davon nur Magenkrämpfe, musste alle
zehn Schritte über die Schulter gucken, und der Schweiß lief mir die
Achselhöhlen runter.

Ich ging an den beiden großen grauen Müllcontainern hinter meinem Block vorbei und blieb stehen.

»Wieso bleibst du stehen?«, fragte Jonah. »Komm, wir beeilen uns.
Die Dinger stinken, Bro. Die schmeißen ihre toten Köter und jeden
Scheiß da rein.«

Die Pistole wog schwer in meinem Rucksack. Als würde ich die Kugel mit mir herumschleppen, die McKay vor ein paar Tagen gestoßen
hatte. *Jetzt oder nie*, versuchte ich mir Mut zu machen. *Wirf die Pistole in
einen von den Containern und geh zu den Bullen. Ganz einfach. Nimm sie
aus dem Rucksack und schmeiß sie in den Container. Kein Problem. Keine
Gewissensbisse mehr. Die Pistole ist mit Kreppband und braunem Packpapier eingewickelt und steckt außerdem noch in einer schwarzen Plastiktüte,
Jonah würde gar nicht merken, was es ist. Tu's einfach! Elaine kapiert das.*

Mum wird's auch verstehen. Gran verpasst mir vielleicht noch mal einen Kinnhaken, aber zum Schluss wird sie's auch begreifen. Kann sein, dass dich die Bullen eine Weile auf der Wache behalten, aber wenigstens wirst du nicht verprügelt. Und du bist sicher vor Manjaro, Pinchers und dem Rest.

»Alles klar, Bit?«, fragte Jonah.

»Klar, mir geht's gut«, erwiderte ich nach einer kurzen Weile. »Hab bloß ein bisschen Kopfweh.«

Das war nicht gelogen. Von dem ganzen Stress dröhnte mir der Schädel.

Ich folgte Jonah die Treppe rauf, verfluchte mich, weil ich nicht mutig genug gewesen war, die Pistole wegzuschmeißen.

Abends zu Hause war alles wie immer. Abgesehen davon, dass ich eine Pistole im Rucksack hatte und Manjaro vermutlich jemandem damit die Lichter ausblasen wollte. Wer auch immer es sein mochte, vielleicht hatte er eine Cousine wie Venetia, die sich noch Jahre später die Augen ausheulen würde. Ich musste meinen Mut zusammennehmen.

Gran hatte Lachsfilet mit Spiralnudeln gemacht und streute mir noch Käse auf den Teller. Mum blätterte in einem Möbelkatalog. Elaine kümmerte sich um Jerome, der Schnupfen hatte. »Ich will nicht mit ihm rausgehen, wenn er so schnieft«, sagte sie. »Weiß nicht, ob ich's zu deinem Ding da in der Galerie schaffe, Lemar.«

»Keine Sorge, Lemar«, sagte Gran. »Ich bin da und unterstütze dich.«

Mein Schädel dröhnte immer noch. Ich nahm eine Kopfwehtablette. Mum küsste mich, bevor ich ins Bett ging, auf die Stirn. »Bin stolz auf dich, mein großer Junge! Ich hab Gran gezeigt, wie man mit meinem Handy Fotos macht. Genieß die Aufmerksamkeit morgen – hast es verdient.«

Ich ging um 20.45 Uhr ins Bett. Ich weiß genau, wie spät es war, weil ich wie ein Bekloppter ständig auf die Uhr auf meinem Handy geschaut habe. War noch ganz schön früh für mich, aber ich musste mich hinlegen. Ich drehte das Licht runter und starrte an die Decke. Ich fand nicht den Mut. Um 21.15 Uhr textete ich Lady P.

Okay, bis morgen um 5.

Lady P brauchte keine fünf Minuten für die Antwort.

Gut! Haben auch eine schöne Spende für dich.

Keine Ahnung, ob ich in der Nacht geschlafen habe oder nicht. Als Mum in mein Zimmer kam, um mich zu wecken, war ich schon wieder eine Ewigkeit am An-die-Decke-Starren.

Mum hatte mir Rührei auf Toast gemacht. Sie nahm mein Gesicht in die Hände und küsste mich, bevor sie zur Arbeit ging – sie hatte eine Doppelschicht. Ich schaffte mein Frühstück nicht. Bevor ich meinen Rucksack auf den Rücken zog, spülte ich noch meinen Teller. Gran stand an der Wohnungstür. Sie trank aus einem Becher Tee. Sie lächelte so, wie Großmütter ihre Enkel anlächeln. »Wir sehen uns in der Galerie, Lemar. Der 109er hält direkt davor.«

»Danke, Gran.«

»Und ich weiß jetzt auch, wie ich mit dem Handy deiner Mum Fotos mache.«

»Das ist super«, erwiderte ich.

Gran küsste mich auf die Wange, dann zog ich die Wohnungstür auf. »Wenn deine Kopfschmerzen zu schlimm werden, kommst du aber nach Hause.«

»Wird schon gehen, Gran.«

Ich ging raus und sah Jonah auf dem Balkon.

»Bereit für deinen großen Tag?«, fragte er.

»Ja«, erwiderte ich.

Schweigend gingen wir zur Schule. Ich vermutete, dass Jonah genau wie ich nicht wusste, was er dazu sagen sollte, dass wir Nicholas Dyson tot da auf dem Boden vom Footcave hatten liegen sehen. Wir hatten solche Bilder oft im Film oder in Computerspielen gesehen. Aber im echten Leben war's richtig scheiße. Nicht das kleinste bisschen gezuckt hatte er mehr. Mit keiner Wimper. Hatte einfach so *unbeweglich dagelegen*.

Wie kommt man bloß im Krieg mit so was klar? Wie soll das gehen, dass man einfach normal weitermacht? Das bringen die einem in der Schule nicht bei.

In der ersten Stunde hatten wir Englisch. Ich hab nichts aufgeschrieben. Ich konnte an nichts anderes denken als an Nicholas Dysons rot verfärbten Oberkörper. Jetzt verstand ich, warum Venetia im Wagen sitzen geblieben war.

Vor dem Mittagessen hatte ich Kunst. Ich machte einfach nur ganz mechanisch mit und kann mich nicht mehr erinnern, was Ms Rees überhaupt von mir wollte. Mir war nicht klar, dass ich meinen Rucksack noch nicht abgenommen, aber meinen Kittel schon übergezogen hatte.

Ms Rees kam zu mir rüber. Wieder hatte sie Spritzer von grüner und schwarzer Farbe in den Haaren. Sie lächelte und zog an meinem Rucksack. »Das kann doch nicht bequem sein, Mr Jackson. Käme es Ihrer Arbeit nicht zugute, wenn Sie den abnehmen würden?«

»*Lassen Sie mich!*«, schrie ich. »Fassen Sie mich nicht an!«

Meine Mitschüler, auch Jonah, sahen mich alle an, als hätte ich auf meinen Tisch gekackt. Ms Rees schlug erschrocken die Hand vor den Mund und riss die Augen auf. Eine Augenbraue hatte sie höher gezogen als die andere. Dann kam sie zu mir und flüsterte mir ins Ohr. »Wir unterhalten uns nach dem Unterricht, Mr Jackson.«

Es läutete zur Mittagspause. Jonah sah mich an und meinte, er würde draußen im Gang auf mich warten. Ms Rees kam auf mich zu, den Kopf zur Seite gelegt. Noch immer lag Erstaunen in ihrem Blick. »Ich weiß, wir alle trauern, aber stimmt sonst was nicht, Mr Jackson?«

Ich antwortete nicht.

»Seitdem ich Sie unterrichte, haben Sie nicht ein einziges Mal Ihre Stimme gegen mich erhoben oder waren unfreundlich zu mir. Ist alles in Ordnung?«

»Nein, Ms Rees«, nuschelte ich.

»Sind Sie nervös wegen der Veranstaltung heute Abend?«

Meine Chance auf eine Ausrede.

»Ja«, erwiderte ich. »Ich mach mir Sorgen, wissen Sie, wenn ich vor diesen ganzen vornehmen Leuten reden muss, und außerdem frage ich mich, ob meine Sachen überhaupt gut genug sind.«

»Sie haben keinen Grund, sich Sorgen zu machen«, versicherte mir Ms Rees. »Alles wird gut. Ihre Arbeiten verdienen es, neben denen der anderen gezeigt zu werden, ganz egal von welcher Schule sie kommen.«

»Und ich muss keine Rede halten?«

»Natürlich nicht. Es geht nur darum, die künstlerischen Talente an unseren Schulen zu feiern. Ich werde Ihre Arbeiten vorstellen.«

»Ich … ich wollte Sie nicht anschreien, Ms Rees«, entschuldigte ich mich.

»Das weiß ich, Mr Jackson. Bei ein paar anderen wundert mich nichts mehr, aber bei Ihnen schon. Wenn Sie sich das nächste Mal Sorgen machen, dann kommen Sie damit zu mir.«

Ich dachte an die Pistole in meinem Rucksack. *Nein*, sagte ich mir. *Du kannst es ihr nicht erzählen. Die Mission schlägst du dir besser aus dem Kopf.*

»Ja, Ms Rees«, erwiderte ich schließlich.

»Okay, jetzt laufen Sie und gehen Sie was essen. Aber achten sie darauf, nie wieder einen solchen Ton mir gegenüber anzuschlagen. *Ach,* und Mr Jackson, kommen Sie gleich nach dem letzten Klingeln zu mir, vergessen Sie nicht, dass wir zusammen zur Galerie fahren.«

»Wird gemacht, Ms Rees.«

Sie setzte sich an ihren Tisch, schüttelte den Kopf. Ich fühlte mich so schuldig. *O Gott! Wie vielen Leuten würde ich noch Kummer machen, bis das alles vorbei war?*

McKay stand jetzt bei Jonah im Gang. Beide sahen mich komisch an. »Was ist?«, fragte ich.

»Was ist los, Bit?«, fragte McKay. »Du benimmst dich schon ganz schön lange echt seltsam, Bro.«

»Ja«, pflichtete Jonah ihm bei. »Nico D tot da liegen zu sehen, hat uns alle fertiggemacht, aber du warst vorher schon so komisch.«

»Was macht dir Sorgen?«, beharrte McKay.

»Was habt ihr beiden denn?« Ich hob die Stimme. »Mir macht gar nichts Sorgen!«

»Du lügst!«, fauchte McKay. »Ich merke das, wenn du daneben bist, und du bist schon seit Wochen daneben – seitdem du in Remington House 9 warst.«

»Was ist los, Bro?«, wollte Jonah wieder wissen. Er kniff die Augen zusammen. »Was soll das alles?«

»Ich geh was essen«, sagte ich und latschte los. »Ihr beiden seht irgendeinen Scheiß, der gar nicht da ist. Geht mir aus dem Weg!«

McKay und Jonah stellten sich mir in den Weg. Die Pistole wog wieder bleischwer in meinem Rucksack. Auf meiner Stirn perlte der Schweiß. »Aus dem Weg!«

Um McKay kam man nicht so leicht herum. »Spuck's endlich aus, Bit!«

Sie fixierten mich mit Blicken. Ich schaute mir über die Schulter, aber ich wäre niemals schneller gewesen als Jonah. Was von meinem Gewissen übrig war, riet mir, mich meinen Brüdern anzuvertrauen.

»Hat Manjaro was damit zu tun?«, fragte Jonah.

Plötzlich pumpte mein Herz. Ich starrte zu Boden. Inzwischen strömte mir der Nil über die Schläfen, flutete meine Wangen und überschwemmte meine Lippen. Irgendeine krallenfüßige kleine Kreatur prügelte mit einem stählernen Hammer auf mein Gehirn ein. Ich konnte das Geheimnis nicht länger für mich behalten.

»Alles klar, Bit?«, fragte McKay.

»Ja«, log ich.

»Dann beantworte Jonahs Frage – hat Manjaro was damit zu tun?«

Vor meinem geistigen Auge sah ich Nico Ds rot verfärbten Oberkörper in Nahaufnahme. Dann sein Gesicht. Die Augen waren geschlossen. Nicht die kleinste Regung. Er würde sich nie wieder im Footcave umsehen. Nie wieder im Park Fußball spielen. Wenn er eine Großmutter hatte, würde sie ihn nie wieder umarmen können. *O Mann!* Ich konnte den Scheiß nicht länger für mich behalten.

»Ja … hat er«, gab ich schließlich zu.

In dem Gang erzählte ich McKay und Jonah alles, nur nicht, dass ich die Pistole in meinem Rucksack dabeihatte. Als ich fertig berichtet hatte, war die Mittagspause fast vorbei. Ich fühlte mich unglaublich erleichtert, hatte zwar noch immer eine Wahnsinnsangst, aber zumindest waren meine Brüder im Bilde. Ich hoffte nur, dass sie jetzt deshalb nicht in denselben Stress gerieten.

»Du musst zu den Bullen gehen«, sagte McKay. »Und restlos auspacken. Du hast keine andere Wahl.«

»Nein, Bro«, widersprach Jonah. »Dann wissen alle in South Crong, dass du ein Verräter bist. Glaub mir, Bro, das willst du nicht im Lebenslauf haben. Wenn du nach Hause kommst, nimmst du die Waffe und schmeißt sie weg – wirf sie in den Container bei uns am Block.«

»Bit, glaub mir«, beharrte McKay. »Geh zu den Bullen mit dem Ding. Vielleicht bekommst du sogar Geld als Belohnung. Die müssen dich beschützen. Kann sein, dass du sogar eine bessere Bude bekommst, du weißt schon, ein größeres Zimmer, mit Garten und so. Deine Mum kann Grillpartys veranstalten. Jerome krabbelt im Gras.«

»Was nutzt ihm eine Belohnung und eine bessere Bude, wenn er wegziehen muss?«, wandte Jonah ein. »Der wird doch zum Abschuss freigegeben. Wenn er bei den Bullen auspackt, kann er sich gleich eine verfluchte Zielscheibe auf den Rücken malen.«

»Egal, was du tust«, sagte McKay. »Geh nicht zum Supermarkt und gib die Pistole dieser Lady ...«

»P«, beendete ich den Satz.

»Damit könnte ein Unschuldiger erschossen werden«, setzte McKay hinzu. »Und am Ende kriegen dich die Bullen noch wegen Beihilfe dran. Da stehen dir siebzig Jahre Porridge mit dem Plastiklöffel bevor, Bro.«

»Wie gesagt«, schaltete Jonah sich wieder ein. »Schmeiß die Waffe weg. Nach der Sache in der Galerie nimmst du sie aus dem Schrank oder wo du sie versteckt hast und wirfst sie in den Fluss oder so. Wir kommen mit.«

»Bring Sie den Bullen!«, drängelte McKay.

Die Klingel ertönte. Ms Rees kam aus dem Klassenzimmer. Sie blieb stehen und sah uns alle drei an. »Haben Sie überhaupt gegessen?«

»Wir … wir hatten keinen Hunger, Ms Rees.«

»Bis später, Mr Jackson. Kommen Sie nicht zu spät.«

Ms Rees zog ab. Jonah und McKay sahen mich an.

»Was willst du machen?«, fragte Jonah.

»Weiß nicht«, erwiderte ich. »Aber ich geh nicht zu Lady P zum Supermarkt.«

Nachmittags hatte ich Mathe und Geschichte. Immer wieder schaute ich aus dem Fenster und rechnete damit, dass Lady P, Pinchers und Manjaro dort auftauchten. Ungefähr drei Mal wurde ich ermahnt, weil ich nicht aufpasste, aber das war mir scheißegal. Mitten in Geschichte traf ich eine Entscheidung. *Ich gehe zur Ausstellung in die Galerie und schmeiß die Pistole auf dem Heimweg in die Tonne. Lady P oder Manjaro muss ich irgendeine abgefahrene Ausrede servieren. Vielleicht kann ich sagen, dass mein Rucksack in der Schule durchsucht und die Waffe gefunden wurde. Das kann ich sagen. Die werden kaum in die Schule rennen und die Pistole verlangen.*

Zwischen 15.15 Uhr und 15.30 Uhr lagen ungefähr drei Stunden. Es läutete. Langsam schob ich mich durch die Gänge. Ich versuchte, normal zu atmen, aber ich merkte, dass ich ganz lange Luftzüge nahm. Ms Rees räumte ihren Unterrichtssaal auf. Jetzt waren auch noch blaue Farbspritzer in ihren bunten Haaren dazugekommen. »Setzen Sie sich an meinen Tisch, Mr Jackson«, sagte sie. »Ich bin gleich bei Ihnen.«

Bis 15.50 Uhr war sie mit dem Aufräumen immer noch nicht fertig. Sie wusch sich die Hände am Waschbecken und trocknete sie an einem farbverschmierten Handtuch ab. Erst um 16.05 Uhr kamen wir aus dem Klassensaal raus. *Inzwischen war Lady P schon auf dem Weg zum Supermarkt. Aber ich bin immer noch hier. Scheiße. Vielleicht sollte ich Ms Rees sitzen lassen und einfach zum Supermarkt flitzen. Nein! Ich hab eine Entscheidung getroffen.* Ich wusste, dass Jonah, McKay und Venetia mit dem Bus in die Galerie fuhren. Gran war auch schon unterwegs. Wie würde das aussehen, wenn nur ich nicht da war?

Ms Rees führte mich zu ihrem Wagen. Es roch merkwürdig da drin – ich vermutete nach Katze. Sie hatte jede Menge Hüte, Schals und Pullis auf dem Rücksitz liegen. Sie ließ den Wagen an. Das Radio schaltete sich ein. Ein Typ redete über irgendein Theaterstück, das er gesehen hatte – klang echt langweilig. »Ihre Werke wurden gestern abgeholt, Mr Jackson«, teilte mir Ms Rees mit. »Ich bin sicher, alle werden beeindruckt sein. Ehrlich gesagt, ich freue mich sehr über die Veranstaltung in der Galerie – das lenkt uns von der schrecklichen Tragödie ab … unsre Direktorin besucht heute Abend Nicholas' Eltern.«

16.15 Uhr. Wir fuhren durchs Schultor. Mein Herz und mein Brustkasten gingen in Runde sechzehn. Bis zur Galerie brauchten wir nur fünfzehn Minuten. Eine anständige Straße. Autos mit Allradantrieb parkten dort. Aber sie mussten nicht auf dem Bordstein stehen wie sonst fast überall in South Crong. Ich stieg aus Ms Rees' Auto. Sah mich kurz um. Dann entdeckte ich einen Antiquitätenhändler und ein Möbelgeschäft mit Zweisitzersofas im Fenster – für zweitausend Pfund.

16.30 Uhr. »Kommen Sie, Mr Jackson. Stehen Sie nicht rum und bewundern die Landschaft …«

Wir gingen in die Galerie. Meine Sneaker quietschten auf dem Holzfußboden. Jemand hatte mir ein Namensschild an die Brust gesteckt. Die Leute waren schon da. Erwachsene tranken Rot- und Weißwein. Ich wusste genau, welches die Kunstlehrerinnen waren, weil sie Regenbogenfarben trugen, dünne Schals und Armreifen. Alle taten so, als wäre die Eröffnung genauso bedeutend wie damals, als Michelangelo dem Papst sein neues Deckengemälde gezeigt hatte. Aufgeregte Schüler aßen Scotch Eggs, Cocktailwürstchen, Chips und Schokotörtchen. Mir war nicht nach essen.

Die Kunst hing an den weißen Wänden. Ich suchte nach meinen Sachen und war echt stolz, als ich eine Frau und einen Mann entdeckte, die sich mein Porträt von Gran ansahen. Am liebsten wäre ich schnell zu ihnen hingegangen und hätte gesagt, dass das Bild von mir war. Gran selbst hatte sich an den Weintisch geparkt. Sie hatte ihr schönstes Lächeln aufgesetzt und war am Rotweinverkosten. Ich ging zu ihr. »Hab schon ein paar Fotos gemacht, Lemar! Bin schon vor zwanzig Minuten gekommen, und als ich gesagt hab, dass Lemar Jackson mein Enkel ist, haben sie mir was zu essen und zu trinken gebracht. Ich bin *sehr* stolz!«

»Ich wusste gar nicht, dass so viele Leute kommen«, sagte ich. »Hier ist es ganz schön voll.«

»Schüler aus sechs Schulen«, sagte Gran. »Und mir ist egal, was die anderen sagen, deine Bilder sind die besten von allen!«

»Du bist parteiisch, Gran.«

Ms Rees kam zu uns und ich stellte ihr Gran vor. Gran sah Ms Rees' Haare und fing an zu kichern. Ms Rees nahm mich mit und stellte mich der Bürgermeisterin vor – sie war ganz schön alt, und der knallrote Lippenstift, den sie drauf hatte, passte nicht gut zu ihrem gepuderten, blassen Gesicht – sie sah aus wie die Oma von einem Clown. Dann las sie mein Namensschild. »Herzlichen Glückwunsch, Lemar! Du bist bestimmt sehr stolz. Ist das nicht eine tolle Galerie? Wir bemühen uns sehr, den Kunstunterricht an den Schulen zu fördern.«

Ms Rees stellte mir die anderen Schüler vor, die genauso unbeholfen wirkten, wie ich mich fühlte. Ich war sehr erleichtert, als ich mich endlich wieder neben Gran parken durfte. Ein Blick auf die Uhr. 16.55 Uhr. *Scheiße!* Lady P suchte jetzt einen Parkplatz. Aus meinen Achselhöhlen traten wieder Sturzbäche. Dann entdeckte ich McKay, Jonah und Venetia. Alle drei kamen zu uns. Ich betete, dass McKay und Jonah sich vor Venetia und Gran benehmen würden.

»Bit, Bro!«, sagte McKay. »Ich muss was mit dir besprechen.«

»Jetzt?«, fragte ich.

»Ja, *jetzt!*«, sagte McKay.

Ich sah Venetia an. Sie guckte voll verdattert.

Was McKay besprechen wollte, war ja klar. Wenn ich nicht mit ihm ging, würde er nicht lockerlassen. »Na gut«, sagte ich.

Ich verzog mich mit McKay in eine Ecke. Jonah kam hinterher. »Was wirst du machen?«, wollte McKay wissen.

»Keine Ahnung«, erwiderte ich.

»Denk lieber schnell nach, Bro«, sagte Jonah.

»Ich weiß nur eins«, sagte ich.

»Nämlich?«, fragte McKay.

»Ich will euch beide nicht in mein Drama mit reinziehen«, sagte ich. »Die Scheiße stinkt so schon schlimm genug, wo nur ich drinsitze – ich will nicht, dass ihr auch noch reinfallt.«

»Aber … «, fing Jonah an. »Du bist unser Bruder. Wir wollen dir helfen … «

»Nein«, beharrte ich. »Haltet euch da raus!«

»Venetia kommt«, warnte McKay.

»Sie *darf* nichts mitkriegen«, sagte ich. »Wenn ihr beiden ihr was erzählt, rede ich nie wieder mit euch.«

Venetia hatte noch ihre Schuluniform an, aber sie war locker das hübscheste Mädchen im Raum. Sie kam zu uns rüber.

»Was tuschelt ihr denn da?«, fragte sie.

»Männersache«, erwiderte McKay.

»Du solltest deine Gran nicht alleine sitzen lassen«, sagte Venetia zu mir.

»Wir kommen schon wieder«, meinte ich.

Wir gingen zurück zu Gran, die sich ihren Wein schmecken ließ. Ohne zu zögern, schnappte McKay sich zwei Gläser Rotwein und gab Jonah eins davon ab.

»Was ist mit mir?«, beschwerte sich Venetia.

Ich sah mich nach Ms Rees um, aber sie hatte mit einer anderen Lehrerin zu tun. McKay gab Venetia ein Glas Rotwein.

Ein paar Minuten später klopfte ein Mann mit Fliege mit einem kleinen Löffel an ein leeres Glas. Alle hörten auf zu reden und spitzten die Ohren. Ich sah auf die Uhr. 17 Uhr. Der Besitzer der Galerie, ein komischer Typ in Jeans, weißem Hemd und karierter Weste, hielt eine langweilige Rede darüber, dass er die Kunst in der Gemeinschaft und die Schüler fördern wollte. Als er fertig war, hatten McKay und Jonah bereits ihr zweites Glas Wein in der Hand, nur Venetia und ich waren noch beim ersten. Gran bat mich, neben einem meiner Gemälde zu posieren, und sie machte noch mehr Bilder – aber das Lächeln fiel mir schwer.

17.36 Uhr. Die Leute futterten und liefen rum, sahen sich die Kunst an. Gran fand offensichtlich, dass sie jetzt genug Bilder gemacht hatte, und parkte sich wieder am Weintisch. Jonah machte Fotos mit seinem Handy und McKay schraubte an ein paar Mädchen von einer anderen Schule. Venetia bewunderte mein »Asphaltdschungel«-Bild.

In diesem Moment vibrierte was in meiner Tasche. Mein Herzschlag beschleunigte wie bei einem irren Rennen in der letzten Kurve. Ich schenkte mir noch ein halbes Glas Weißwein ein. Ich musste mich setzen. Meine Kopfschmerzen kamen super heftig wieder. »Das ist *genug* Wein, Lemar«, sagte Gran leise.

Mir war gar nicht klar, warum ich ihn mir eingeschenkt hatte. Wein schmeckte mir gar nicht. Ich stellte das Glas auf den Tisch, zog mein Handy aus der Tasche und öffnete die Nachricht.

Wenn du nicht in fünf Minuten mit meinem Päckchen auf dem Parkplatz erscheinst, komme ich zu dir, trete die Tür ein und hol es mir selbst! Mjro

MJRO? Das musste Manjaro sein. Mein Schulhemd klebte an meinem Rücken.

»Gran! Gran! Wir müssen los!«

»Warum denn bloß?«, fragte sie. »Deine Lehrerin hat deine Bilder noch nicht vorgestellt.«

»Glaub mir, Gran, wir müssen los. Elaine hat Probleme. Ich muss ...«

»Was für Probleme?«

Ich zog Gran am Arm. »Jetzt *sofort*, Gran. Wir müssen nach Hause.«

»Okay, ich komme ja!«

Ich verließ mit Gran die Galerie. McKay sah uns und kam uns mit Jonah hinterher. »Was ist los, Bro?«, fragte McKay. »Wieso gehst du? Dein Name wurde noch nicht aufgerufen.«

»Ich ... ich muss nach Hause«, erwiderte ich.

»Wir kommen mit«, sagte Jonah.

»*Nein!* Hab doch gesagt, ich will euch da nicht mit reinziehen. Glaubt mir das.«

Über McKays Schulter hinweg sah ich Venetia aus dem Gebäude kommen. »Sagt Venetia, dass es mir leidtut, sagt ihr … irgendwas. Sagt ihr, ich melde mich bald bei ihr.«

»Aber …!«

Ich ließ Jonah keine Zeit, den Satz zu beenden. Gran und ich rasten zur Bushaltestelle. Ich drehte mich um und sah, wie Jonah und McKay Venetia irgendwas erklärten. Ich betete, dass sie nichts von der Waffe erzählten.

Ich versuchte, Elaine anzurufen. *Scheiße!* Kaum noch Guthaben. Ich versuchte es mit einer SMS. Nicht zugestellt. »Gib mir mal Mums Handy, bitte, Gran.«

Sie gab es mir. »Was soll das alles?«

Ich rief Elaine an, und genau in dem Moment, in dem sie dranging, kam der Bus. Wir stiegen ein und parkten uns auf die nächstbesten Plätze. »*Elaine!* Bist du zu Hause?«

»Ja, Jerome ist krank. Wieso?«

»Geh nicht an die Tür.«

»Wieso? Wer will denn was von uns? Was ist los mit dir, Lemar? Bist du nicht bei deinem Galerieding?«

Ich holte tief Luft. »Manjaro will was holen, das ich für ihn aufbewahrt habe.«

»Was hast du für ihn aufbewahrt? Was hast du überhaupt mit meinem Ex zu schaffen, Lemar? Was hab ich dir gesagt?«

»Geh einfach *bitte* nicht an die Tür.«

»Was willst du sagen? Dass du hinter meinem verfluchten Rücken mit meinem Ex Geschäfte machst? Hab ich dir nicht erklärt, dass ich nichts mehr mit diesem fremdgehenden Arschloch zu tun haben will? Hast du nicht gehört, was er mir *angetan* hat? Hab ich dir nicht gesagt, dass du weggehen sollst, wenn er dich anquatscht? Hörst du mir verdammt noch mal überhaupt zu, wenn ich dir was sage? Was will er holen? Wenn du nach Hause kommst, werd ich …«

Ich legte auf. Wenn nicht, wäre mir die Festplatte durchgebrannt. Ich konnte es nicht abwarten, nach Hause zu kommen.

Ich versuchte, den Bus telepathisch anzutreiben, damit er schneller fuhr, aber er blieb an jeder verfluchten Haltestelle stehen! Jeder verdammte Fahrgast kramte ewig in der Tasche nach Kleingeld. Eine Frau stieg ein und ließ sich sieben Stunden lang den Weg erklären. Wäre McKay mit seiner Salathasserwampe von der Galerie losgerannt, wäre er noch vor uns da gewesen.

Um 17.57 Uhr stiegen wir aus dem Bus. Gran hatte Mühe mitzukommen, als ich zu unserem Block raste. Aus irgendeinem Grund dachte ich an Venetias Cousine Katrina und dass ihr Leben einfach ausgelöscht worden war. Als ich hinten am Haus ankam, packte ich meinen Rucksack aus, zog die schwarze Plastiktüte raus und warf sie in den großen grauen Container.

»Was machst du da?«, fragte Gran.

»Was ich gleich von Anfang an hätte machen sollen.«

Ich hob meine ganzen Bücher wieder auf und steckte sie zurück in den Rucksack. Dann rannte ich die Treppe hoch. »Lemar!«, rief Gran. »Warte auf mich! Meine Beine wollen die Stufen nicht mehr raufspringen wie deine.«

Als ich auf Gran wartete und versuchte, mir meinen nächsten Schritt zu überlegen, wirbelte mir im Kopf alles durcheinander. *Elaine wird mit Geschimpfe über mich herfallen, aber vielleicht kann sie ja die Bullen rufen, wenn sie damit fertig ist. Nur um sicherzugehen. Sie kann ja die Karte nehmen, die die beiden neulich dagelassen haben. Jetzt, wo ich die Pistole los bin, kann ich's den Bullen auch erzählen. Scheiße! Manjaro und seine Crew werden mich dafür nicht lieben.*

Wir stiegen die letzten Stufen in unser Stockwerk hinauf. Ich kramte in meiner Tasche nach dem Wohnungsschlüssel. Als ich ihn ins Schloss schob, hörte ich schwere Schritte und spürte eine große Hand hinten an meinem Kopf, dann, dass er gegen die Tür gerammt wurde. Meine Kopfschmerzen wurden schlimmer. Manjaro musste auf der Treppe weiter oben auf mich gewartet haben. Ich bekam es gerade so hin, den Schlüssel zu drehen. Die Tür ging auf und ich stolperte in den Flur, fiel auf die Knie. »*Wo ist er?*«, schrie Manjaro. »*Wo ist er?*«

Als ich mich hochrappelte, sah ich, dass Gran zu mir wollte, versuchte, sich an Manjaro vorbeizuschieben.

»Junger Mann«, sagte sie. »Das ist kein … «

Manjaro riss die Augen auf, erst vor Schreck, dann vor Wut. »Halt dich da raus!« Er stieß sie Richtung Wohnungstür, aber sie stolperte und ich hörte Grans Kopf an die Wand knallen. Sie sackte zu Boden, streckte die Beine von sich.

»Gran!« Ich wollte zu ihr, aber zwei Schläge schalteten mich aus, alles verschwamm vor meinen Augen. Dann merkte ich, wie ich in mein Zimmer gezogen wurde. »*Wo ist mein Revolver, du kleines Stück Scheiße? Wo ist er?*«

Ein weiterer Schlag seitlich an den Kopf schüttelte mir das Gehirn durcheinander. Meine Beine wurden schwach und ich fiel gegen den Kleiderschrank. »*Wo ist er?*« Wieder hörte ich Manjaro brüllen. »*Wo hast du ihn versteckt? Zeig's mir, du kleines Arschloch!*«

Wieder trat und schlug er mich. Aus dem Wohnzimmer hörte ich jetzt Schritte, jemand rannte durch den Flur. Jemand schrie in meinem Zimmer. Das war Elaine. »*Nimm deine verfluchten Finger von meinem Bruder!*«

Sie zog ihn aus meinem Zimmer. Manjaro holte nach mir aus, wollte zuschlagen, verlor aber das Gleichgewicht. Du lieber Gott! Ich wusste, dass Elaine stark war, aber ich hatte keine Ahnung, woher sie die Kraft nahm, ihn so wegzuzerren. Die beiden fielen zusammen in den Flur. Jetzt steckte sie in Schwierigkeiten. Wie wild sah ich mich in meinem Zimmer nach etwas um, das ich nach ihm werfen konnte. Manjaro kam wieder auf die Füße. Ich musste Elaine helfen. Mein Herz pumpte wie die Luft in einer durchgeknallten Hüpfburg. Angst blockierte mein Gehirn. Manjaro stand wieder. *O Gott!* Die Adern an seinem Hals tanzten. Irgendwie musste ich meiner Schwester helfen. Ich raste einfach auf ihn zu. Ich hatte keine Ahnung, was ich machen sollte, wenn ich ihn erreicht hatte. Nackte Angst drehte mir den Magen um. Irgendwas lenkte ihn ab.

Aus dem Augenwinkel sah ich, dass sich etwas bewegte. Jerome kam aus seinem Zimmer gekrabbelt und wollte ins Wohnzimmer. *Nein! Er darf nicht herkommen!* Ich war zu schnell, um anhalten zu können, und knallte gegen Manjaro. Er schüttelte mich ab wie ein Vögelchen, das King Kong piksen will. Ich fiel hin, knallte mit der Schulter gegen die Wand.

Dann machte Jerome das Glucksgeräusch, das er immer macht, wenn er seine Mum ruft. Plötzlich erstarrte Manjaro, drehte sich zu seinem Sohn um. Er stand still, wie eine DVD auf Pause. Nicht mal ein Blinzeln war zu sehen.

Elaine verschwendete keinen Augenblick. Sie rappelte sich auf, warf mir einen warnenden Blick zu. Dann hob sie die Arme über den Kopf und kam von hinten auf Manjaro zu. Ein wahnsinniger Knall. Sie hatte ihm die Vase aus dem Flur über den Hinterkopf gezogen, Terrakottastücke und Scherben flogen durch den Flur und Manjaro sackte vor meinen Füßen zusammen. Er bewegte sich wie ein Fisch auf dem Trockenen, versuchte wieder aufzustehen, trat fest mit einem Fuß auf, aber seine Augen drehten sich wieder in seinen Kopf zurück, als Elaine mit dem letzten großen Stück Vase noch einmal ausholte. »*Halt dich fern von meinem Bruder!*«, schrie sie.

Kaum zu glauben, aber Manjaro rebootete. Langsam kam er wieder auf die Füße. Elaine und ich tauschten einen Blick und wir wussten, dass es vorbei war. Er latschte so komisch zur Tür und zog sie auf. Da stand er, die Schultern fast so breit wie der Türrahmen, und warf einen letzten Blick in die Wohnung. Nicht Elaine oder mich sah er an, sondern Jerome, der immer noch auf meine Schwester zukrabbelte. Ich schwöre, ich sah, wie Manjaro Tränen in die Augen traten. »Tut mir leid«, lallte er Jerome an, der wieder gluckste. Dann war Manjaro weg, knallte die Tür hinter sich zu. Elaine ließ die Reste der Vase fallen und rannte zu Gran, nahm sie in den Arm und streichelte ihren Kopf. »Ruf einen Krankenwagen!«

Meine Finger zitterten, aber ich schaffte es, an Elaines Handy 999 zu wählen. Elaine saß auf dem Boden, hielt Gran im Arm und schaukelte sie vor und zurück.

»Können … Können Sie einen … können Sie einen Krankenwagen schicken … bitte. Es geht um meine Großmutter … sie wurde ohnmächtig geschlagen … ja, sie atmet … stabile Seitenlage?«

Als sie das hörte, hievte Elaine Gran auf die andere Seite, legte ihr die Arme vor den Körper, sodass sie nicht umkippen konnte. Ich schaffte es, dem Menschen am anderen Ende unsere Adresse durchzugeben. Dann legte ich auf und sah Gran an. Ich konnte sie kaum erkennen, weil mir Tränen in die Augen stiegen. Aber ich sah, dass sich ihr Brustkorb hob und senkte. Außerdem zuckte ihr Kopf.

»Ist sie … wird sie wieder gesund?« Es gelang mir gerade so, die Worte herauszupressen. Elaine und ich starrten zu ihr runter, wie sie da auf dem Boden lag. Sie sah so hilflos aus.

»Ich weiß es nicht«, sagte Elaine, nahm Jerome auf den Arm und drückte ihn ganz fest an sich.

25

SCHWEIGEN WIE EIN GRAB

ICH SASS NEBEN GRAN. Sie bewegte den Kopf hin und her. »Halt
still, Gran. Der Krankenwagen ist unterwegs.«

Sie hob den Arm und packte mich am Handgelenk, dann legte sie
wieder los.

»Was hast du für Manjaro aufbewahrt?«, fragte Elaine mit dem Rücken zu mir. Sie war ans Fenster gegangen, hielt Ausschau nach dem
Krankenwagen.

Erst brachte ich kein Wort raus. Ich sah Jerome an, der an Elaines
Ohrringen zog. »Einen ... einen Revolver«, gestand ich schließlich.
Ich hoffte, dass Gran zu benommen war, um was zu hören.

Elaine wirbelte herum und starrte mich mit offenem Mund an. Sie
schien gar nicht zu merken, dass Jerome an ihrem Ohrring zog. Un-
gläubig schüttelte sie langsam den Kopf. »Manchmal ... manchmal ...
hast du deinen verfluchten Verstand verloren ... Schaltest du denn niemals dein Gehirn ein, Lemar?« Obwohl ich mit einer geballten Schimpf-
attacke rechnete, verstummte sie.

Als würde ihr die Wahrheit zu sehr wehtun. Ich kam mir so klein
und hilflos vor wie ein neugeborenes Kalb, umzingelt von hungrigen
Löwen.

»Wir *müssen* die Bullen rufen«, sagte Elaine, die schließlich ihre
Stimme wiedergefunden hatte. »Wenn sie hier sind, sagst du denen
aber nichts von dem Revolver, hast du gehört? Damit kommt er nicht
einfach so davon! Das schwör ich dir, auf keinen Fall. Er hätte dich und
Gran umbringen können.«

Ich nickte und schaute Gran an. Sie hatte die Augen halb geöffnet.

»Wo ist er?«, wollte Elaine wissen.

»Als ich von der Galerie zurückgekommen bin, hab ich … ich hab ihn in die Tonne unten geworfen.«

»Dann hast du ja doch noch einen kleinen Rest von Verstand in deinem dämlichen Idiotenhirn! Wieso bist du nicht zu mir gekommen, als Manjaro dich gebeten hat, was für ihn zu erledigen? Manchmal, Lemar, musst du einfach … gib mir das verdammte Handy!«

Ich gab Elaine ihr Handy. »Lass mich nachdenken«, sagte sie. Sie drückte Gran ein Küsschen auf die Stirn, dachte nach. »Lieber zuerst Mum und Dad anrufen«, beschloss sie.

Ihre Finger waren schnell. Ich schaute zu Gran. Sie hatte die Augen geöffnet, aber ich glaube, sie wusste weder, wo sie war, noch, was überhaupt mit ihr los war.

»Mum! Mum!«, rief Elaine. »Gran ist bewusstlos. Sie kommt wieder zu sich, aber sie ist total benommen. Ich hab einen Krankenwagen gerufen, der ist unterwegs. Wir treffen uns im Krankenhaus.«

Elaine packte das Handy fester, während sie zuhörte, was Mum sagte. Jerome auf ihrem anderen Arm wollte runtergelassen werden. »Mum! Hör zur! Wichtig ist jetzt nur, dass Gran ins Krankenhaus kommt … ja, ich fahre mit … Manjaro …« Elaines Blick schoss blitzartig zu mir. »Nein, ich weiß nicht, wieso er hier war … ich glaube, er wollte Jerome sehen oder so … wir haben ja immer schon deshalb gestritten.« Meine Schwester log, um mich zu decken! »Ist ja auch egal, wieso dieser sogenannte OG hergekommen und so abgegangen ist – so was macht er halt, weil er den großen Oberboss spielen will. Er wollte in die Wohnung, und ich glaube, er hat sie geschlagen oder zur Seite gestoßen oder so … Lemar ist in Ordnung. Ein bisschen durcheinander, aber er wird's überleben … ich weiß nicht, warum er ausgerechnet heute aufgekreuzt ist … du weißt, dass ich nicht will, dass er was mit Jerome zu tun hat … ich bin keine Hellseherin, Mum, ich weiß nicht, was er sich dabei gedacht hat … hör zu, ich erklär dir alles im Krankenhaus … ja, ich denke schon, dass sie wieder wird … sie hat die Augen auf … hab ich doch schon gesagt, der Krankenwagen ist unterwegs … ja, bis gleich.«

Elaine legte auf und stieß einen Monsterseufzer aus. Sie ließ Jerome wieder krabbeln und kniete sich hin, um Gran die Wange zu streicheln, dann rief sie Dad an. Dad erzählte sie dasselbe wie Mum. Als sie fertig war, sah sie mich an und sagte: »Er ist unterwegs. Er bleibt bei dir und Jerome, solange wir im Krankenhaus sind.«

Ich nickte. Ich konnte kaum sprechen. »D-danke, dass du ... mich gedeckt hast, Sis.«

»Was hast du denn gedacht?«, sagte Elaine. »Du bist immer noch mein kleiner Bruder. Auch wenn ich stinksauer auf dich bin. *Kannst du glauben!*«

Ich hatte eine Scheißangst bei der Vorstellung, dass Manjaro zurückkommen könnte, außerdem saß mir ein Wahnsinnsschreck in den Knochen, weil Gran so weggetreten war, und ich schwitzte vor Sorge, dass das mit der Waffe rauskam.

»Der ... der wird doch nicht wiederkommen? Oder?«

Jerome hatte eine Scherbe von der Vase geschnappt und wollte gerade testen, wie sie schmeckte, als Elaine ihn hochfischte und sie ihm abnahm. Sie drückte ihn fest an sich und küsste ihn auf den Kopf. »Ich glaube nicht«, sagte sie schließlich. »Als er Jerome gesehen hat, wusste er, dass er was Falsches macht.«

»Willst du ganz bestimmt die Bullen rufen, Sis?«

Elaine dachte drüber nach. »Mach dir keine Vorwürfe wegen Gran«, sagte sie. »Ich meine ... erst mal war ich ja überhaupt so blöd, was mit ihm anzufangen ... aber klar, Lemar. Ich werde die Bullen rufen. Er muss wissen, dass er nicht einfach so bei uns reinplatzen und meine Familie angreifen kann. Für wen hält der sich überhaupt. Er muss kapieren, dass er sich so einen Scheiß einfach nicht erlauben darf.«

»Ich ... ich räum das lieber mal auf«, sagte ich und zeigte auf die Scherben auf dem Boden.

»Beweg sie aber nicht«, sagte Elaine. »Mach um sie herum sauber. Und erzähl bloß niemandem was von der Waffe, auch nicht Dad, hast du gehört? Wenn jemand fragt, was mein Ex hier bei uns wollte, sagst du, er wollte zu Jerome und sich mit mir streiten, okay? Hast du das Programm gespeichert?«

»Hab ich, Sis.«

»Wenn rauskommt, dass du eine Waffe bei dir zu Hause aufbewahrt hast, schicken die dich für sechs Monate oder länger in den Jugendknast. Das kannst du glauben. Und da ist denen scheißegal, ob du ein guter Künstler bist, und auch, ob Gran verletzt wurde. Da liegst du Nächte lang wach und träumst von Venetia King, Karottenkuchen und deinem eigenen gemütlichen Bett.«

Wieder jagte mir dieses eiskalte Gefühl durch die Blutbahn. »Ich ... ich hol mal Schaufel und Feger.«

Ungefähr zehn Minuten später war der Krankenwagen da. Die Sanitäter prüften, ob Gran richtig atmete, dann legten sie ihr einen Stützverband um den Hals. Eine Frau leuchtete ihr mit diesem Taschenlampending in die Augen. »Gehirnerschütterung«, sagte sie. »Muss geröntgt werden.«

»Wird sie wieder gesund?«, fragte Elaine.

»Das werden wir im Krankenhaus feststellen«, sagte die Sanitäterin.

Sie legten sie auf eine Trage, und bevor sie sie wegbrachten, küsste ich sie auf die Stirn. »Du wirst wieder, Gran.« Ich hoffte, dass das auch stimmte.

Sie bekam ein Lächeln hin, hob den linken Arm und drückte meine Hand.

»Lass niemanden in die Wohnung außer Dad, okay, Lemar«, schärfte mir Elaine ein und drückte mir Jerome in die Arme.

»Auch wenn deine Brüder draußen im strömenden Regen stehen, mach auf keinen Fall die verfluchte Tür auf. Dad muss jeden Moment da sein. Vom Krankenhaus aus ruf ich die Bullen an.«

Ich schloss die Wohnungstür ab, aber Jerome war nicht glücklich darüber, dass seine Mum wegwollte. Als ich mit ihm in die Küche ging, weinte er. Ich tätschelte ihm den Rücken, während ich zu begreifen versuchte, was passiert war, setzte mich mit ihm an den kleinen Küchentisch und machte lustige Gesichter. Jerome lächelte sein unschuldiges Lächeln und versuchte, meine Finger zu futtern. O Mann! Mit seinem süßen Gesicht hatte er mir den Arsch gerettet. *Gott sei Dank* schien Gran ganz in Ordnung zu sein.

Ungefähr eine Minute später hörte ich lautes Klopfen an der Tür. *Das muss Dad sein,* dachte ich. Jerome stopfte mir seine Finger ins linke Ohr, während ich mit ihm auf dem Arm zur Wohnungstür ging. *Scheiße! Vielleicht ist es ja gar nicht Dad. Vielleicht ist Manjaro noch mal zurückgekommen.* Eine Weile lang stand ich still. Mein Herz fing wieder an zu hämmern. Ich trat einen Schritt zurück. Wieder lautes Klopfen. Für mich klang es, als wollte jemand mit einem Baumstamm als Rammbock ein Puppenhaus aufbrechen. »Wer ist da?«, rief ich.

»Ms Harrington. Bist du das, Lemar? Alles in Ordnung bei euch?« *Die Nachbarin von nebenan. Erleichterung. Aber ich kann sie nicht reinlassen. Elaine hat mich gewarnt. Und Ms Harrington redet sowieso zu viel.*

»Gran ... Gran ist im Krankenhaus«, sagte ich. »Ich ... ich darf niemanden reinlassen, wenn ich alleine zu Hause bin.«

»Ich dachte, ich hätte Gepolter gehört«, sagte Ms Harrington. »Dachte, ich schau lieber mal nach.«

»Gran ist hingefallen«, erklärte ich.

»Oh ... sag ihr schöne Grüße.«

»Danke fürs Nachfragen«, sagte ich.

»Okay, ich geh wieder rein. Ich komm morgen früh noch mal und frag, wie's deiner Großmutter geht.«

»Danke.«

Ich ging zurück in die Küche und kippte noch zwei Gläser Wasser. Während ich das Glas in die Spüle stellte, klingelte mein Handy. Vor lauter Schreck vollführte ich einen Luftsprung und bekam es mit der nackten Angst zu tun. *O Gott! Von Manjaro hatte ich mich nicht unterkriegen lassen, aber der Stress jetzt machte mich alle.* Ich betete, dass der Anruf nicht von Manjaro oder Lady P oder sonst jemandem aus der Crew kam. Ich zog mein Handy aus der Tasche. Schaute aufs Display. Wieder Erleichterung. »DAD« leuchtete auf.

»Hi, Dad ... hat Elaine gesagt, dass du anrufen sollst, wenn du da bist? Gut überlegt ... du bist unten ... Super!«

Wenige Sekunden später ließ Dad die Wohnungstür ins Schloss fallen. Ich grinste Jerome an, machte ein lustiges Gesicht und sagte: »Opa ist da!«

Jerome fand das Innere meines linken Ohrs viel interessanter als das Eintreffen seines Großvaters.

»Alles in Ordnung?«, fragte Dad, kaum dass ich ihn reingelassen hatte. »Wollen wir mal hoffen, dass *er* nicht noch mal wiederkommt!«

»Bin ein bisschen matschig, aber ich werd's überleben. Hoffentlich sehe ich den nie wieder.«

Dad folgte mir ins Wohnzimmer und nahm mir Jerome ab.

»Elaine hat gesagt, deine Großmutter hat im Krankenwagen schon wieder gesprochen. Hoffentlich wird sie ganz gesund.«

»Sie war ohnmächtig, Dad!«, sagte ich. »In meinem ganzen Leben hatte ich noch nie so eine Angst.«

»Ich weiß nicht, wieso sie sich überhaupt auf Manjaro eingelassen hat«, sagte Dad und schüttelte den Kopf. Mein schlechtes Gewissen versetzte mir schon wieder Schläge auf die Brust. Das alles war nicht allein Elaines Schuld. *O Gott! Was würde Dad mit mir machen, wenn er wüsste, was wirklich los gewesen ist?* »Sie wollte damals einfach nicht auf mich hören«, fuhr Dad fort. »Ich ... ich mach mir Vorwürfe, weil ich nicht da war. Vielleicht wenn ich ... «

»Das hätte überhaupt nichts geändert«, fiel ich ihm ins Wort. »Meinst du, Elaine hätte auf Mum oder Gran gehört?«

»Wahrscheinlich hast du recht.« Dad nickte. Jerome befreite sich aus Dads Armen und krabbelte unter den Esstisch. Dad behielt ihn im Auge.

»Wie geht's Steff?«, fragte ich.

»Viel besser«, erwiderte Dad. »Sie reagiert gut auf die neuen Medikamente. Gestern hat sie mich an der Hand in den Garten gezogen.«

»Schön zu hören«, sagte ich. Ich zwang mich zu lächeln, obwohl ich mich innerlich schämte. *Was bin ich für ein großer Bruder, dass ich mich auf diesen Bandenwahnsinn einlasse? Was würde Steff von mir halten, wenn sie wüsste, was ich verbockt habe?* »Ich kann's ... kann's kaum abwarten, bis wir wieder was zusammen zeichnen können. Vielleicht kann ich ja mit ihr in die Galerie gehen, wo meine Kunst ausgestellt wird, wenn sie wieder auf dem Damm ist?«

»Da würde sie sich sehr freuen«, sagte Dad. Seine Augen wurden feucht, aber er wischte sie trocken. »Wir fahren am Sonntag in einer Woche. Würde uns echt viel bedeuten, wenn Elaine und du vielleicht den Tag vorher mit uns verbringt. Meinst du, Elaine ... kommt mit?«

»Macht sie, Dad. Keine Angst. Sie kommt mit.«

In den nächsten vier Stunden riefen McKay, Jonah und Venetia an. War irgendwie nett, dass sie sich Sorgen machten. Ich hielt mich an Elaines Version, dass Manjaro draußen vor unserer Wohnungstür Ärger gemacht hatte, weil er seinen Sohn sehen wollte, und ich deshalb schnell nach Hause geflitzt war. Ich war nicht sicher, ob McKay und Jonah mir das abkauften, aber solange Dad da war, konnte ich nichts über die Pistole sagen. Venetia hat mir's geglaubt, denke ich. *O Gott! Ich hoffe wirklich, dass sie nie rausbekommt, wie das in Wahrheit abgelaufen ist.*

Mum und Elaine kamen wieder. Dad war am Tisch und trank Kaffee und ich saß im Sessel und guckte fern. Jerome schlief in seinem Zimmer. Als sie Dad sah, blieb Mum wie angewurzelt stehen. Sie nickten sich argwöhnisch zu, dann ging Mum weiter.

»Wie geht's Gran?«, fragte ich.

»Ihr geht's gut«, sagte Elaine. »Sie schläft jetzt. Sie haben ein Ultraschall gemacht und sie geröntgt, aber nichts Ernstes gefunden, abgesehen von ein paar Prellungen und Schwellungen ... «

»Sie behalten sie zur Beobachtung da«, ergänzte Mum. Sie verschränkte die Arme und sah Dad an. »Danke, dass du hier bei Lemar geblieben bist.«

»Kein Problem«, erwiderte Dad. »Bin froh, dass ich helfen konnte.«

Mum zog ihre Jacke aus und setzte sich Dad gegenüber an den

Tisch. Elaine und ich tauschten Blicke. Irgendwie komisch, meine Eltern zu sehen, wie sie zwangsweise höflich zueinander waren.

»Wollen hoffen, dass dieser verfluchte Kerl nicht noch mal hier aufkreuzt«, sagte Mum. »Der ist völlig daneben!«

Dad nickte. »Hoffentlich findet ihn die Polizei.«

»Habt ihr beiden was gegessen?«, fragte Mum.

Ich glaube, Dad war zu verdattert, um zu antworten. »Nein«, sagte ich. »Ich hab einen Riesenhunger.«

»Ich koch jetzt nichts, aber ich kann eine Pizza bestellen«, schlug Mum vor.

»Ich bezahl die Hälfte«, bot Dad an.

»Abgemacht«, sagte Mum.

Das war fast unwirklich. Elaine und ich tauschten einen Siehst-du-was-ich-sehe-Blick. »Ich schau mal nach Jerome. Lemar, komm mit.«

Ich folgte Elaine in ihr Zimmer. Jerome schlief tief und fest. Sie gab ihm ein Küsschen auf den Kopf und fragte: »Wie war's mit ihm?«

»Er ist erst vor ungefähr einer Stunde eingeschlafen«, sagte ich. »Dad wollte ihn in den Schlaf wiegen, aber das hat ihm nicht gefallen.«

»Er ist nicht an ihn gewöhnt«, sagte sie.

»Hast ... hast du die Bullen gerufen?«, fragte ich.

»Ja. Die sind ins Krankenhaus gekommen und haben mich da vernommen. Ich hab eine Aussage gemacht ... Tür zu, Lemar.«

Ich ließ die Tür zuklappen und parkte mich neben meine Schwester aufs Bett. Sie senkte die Stimme zu einem Flüstern. »Morgen oder so werden sie auch noch mit dir sprechen wollen. Überleg dir lieber vorher schon genau, was du sagst, sonst wandern wir alle ins Gefängnis. Und das kannst du mir glauben: Wenn ich je wieder in einer Zelle sitzen muss, bring ich mich um! Sag ihnen nur, dass Manjaro gewaltsam hier eingedrungen ist und Gran an die Wand gestoßen hat. Ich hab den Bullen gesagt, dass er unbedingt Jerome sehen wollte.«

Ich nickte.

»Also erzählst du denen genau dasselbe, hast du verstanden? Sag *nichts* von der Waffe.«

»Muss ich zu den Bullen auf die Wache?«

»Nein«, sagte meine Schwester, zog die Decke hoch bis an Jeromes Hals. »Wenn die dich vernehmen, muss ein Erwachsener dabei sein, also kommen sie her. Ich bleib bei dir. Mum vielleicht auch, wenn sie nicht auf der Arbeit ist.«

Erleichtert atmete ich aus.

»Das hast du richtig gemacht, als du die Knarre weggeworfen hast, aber da kann sie nicht bleiben«, sagte Elaine. »Ich werde sie suchen und irgendwo hinbringen, wo sie nicht gefunden werden kann.«

»Wohin?«

»Im Crongton. Im Fluss gibt's eine tiefe Stelle unter der kleinen Fußgängerbrücke am Dumbarton Way. Wenn du auch nur den kleinen Zeh in den Fluss tauchst, holst du dir alle möglichen Krankheiten. Da schmeiß ich sie rein.«

Mein Kopf fühlte sich plötzlich wieder ganz heiß an. »Ich werde anbieten, das Essen zu holen«, sagte Elaine. »Dann spring ich in die scheiß Tonne, um das Ding zu suchen. Steckt sie in einer Tüte oder so?«

»Ja, in einer schwarzen Plastiktüte. Eingewickelt in Packpapier und Kreppband.«

»Okay, ich zieh meine Jogginghose an, und wenn ich rauskomme, sag ich, dass ich spazieren gehen will, um einen klaren Kopf zu bekommen, okay?«

»Okay.« Ich nickte.

Ich ging ins Wohnzimmer zurück. Dad trank frischen Kaffee aus einem Becher, trommelte mit den Fingern auf den Esstisch und schaute immer wieder auf die Uhr. Mum lag auf dem Sofa. Sie zappte durch die Fernsehkanäle. »Worauf hast du Lust?«, fragte sie mich.

»Äh, ich glaube, Elaine zieht sich an, sie will rausgehen und die Pizza holen.«

»Es ist fast Mitternacht«, sagte Dad.

Eine Sekunde später kam Elaine aus dem Zimmer. »Ich hol die Pizza«, sagte sie. »Ich kann nach der Warterei im Krankenhaus ein bisschen Frischluft gebrauchen. Dieser Desinfektionsmittelgestank beißt mir immer noch in die Nase.«

»Du gehst nirgendwohin«, sagte Dad und stand auf.

»Ich muss mir die Beine vertreten und einen klaren Kopf bekommen«, wandte Elaine ein.

»Der kann immer noch irgendwo da draußen sein«, warnte Dad.

»Glaub mir, der traut sich nicht noch mal an mich ran.«

»Woher willst du das wissen?« Dad gab nicht nach.

Elaine kaute auf ihrer Backe und sah Mum an.

»Diesmal bin ich mit deinem Dad einer Meinung«, sagte Mum. »Dein Hintern bleibt heute Abend hier.«

Elaine stemmte die Hände in die Hüften und ich fragte mich, ob sie gleich anfangen würde, wild zu fluchen. Aber das tat sie nicht. Sie kaute einfach noch ein bisschen weiter auf ihrer Backe und starrte den Sessel an, wo normalerweise Gran saß, und sagte: »Es ... es tut mir leid, dass ich mich überhaupt auf Manjaro eingelassen hab. Tut mir echt leid ... alles.«

Ihr traten Tränen in die Augen. Ich wollte zu ihr gehen und sie in den Arm nehmen – sie hatte mir den Arsch gerettet, und jetzt war sie selbst gestresst bis zum Anschlag. Mum richtete sich auf, aber noch bevor sie was sagen konnte, drehte Elaine sich um und marschierte zurück in ihr Zimmer. Dad ging ihr hinterher.

»Lass sie eine Weile in Ruhe«, riet Mum. »Gib ihr eine halbe Stunde. Vergiss nicht, dass sie gerade gesehen hat, wie ihr Ex-Freund ihre Großmutter und ihren Bruder geschlagen hat.«

Als die Pizza kam, hatte Elaine sich wieder im Griff. Alle schwiegen, während sie ihre Salamipizza und das Knoblauchbrot verdrückte. Mein schlechtes Gewissen versetzte mir immer noch Faustschläge und ich fragte mich, wie es mir überhaupt gelungen war, die hässliche Wahrheit für mich zu behalten. Mum hatte als Erste aufgegessen, und plötzlich verkündete sie: »Vielleicht sollten wir drüber nachdenken, von hier wegzuziehen, raus aus Crongton.«

Ich sah, dass Dad etwas sagen wollte, aber er hielt die Klappe.

O Gott! Wegziehen? Wenn wir wegmüssen, dann hoffentlich nicht so weit. Ich will nicht in der Einöde leben. Elaine hatte aufgehört, ihr Knoblauchbrot zu futtern. Sie sah Mum an. »Wir müssen nicht umziehen«, sagte sie. »Der wird uns keinen Ärger mehr machen. Ich *kenne* ihn.«

»Deine Großmutter liegt im Krankenhaus!« Mum hob die Stimme. »Ich könnte einen Antrag auf eine neue Wohnung stellen.«

Ich dachte, dass es meine Dummheit war, die Gran ins Krankenhaus gebracht hatte. Ich konnte niemandem in die Augen sehen.

»Die Bullen werden ihn suchen«, sagte Elaine. »Glaub mir, wahrscheinlich ist er längst über alle Berge. Und was ist mit deinem Job?«

Aber wenn sie ihn schnappen, wird er dann erzählen, dass ich die Pistole für ihn versteckt habe?, dachte ich.

»Fast wären Lemar und deine Großmutter heute umgebracht worden!«, fauchte Mum. »Und so wahnsinnig schlecht bin ich auch nicht vermittelbar – ich finde schon einen anderen Job.«

»Ich denke, wir sind heute Abend gefühlsmäßig ganz schön durch«, sagte Dad. »Hauptsache, Gran geht's bald wieder besser und die Polizei weiß, wen sie suchen muss. Ihr könnt morgen früh über den Umzug und alles andere sprechen, wenn ihr wieder klarere Köpfe habt. Lasst uns erst mal die Nacht abwarten.«

Gefühlsmäßig durch! Dabei wusste Dad nicht einmal ein Viertel von allem. Hätte er's gewusst, hätte er mich wahrscheinlich über die Balkonbrüstung geworfen.

Elaine futterte weiter ihr Knoblauchbrot. »Dad hat recht«, sagte sie nach einer Weile. »Das war alles ganz schön traumatisch.«

Während wir unsere Cokes und O-Säfte tranken, herrschte Schweigen. Dad brach es als Erster. »Ich muss los«, sagte er. »Zurück nach Hause … ich meine, zurück zu … «

»Danke, dass du gekommen bist«, sagte Mum, starrte auf ihren Teller. »Ich verstehe, dass du zu Stefanie zurückmusst.«

Alle erstarrten. Dad sah mich an und dann Elaine. »Werdet ihr den Tag mit uns verbringen, bevor wir wegfahren?«

»Ja«, sagte ich.

Elaine dachte drüber nach. »Na klar«, erwiderte sie schließlich und nickte. »Ich will meine kleine Schwester sehen und ihr sagen, dass sie mich nicht vergessen soll. Bin echt froh, dass sie wieder auf den Beinen ist.«

»Ich auch«, stimmte ich ihr zu.

»Steff wird sich sehr freuen.« Dad lächelte. »Und ich tu mein Bestes, damit sie euch so oft wie möglich sehen kann. Egal wo.«

Ich sah Mum an und sie lächelte ein bisschen.

»Ruft mich an, wenn ihr was braucht«, bot Dad an. »Auch wenn ihr nur ins Krankenhaus gefahren werden wollt.«

»Machen wir«, sagte Elaine. »Ich werde dich dran erinnern.«

Irgendwann nach zwei Uhr früh legte ich mich endlich schlafen. Ich lag flach auf dem Rücken und starrte an die Decke. So viel Drama spielte sich auf meiner Festplatte ab. Wie der arme Bruder bei Manjaro im Haus zusammengeschlagen wurde, Dad Steff zum Auto getragen und ins Krankenhaus gefahren hat, Nico Ds rote Brust, Venetias Tränen im Schulbus, die Pistole in der schwarzen Plastiktüte und Manjaro, der beim Anblick des krabbelnden Jerome erstarrt war.

Ich musste eingedöst sein, weil mich irgendwas weckte. Langsam ging meine Schlafzimmertür auf. Blitzartig setzte ich mich auf. Mein Magen verkrampfte sich. Ich tastete nach dem Schalter an meiner Lampe. »Wer ist da?«, fragte ich. Ich schaltete sie ein.

»Leise«, wisperte Elaine. Sie hatte ihr schwarzes Kopftuch, ihre Jogginghose und ihre Turnschuhe an. Sie roch nicht gerade frisch. Vorsichtig machte sie die Tür zu und setzte sich ans Fußende meines Betts. »Hab sie verschwinden lassen!«

»Was hast du verschwinden lassen?«, fragte ich.

»Die Knarre. Was hast du denn gedacht? Aber ich musste das Ding erst mal ausgraben. Sollte man nicht glauben, was die Leute alles in diese verfluchten Container schmeißen! Ich musste mir mit dem Handy leuchten.«

»Danke«, sagte ich.

»War dir irgendwie noch was schuldig«, sagte Elaine. »Wegen der Prügel neulich. Jedenfalls hab ich sie in den Fluss geworfen. Musst dir deshalb keine Sorgen mehr machen.«

»Manjaro will vielleicht trotzdem noch wissen, wo sie ist.«

»Glaub ich nicht.« Elaine schüttelte den Kopf. »Schlaf weiter. Ist fünf Uhr durch. Ich hoffe, Jerome wacht nicht auf von meinem brutalen Gestank.«

»Wahrscheinlich schon«, sagte ich. »Mich hast du ja auch damit geweckt.«

»Vergiss nicht, dass *du* mir jetzt was schuldig bist, Lemar. Und wenn du jemals jemandem erzählst, dass ich für dich in einen Müllcontainer gesprungen bin, kannst du dich vom Leben verabschieden.«

Sie ging raus und machte leise die Tür hinter sich zu. Ich hörte nicht mal ihre Schritte im Flur.

26

EIN TRAUMATISCHES ERLEBNIS

ICH HATTE HAUSARREST. Mum ließ mich zwei Tage lang nicht aus der Wohnung. Am ersten Tag nahm sie sich frei und verbrachte ihn größtenteils damit, mit Elaine darüber zu diskutieren, ob wir wegziehen sollten oder nicht. Ich wollte nicht weg. Alle meine Brüder wohnten in South Crongton und ich wollte nicht in einer neuen Schule und einem neuen Viertel neu anfangen und mir wieder die ganzen Hobbit- und Zwergen-Witze anhören müssen. Ich stellte mir Venetia vor, wie sie sagte, mach schon, aber ich fragte mich, wie's ihr selbst damit gehen würde, wenn sie wegziehen müsste und nie mehr wieder herkommen dürfte.

Elaine sagte mir, dass die Bullen am nächsten Morgen um zehn Uhr kommen und mich verhören wollten. Sie hatte mir Frühstück gemacht, und während ich meine Eier und meinen Speck verdrückte, erinnerte sie mich wieder dran, bloß nichts von der Waffe zu sagen. »Vergiss, dass du die verfluchte Pistole je gesehen hast«, sagte sie. »Lösch sie aus deinem Gehirn. Denk dran, du bist mit Gran nach Hause gekommen, er hat schon an der Wohnungstür gewartet, weil er Jerome sehen wollte und ich ihn nicht reingelassen hab.«

»Verstanden.«

»Gestern haben sie Gran vernommen – sie kann sich an kaum was erinnern. Nur dass Manjaro dich angeschrien und an die Wand gestoßen hat.«

»So gesehen haben wir Glück«, sagte ich.

»Da hast du nicht ganz unrecht«, sagte Elaine. »*Also vermassel es jetzt nicht!*«

Die Bullen klopften um Punkt zehn an die Tür. Elaine ließ sie rein. Sie führte sie in die Küche, wo ich meinen Mangosaft trank. Eine Frau und ein Mann.

»Dann bist du also Lemar?«, sagte die Frau.

Ich nickte und nahm noch einen Schluck.

»Wie geht's dir, Lemar? Muss ein traumatisches Erlebnis gewesen sein.«

»Kann man wohl sagen«, erwiderte ich und sah Elaine an. Sie beobachtete mich, als würde ich zwischen zwei Hochhäusern über ein Drahtseil tanzen.

»Hat mich ganz schön durchgeschüttelt«, gab ich zu.

»Meinst du, du bist bereit, uns ein paar Fragen über den Vorfall zu beantworten?«

»Ja«, sagte ich und verschränkte die Finger ineinander.

Der Mann hatte bereits sein Notizbuch herausgezogen. Elaine nickte leicht. Ich machte mich auf die nächste Frage gefasst. »Kannst du uns erzählen, was passiert ist, als du am späten Nachmittag des Siebenundzwanzigsten nach Hause gekommen bist?«

»Ich ... ich hab den Schlüssel ins Schloss gesteckt und gemerkt, dass mich jemand gegen die Tür drückt. Das ... das war Manjaro. Im Flur bin ich hingefallen. Gran wollte mir helfen, aber er hat sie an die Wand gestoßen. Gran ...«

»Kannst du ein bisschen langsamer machen, bitte, Lemar«, bat der Beamte.

Ich holte Luft, sah Elaine an und sie nickte erneut. Mein Magen spannte sich an. »Manjaro hat Gran gegen die Wand gestoßen«, fuhr ich fort. »Gran wurde bewusstlos. Er schrie nach Elaine und Jerome. Ich stand auf, aber er hat mich geschlagen.«

»Manjaro hat dich geschlagen?« Die Frau wollte das noch mal bestätigt hören. »Und hat deine Großmutter gegen die Wand gestoßen?«

»Ja«, sagte ich. »Er hat mich zweimal geschlagen und getreten. Mir war total schwindlig.«

»Was ist danach passiert?«, wollte die Beamtin wissen.

»Ich kann mich nicht an viel mehr erinnern. In meinem Kopf hat sich alles gedreht. Ich hab nur gehört, wie er geschrien und Elaine zurückgeschrien hat: ›Lass ihn in Ruhe! Lass ihn in Ruhe!‹ Dann hat ihm Elaine die Vase übergezogen.«

»Und dann?«, drängte der Beamte weiter.

»Ist er aufgestanden und rausgerannt«, erwiderte ich.

»War sonst niemand bei ihm?«

»Nein«, antwortete ich.

Der Mann schrieb noch mehr auf und tauschte Blicke mit seiner Kollegin.

»Ist das alles?«, fragte ich und wünschte, die Tortur hätte ein Ende.

»Ja«, erwiderte die Frau. »Vorläufig schon. Wenn Manjaro gefunden wird – was nicht leicht sein wird, weil niemand den Mund aufmacht –, werden wir ihn festnehmen und den Fall für den CPS vorbereiten. Möglicherweise brauchen wir dann eine umfassendere Aussage. Wir halten dich auf dem Laufenden, sofern sich was Neues ergibt.«

»Was ist der CPS?«, fragte ich.

»Der Crown Prosecution Service«, erwiderte der Bulle. »Das ist die Staatsanwaltschaft, und wir müssen sie überzeugen, dass es sich lohnt, Anklage zu erheben.«

Ich nickte, auch wenn ich höchstens die Hälfte verstand.

»Er lässt es sich nicht anmerken«, sagte Elaine. »Aber die ganze Sache hat meinen kleinen Bruder echt super gestresst.«

»Das verstehe ich, Ms Jackson.« Die Frau nickte. »Manjaro ist uns bekannt, und wir tun alles, um ihn zu fassen.«

»*Gut!*«, sagte Elaine.

»Aufgrund verschiedener anderer Vorfälle wurde die Polizeipräsenz im Viertel bereits erhöht, und die Kollegen haben Weisung, insbesondere auch nach Manjaro Ausschau zu halten.«

»Ich hoffe, die schnappen den Arsch!«, platzte Elaine wütend heraus.

Sie brachte die Bullen an die Tür, während ich noch ein weiteres Glas Mangosaft trank. Plötzlich überfiel mich eine Wahnsinnsmüdigkeit und ich wollte mich einfach nur hinlegen und pennen. Ich hatte Gott weiß wie lange nicht mehr geschlafen.

Elaine kam in die Küche zurück. »Hast du gut gemacht, Bruder«, sagte sie. »Siehst aus, als müsstest du noch mal ins Bett.«

»Muss ich auch«, pflichtete ich ihr bei.

»Vergiss nicht, dass Dad dich nachher ins Krankenhaus fährt.«

»Ich hab ihn gefragt, ob ich McKay, Jonah und Venetia mitnehmen darf. Die haben angerufen und gefragt, ob alles okay ist. Sie wollen Gran auch besuchen.«

»Das ist gut, Bro.« Elaine grinste. »Hast ein paar gute Brüder, an denen musst du festhalten.«

Ich wusste nicht, ob meine Schwester das auch gesagt hätte, wenn sie gehört hätte, wie McKay im IT-Unterricht furzt, oder wenn sie gesehen hätte, wie Jonah mit seinem scheiß neuen Handy Fotos von den sexy Mädchen beim Basketballtraining macht. Aber recht hatte sie trotzdem, es waren gute Brüder.

»Geh ins Bett, Lemar«, befahl mir Elaine. »Ich muss Jerome wecken und ihm sein Frühstück geben. Du willst doch gut aussehen, wenn deine Freundin hier auftaucht.«

»Venetia ist *nicht* meine Freundin!«

»Was hat Gran noch mal gesagt? Ach ja … wenn du's richtig anstellst, könnte sie dein Mädchen werden.«

Dad setzte Venetia, McKay, Jonah und mich draußen vor dem Krankenhaus ab. »In ungefähr einer Stunde bin ich wieder da«, sagte er. »Ich mach ein paar Auslieferungen, solange ihr bei Gran seid – hab keine Lust, die halsabschneiderischen Parkgebühren auf dem Krankenhausparkplatz zu bezahlen. Wenn ich wiederkomme, wartet ihr hier.«

»Danke, Dad.«

»Richte deiner Gran schöne Grüße aus!«

Dad blinkte und fuhr los. Meine Brüder hatten auf der Fahrt geschwiegen, aber ich sah McKay an, dass er fast platzte. »Du hast ein Porträt von Venetia gezeichnet, stimmt's, Bro …«

»Ein geniales«, warf Venetia ein. Sie roch an den Blumen, die sie für Gran gekauft hatte, und Jonah hatte ein großes, in Alufolie eingewickeltes Stück Rumkuchen von seiner Mutter dabei.

»Hab davon gehört«, sagte McKay. »Kannst du mich beim Kugelstoßen zeichnen? Ich will meinen Flur aufsexen.«

»Und ich will ein Bild von mir, wie ich laufe und die anderen abhänge«, setzte Jonah hinzu. »Kannst du auch zeichnen, dass Rauch von meinen Spikes aufsteigt? Aber mach mich nicht so hässlich, Bit!«

Venetia war voll am Kichern, als wir das Krankenhausgebäude betraten. Ich las einen Zettel, der mir verriet, auf welcher Station Gran lag.

»Kostet jeweils zehn Pfund«, sagte ich.

»Zehn Flocken?« McKay hob die Stimme. Er wirkte ernsthaft entsetzt. »Wie oft hast du dich schon zu mir in die Wohnung geschoben und die Chickenwings gefuttert, die mein Dad besorgt hat? Von den Pommes mal ganz zu schweigen. Ungefähr eine Million Mal, Bro! Hab ich dir je auch nur für einen mickrigen kleinen Chickenwing was berechnet? Oder eine Pommes? *Nein!* Unverschämtheit!«

»Ich hab ihm zehn Pfund gegeben«, sagte Venetia. »Das war's auch wert. Sergio findet das Bild absolut super.«

»Wer ist Sergio?«, fragte McKay.

»Genau, wer ist Sergio?«, wiederholte Jonah.

»Äh … so ein Typ, den ich kenne«, erwiderte Venetia.

Ich versuchte, mir durch die Erwähnung dieses Namens die gute Stimmung nicht verderben zu lassen. Wenn ihm das Porträt so gut gefiel, dann sollte man ihn zwingen, es verdammt noch mal zu essen – am besten mit Glasrahmen!

»Wir kennen uns noch nicht sehr lange«, sagte McKay zu Venetia, »also nimm mir's bitte nicht krumm, aber hast du sie noch alle? Glaub mir, der Kleine hier hätte *dir* zehn Pfund dafür gegeben, dass du dich zu ihm in die Wohnung setzt und dich von ihm zeichnen lässt. Du hättest nur fürs Hallo-Sagen schon zwanzig Steine verlangen können.«

O Gott!, dachte ich. *Sie darf niemals von dem Geld erfahren, das Man-*

248

jaro mir dafür gegeben hat, dass ich die Waffe verstecke. Sie würde nie wieder mit mir reden und ewig hinten auf Sergios verfluchtem Motorrad mitfahren.

»Von mir bekommst du auch keine zehn Pfund!«, sagte Jonah. »Du hast mindestens tausend Cupcakes von meiner Mum gefuttert, und hab ich dafür was verlangt? Nein! Glaub bloß nicht, ich hätte nicht gemerkt, dass du Kekse mitgehen lassen hast, als ich nicht geguckt hab! Und dann soll ich zehn Pfund dafür bezahlen, dass du mich zeichnest? Du willst mich wohl verarschen. Ich sollte dich anzeigen. Wenn du ein wahrer Bruder wärst, würdest du anbieten, Porträts von meiner ganzen Familie zu zeichnen … und von meinen Cousinen, Tanten und Onkeln auch.«

Wir traten in den Lift und ich merkte, dass Venetia sich mühsam das Kichern verkniff. Bei uns war noch ein Arzt, der ein Diagramm betrachtete, und ein Typ mit Gipsbein im Morgenmantel. Bis wir ausstiegen, hatten sich meine Brüder zum Glück ein bisschen beruhigt.

»Lemar will Künstler werden, aber was wollt ihr beiden machen, wenn ihr mit der Schule fertig seid?«, fragte Venetia.

McKay musste nicht darüber nachdenken. »Ich werde einen Haufen Fried-Chicken-Take-away-Shops besitzen. Ja, Mann! Aber in Crongton werde ich keinen aufmachen.«

»Wieso nicht?«, fragte ich.

»Weil ihr dann alles billiger haben wollt«, erwiderte McKay. »Nein, Bro, das geb ich mir nicht. Ist mir egal, *wer* ihr seid, bei mir müsst ihr bezahlen. Bei mir bekommt keiner was umsonst. Nicht mal richtig fitte Mädchen. Nimm's mir nicht übel, Venetia.«

»Was ist mit dir, Jonah?«, fragte Venetia, die sich immer noch anstrengen musste, nicht laut loszulachen.

»Ich werde Olympiasieger im Einhundertmeterlauf«, erwiderte er. »Ja, Brüder. Und ich lass mir eine Million pro Jahr dafür zahlen, dass ich Werbung für ein Smartphone oder so was mache. Wenn mir mein Agent so was nicht besorgt, dann fliegt er raus.«

»Und wenn du dich verletzt?«, fragte sich Venetia.

»Dann werde ich Rollstuhlchampion bei den Paralympics«, lachte Jonah. »Beine, Räder oder Stelzen, an mir kommt keiner vorbei.«

Ich schaute noch mal auf den Zettel, aber mir war nicht ganz klar, ob wir überhaupt im richtigen Stockwerk waren. Ich stellte mich vor eine Schwester, damit sie auf mich aufmerksam wurde. »Entschuldigung, können Sie mir sagen, wo's zur Station St. Saviour geht, bitte?«

»Immer weiter geradeaus, ganz am Ende des Gangs rechts, und dann ist es die dritte Station links.«

»Danke.«

Gran ruhte auf einer ganzen Kissenfamilie. Sie hatte Opas alten Morgenmantel an und trug ein Kopftuch in den jamaikanischen Farben – Schwarz, Grün und Gelb. Als sie uns sah, strahlte sie.

Venetia überreichte ihr die Blumen. »Wir hoffen, dass es Ihnen besser geht«, sagte sie verlegen.

Jonah gab Gran das Stück Rumkuchen. »Wir freuen uns, Sie bald wieder bei uns im Block zu sehen«, sagte er. »Mum sagt, wenn Sie mögen, sollen Sie mal auf einen Rum zu ihr runterkommen.«

»Vielen Dank«, sagte Gran, ihre Stimme bebte. Ich konnte es kaum ertragen, sie in einem Krankenhausbett sitzen zu sehen. Zum ersten Mal in meinem Leben fand ich, dass sie wirklich steinalt aussah – und das war alles meine Schuld. »Das ist sehr nett von euch, dass ihr euch die Zeit genommen habt, mich alte Frau zu besuchen.« Sie schaute mich an. Ich zwang mich, ihrem Blick standzuhalten.

»Keine Sorge«, sagte ich und versuchte zu lächeln. »Ich kann's nicht abwarten, bis du wieder nach Hause kommst.« Es kam mir vor, als hätte Gran Überwachungskameras in meiner Seele installiert. O Mann! Ich hoffte, dass ich mich täuschte. *Würde ihr gar nicht gefallen, was sie da finden würde, sagte ich mir. Kein lieber Enkelsohn, der ihr beim Kuchenbacken zuschaut, sondern einer, der Gangstern hilft, Pistolen zu verstecken.* Meine Brüder betrachteten mich durchdringend. Jonah und McKay wussten, was mit Manjaro los war. Vermuteten sie auch, welche Rolle ich bei Grans Verletzung gespielt hatte? Hielten sie mich für einen ausgewachsenen Heuchler?

»Da müsst ihr nicht lange warten«, unterbrach Gran mich in meinen Gedanken und lächelte. »Der Arzt sieht morgen früh noch mal nach mir, und wenn er meint, es ist alles in Ordnung, darf ich nach Hause.«

»Das ist gut«, sagte McKay. »Und tut mir leid, dass ich keine Pralinen und kein Obst oder so was mitgebracht habe. Mein Budget ist schmal und mein Dad hat mein Taschengeld eingefroren – er sagt, ich kaufe zu viele Süßigkeiten.«

»Das macht nichts, dass du nichts mitgebracht hast«, sagte Gran. »Pass nur gut auf in der Schule und streng dich an, dann betrachte ich *das* als mein Geschenk. Und dasselbe gilt für euch alle!«

»Machen wir«, sagte Venetia. »Man muss viel lernen, wenn man aus Crongton rauswill.«

»Egal, wie viel ich lerne, Mathe kapiere ich trotzdem nicht«, scherzte Jonah.

Nur Gran lachte nicht. »Hört mir zu«, sagte sie und schaute uns allen nacheinander in die Augen. Ihre Hand griff nach meiner und ich ließ sie. War mir jetzt egal, ob jemand über mich lachte. »Ihr habt alle was, worin ihr gut seid. *Jeder* von euch ist mit einem besonderen Talent gesegnet.«

Wir nickten alle. Ich hatte Glück – ich hatte meine Kunst. War das der Weg aus diesem ganzen Mist heraus? Hatte Venetia die ganze Zeit recht gehabt? Sollte ich mir auch überlegen, aus Crongton wegzuziehen? Vielleicht blieb mir keine andere Wahl. Immerhin war Manjaro immer noch irgendwo da draußen, und ich rechnete nicht ernsthaft damit, dass die Bullen ihm in absehbarer Zeit Handschellen anlegen würden.

»Jetzt komm her und drück deine Großmutter mal ganz fest.« Gran lächelte und zog mich mit wenig Kraft an sich heran.

»Hier?«, fragte ich. Jetzt war's mir doch peinlich und ich bekam heiße Wangen.

»Ja – genau hier!«, rief sie. Venetia gab mir einen sanften Schubs, und meine Brüder versteckten ihre Münder hinter vorgehaltenen Händen.

Ich beugte mich zu Gran vor und sie umarmte mich so fest wie's ging. Dann hörte ich Jonah und McKay hinter mir kichern, aber das war mir egal. Trotz all der Fehler, die ich gemacht hatte – und ich hatte ein paar große gemacht –, kam Gran nach Hause. Elaine hatte mir den Arsch gerettet, wie die gute große Schwester, die sie früher immer gewesen war, und Mum schien auch wieder ein bisschen glücklicher zu sein. Und sogar Dad und Steff würde ich sehen, auch wenn sie bald umzogen.

Als ich mich von Gran löste, vibrierte mein Handy in meiner Hosentasche hinten.

»Lemar!«, schimpfte Gran. »Im Krankenhaus darf man sein Handy gar nicht einschalten.«

»Willst du drangehen?«, fragte Jonah düster.

»Nein«, sagte ich, zog es aus der Tasche und schaltete es aus. Ich sah nicht mal aufs Display. »Jetzt nicht.« Wer auch immer es war, er konnte warten.

BALD BEI KUNSTMANN

ALEX WHEATLE
DIE RITTER VON CRONGTON

In South Crongton zu wohnen ist nicht einfach – und der Tod seiner Mutter macht es McKay nicht grade leichter. Sein Vater arbeitet die ganze Zeit, um die Gerichtsvollzieher von ihrer Tür fernzuhalten. Sein Bruder treibt sich ständig nachts herum und zieht Probleme magisch an. Als McKay sich aufmacht, um einem Mädchen zu helfen, sieht er sich plötzlich konfrontiert mit einem verrückten Ex-Freund, einer Gruppe Kinder im Machtrausch und einem berühmt-berüchtigten Gangster, der einen Rachefeldzug plant.

Aus dem Englischen von Conny Lösch, ca. 300 Seiten

ALEX WHEATLE
STRAIGHT OUTTA CRONGTON

Träume haben es schwer in Crongton, und für Mo ist das Leben ziemlich hart. Der Freund ihrer Mutter ist nur ein weiterer Mann, der Frauen schlägt, in den Straßen Crongtons lauern Gefahren und fiese Gangster, und in Sachen Liebe läuft es auch nicht gerade gut für Mo. Kein Wunder, dass sie die ganze Zeit so gereizt ist. Zum Glück stehen ihr Elaine und Naomi zur Seite. Als die Situation im Viertel richtig böse wird und ein Leben am seidenen Faden hängt, muss sich Mo mit ihrem Verlangen nach Rache auseinandersetzen, denn es könnte sie alles kosten.

Aus dem Englischen von Conny Lösch, ca. 300 Seiten

© der deutschen Ausgabe: Verlag Antje Kunstmann GmbH, München 2018
© der Originalausgabe: Alex Wheatle 2015
Die Originalausgabe erschien unter dem Titel »Liccle Bit« bei Atom, London 2015
Umschlaggestaltung: Heidi Sorg und Christof Leistl, München
Satz + Typografie: frese-werkstatt.de
Druck und Bindung: Pustet, Regensburg
ISBN 978-3-95614-231-4